Stella Bettermann

GRIECHISCHES GEHEIMNIS

Kriminalroman

W0285450

Ullstein

Besuchen Sie uns im Internet:
www.ullstein-taschenbuch.de

MIX
Papier aus verantwortungsvollen Quellen
FSC® C083411

Originalausgabe im Ullstein Taschenbuch
1. Auflage Mai 2017
© Ullstein Buchverlage GmbH, Berlin 2017
Umschlaggestaltung: zero-media.net, München
Titelabbildung: © FinePic®, München
Satz: LVD GmbH, Berlin
Gesetzt aus der Minion und Fago
Druck und Bindearbeiten: CPI books GmbH, Leck
ISBN 978-3-548-28909-0

Prolog

Etwas stimmte nicht – aber vielleicht war das auch nur wieder so ein Gefühl.

Die Nerven eben. In den letzten Jahren hatten sie ihr öfter zugesetzt. Mal hatte sie Alpträume, dann wieder litt sie unter Schreckhaftigkeit, so dass sie schon beim Zuschlagen einer Tür, die der Luftzug ins Schloss getrieben hatte, mit laut pochendem Herzen und Atemnot innehalten musste. Mit der Zeit wurde sie offenbar immer empfindlicher gegen den täglichen Stress.

Heute früh war ihr gewesen, als würde sie beobachtet. Als sie sich umschaute, war aber niemand zu sehen gewesen, niemand Bestimmtes jedenfalls – nur Passanten, die ihren Alltagsbesorgungen nachgingen, wie an jedem normalen Samstag, und keiner verhielt sich auffällig oder beachtete sie auch nur. Sie war also nach einem prüfenden Blick über die Schulter in ihren Wagen gestiegen, ein wenig nervös. Natürlich hatte sie die Zentralverriegelung betätigt. Erst eine Weile später, als sie im Stau festsaß, war ihr die Situation albern vorgekommen, und sie hatte das Seitenfenster heruntergefahren und den linken Arm aufgestützt wie immer.

Doch nun spürte sie das Unbehagen erneut. Da war so ein angstvoller Schauer im Nacken. Sie blickte von dem Schriftstück auf ihrem Schreibtisch auf und ließ den Blick durchs Panoramafenster ihres Büros nach draußen schweifen. Alles wirkte wie immer. Das Gebäude, in dessen oberstem Stock sich die Kanzlei befand, überragte die umliegenden Wohnblöcke und hatte einen Blick auf die Dachterrassen mit den dunkelgrünen Markisen, den Pflanzenkübeln und den Essecken, aber auch auf viele öde Leerflächen – mit Wäscheleinen, Klimaanlagenkästen, Schornsteinen, Taubendreck. Doch da – plötzlich ein aufblitzendes Licht von links!

Blitzschnell drehte sie den Kopf. Mit angehaltenem Atem suchte sie mit den Augen die Fenster der umliegenden Gebäude ab. Schon wieder ein Blitzen! Wie aus einem Fotoapparat!

Reflexartig krümmte sie sich in ihrem Bürostuhl zusammen, das Blut rauschte in ihren Ohren. Erst nach einer Weile beruhigte sie sich. Das Ganze war albern, redete sie sich ein. Wer sollte sie schon heimlich fotografieren?! Und selbst wenn, dann sicherlich nicht mit einem Blitzlicht an einem solch strahlend hellen Hochsommertag. Außerdem: Sie war schließlich keine Berühmtheit, keine Politikerin, kein Promi. Ihre Klienten manchmal schon, doch außerhalb beruflicher Kreise kannte sie selbst kaum jemand.

Nein, es war sicher nur eine Reflexion der Sonne gewesen, eine Spiegelung beim Auf- oder Zuklappen eines der umliegenden Fenster, die ihr als zuckender Lichtblitz aufgefallen war. Nichts weiter.

Einen Moment lang dachte sie an den anonymen Brief, der vor einigen Tagen in ihrem Briefkasten zu Hause gelegen hatte, die hingekritzelte Drohung, das fleckige Papier. Als wollte man sie durch diese Schäbigkeiten beleidigen. Sie hatte ihn aufgehoben, sicherheitshalber, aber sie war nicht wirklich beunruhigt gewesen. Es hatte über die Jahre einige solcher Briefe gegeben, und sie ängstigten sie schon lange nicht mehr. Nein, etwas ganz anderes bereitete ihr viel mehr Sorge, und das war sie selbst. Sie hatte die fünfzig bereits überschritten, und auch wenn sie alles tat, damit man ihr das nicht ansah – sie konnte das Alter durchaus spüren. Sie kannte die Geschichten von Kollegen, die plötzlich nicht mehr konnten. Markos zum Beispiel, der sogar jünger war als sie. Eines Tages war er mit einem Zittern in den Händen aufgewacht, für das sich keine medizinische Ursache finden ließ und das sich jeglicher Behandlung widersetzte. Und dann war da noch Koula, ihre alte Schulfreundin, eine Chirurgin mit plötzlichen Herzproblemen, die wahrscheinlich keine andere Ursache hatten als Markos' Leiden: Überarbeitung, Burn-out.

Sie wusste, sie musste auf sich aufpassen, damit es ihr nicht ebenso erging. Pausen einplanen, Aufgaben delegieren. Es war gut, dass sie Christos vor ein paar Jahren zu ihrem Kompagnon gemacht hatte, dass die Verantwortung auch auf seinen Schultern lastete. Auch jetzt, in diesem Moment, hätte sie ihn gern um sich gehabt. Es gab da ein paar Punkte, die sie mit ihm bereden wollte, nicht erst am Montag, wenn wieder Trubel herrschte. Aber Christos war nicht da, auch Kiki nicht, die neben der Leitung des Schreibzimmers die Aufgabe hatte, sich um ihr leibliches Wohl zu kümmern, damit sie das Essen und vor allem das Wassertrinken vor lauter Arbeit nicht vergaß. Aber heute war Samstag. Sie war allein im Büro.

Sie war gar nicht unglücklich darüber. Zu Hause wirbelte Rita herum, die zum Putzen kam und dabei jede Menge

Lärm machte. Hier aber herrschte herrliche Ruhe. Ein echter Luxus, auch am Wochenende arbeiten zu können, denn das nahm Druck von ihr. Normalerweise war das nicht möglich. Konstantinos bestand auf gemeinsamen Wochenenden, auch die Kinder hielten sich möglichst daran – zumindest in den Semesterferien, wenn sie in Athen waren. Aber nun waren sie alle drei nach Deutschland geflogen, und so gern sie dabei gewesen wäre – natürlich genoss sie die Chance, ungestört arbeiten zu können. Keine Plaudereien, keine Rücksichtnahmen, lediglich unsoziales Schweigen und Pflichterfüllung. Die Idee mitzufahren war sowieso unrealistisch gewesen. Sie konnte hier nicht alles im Stich lassen, nicht jetzt.

Und so hatte sie auch am Vorabend mit Akten und ihrem Notebook auf ihrer Terrasse zu Hause gesessen und hatte darüber die Zeit vergessen. Jetzt spürte sie plötzlich die Erschöpfung – und das war sicher der Grund für ihre Nervosität, sagte sie sich.

Außerdem hatte sie Hunger. Das Beste wäre, oben in Athen irgendwo eine Tiropita zu essen und danach vielleicht ein Stündchen in den exklusiven Boutiquen am Kolonaki bummeln zu gehen, bevor sie weiterarbeitete – beim Shoppen konnte sie entspannen, weil sie das Gefühl hatte, sich etwas Verdientes zu gönnen für die harte Arbeit. Aber davor würde sie noch ein paar Schriftsätze ins Handy diktieren, damit Kikis Damen im Schreibzimmer diese Montag früh in Angriff nehmen und sie – korrigiert und auf Kanzleipapier ausgedruckt – verschicken konnten. Dazu sollte sie das Handy allerdings finden. Wenn sie nur wüsste, wo sie es hingelegt hatte …

Wie auf Kommando begann das Gerät zu vibrieren, so

dass ein paar Blätter, die darauf gelegen hatten, ins Zittern gerieten. Eine SMS, Sokratis. Er bat sie, dringend bei ihm vorbeizusehen. Noch einer also, der am Wochenende beschäftigt war. Kein Wunder, in seiner Situation, dachte sie. Na gut, dann würde sie eben zuerst bei ihm vorbeifahren.

Sie suchte ihre Sachen zusammen und warf sie in ihre große Handtasche. Zuletzt stöpselte sie das Notebook aus und entwirrte das Kabel, das sich zwischen Aktendeckeln und einer Karaffe verwickelt hatte. Dabei fiel ihr auf, dass die Eulenstatue aus Stein, die sonst hier stand, verschwunden war. Vielleicht hatte eine Putzfrau sie anderswo hingestellt. Hoffentlich war sie niemandem heruntergefallen. Sie war zwar massiv, aber der Sockel aus Holz könnte abbrechen. Gestohlen worden war sie jedenfalls kaum, so hoffte sie – ihre Eule war die Kopie der antiken Eule aus der Akropolis und hatte einen rein persönlichen Wert, denn es handelte sich um ein Geschenk ihres verstorbenen Vaters. Sie würde Kiki am Montag danach fragen. Aber nun sollte sie aufbrechen.

Sie erreichte Sokratis Wohnung in wenigen Minuten. Es war nicht allzu viel los auf den Straßen, und es gab sogar einen Parkplatz vor dem Gebäude. Sie parkte trotzdem um die Ecke und betrat einen Eingang zwei Häuser weiter, von wo aus sie durch einen gemeinsamen Innenhof ins Treppenhaus gelangte. Sokratis hatte ihr diesen Weg verraten. Es sollte niemand mitbekommen, dass sie in Kontakt standen. Anders ging es nun mal nicht.

Dann stand sie im zweiten Stock vor der beschädigten Eingangstür und wusste, dass tatsächlich etwas nicht stimmte. Ganz und gar nicht stimmte. Ihr Gefühl hatte nicht getrogen. Hier war etwas faul.

Ihr Atem stockte. Sie war ganz allein hier oben, niemand war sonst zu sehen. Einen kurzen Moment lang fühlte sie Panik aufsteigen. Doch der Anfall ging so schnell vorbei, wie er gekommen war, gefolgt von einer eiskalten Ruhe, für die sie bekannt, sogar berüchtigt war. Keine Polizei. Keine Überreaktionen. Erst mal nachsehen, was überhaupt passiert war. Außerdem: Wenn bekannt würde, dass sie Sokratis traf, gäbe das einen Skandal, das musste nicht sein.

Sie zog aus ihrer Handtasche das Pfefferspray, schlüpfte aus ihren hohen Sandalen und stieß leise die Tür auf. Barfuß betrat sie den Raum.

Der Marmorfußboden fühlte sich eisig an ihren Fußsohlen an, als sie durch den Eingangsbereich schlich – die Klimaanlage lief auf Hochtouren, aber das war hier immer so. Sie tapste weiter in die Richtung, in der sich Sokratis' Arbeitszimmer befand. Die Tür war angelehnt, und auch hier war alles ruhig. Es gab kein Tastenklappern, kein Stuhlrücken, kein Räuspern, nichts, was auf seine Anwesenheit – oder auf irgendeine Anwesenheit – schließen ließ.

Nur eine Sekunde lang wollte sich die Angst in ihrer Brust wieder ausbreiten, doch sie rang sie nieder und gab der angelehnten Tür mit ihrer freien Hand einen sanften Stoß, so dass sie sich lautlos öffnete und den Blick in den Raum freigab.

Und da sah sie ihn.

Kapitel 1

Manchmal fand Nick Zakos sein Privatleben anstrengender als den Job als Hauptkommissar bei der Münchner Kripo. Dies war ein solcher Moment. Sein Magen war flau, der Boden unter ihm schwankte. Aber das ging jetzt natürlich gar nicht. Er musste sich zusammenreißen. Ruhig atmen. Ein. Aus. Dann verging es vielleicht wieder. Ein. Aus.

»Ola endaxi?«, raunte sein bester Freund Mimis ihm zu und blickte ihn besorgt an. »Du bist plötzlich so blass!«

Mimis stand in einem schwarzen Nadelstreifenanzug und mit zurückgegelten schwarzen Haaren neben ihm und sah ein wenig aus wie der Pate in dem gleichnamigen Mafiafilm. Er war auch tatsächlich der Pate, nämlich der Taufpate von Nicks Sohn Elias. Deswegen hatten sie sich hier am Altar der griechisch-orthodoxen Kirche in München postiert, und Zakos trug den Kleinen auf dem Arm. Der Gesang des Popen hatte das Kind eingelullt, es schlief mit offenem Mund, schwitzte und wurde immer schwerer. Das war allerdings nicht das Schlimmste.

Das Schlimmste war der Weihrauch. Davon war Zakos schon als Kind schlecht geworden. Einmal in den Sommerferien in Athen hatte er sich sogar übergeben, auf den Kirchenboden. Mosaikkacheln, grauschwarz mit Dunkelrot, er konnte sich plötzlich wieder genau erinnern. Wie der Boden in dieser Kirche hier aussah, wollte er gar nicht genauer wissen. Er mied den Blick nach unten, damit ihm nicht noch schlechter wurde.

»Alles gut«, sagte er trotzdem und rang sich ein Lächeln ab. Es gab Dinge, die konnte man als Polizist einem Nicht-Polizisten einfach nicht eingestehen. Sollte er etwa beichten, dass ihm, dem gestandenen Mordermittler, fast die Sinne schwanden von so einem bisschen Räucherwerk? Keine gute Idee! Er versuchte stattdessen, wie an einem Tatort zu atmen, durch den Mund. Ein. Aus. Es wurde trotzdem nicht besser.

Wenn es nach ihm gegangen wäre, hätte es diese Taufe nicht gebraucht – er war nicht sehr gläubig. Die Sache war die Idee seines griechischen Vaters gewesen, der in Athen lebte. Konstantinos Zakos war ebenfalls nicht sehr gläubig, doch er wollte ein großes Familienfest feiern, und dass Nick und Elias' Mutter Sarah schon länger kein Paar mehr und folglich keine richtige Familie waren, ließ er nicht gelten.

»Familie ist Familie – ob getrennt oder nicht!«, sagte er. »Ihr seid eben eine moderne Familie. Wir alle sind eine moderne Familie. Wir gehören alle zusammen!«

Nick fand das eine recht gewagte Aussage, denn tatsächlich hatten auch sein Vater und er sich erst im vergangenen Jahr nach über einer Dekade, in der sie kaum Kontakt miteinander gehabt hatten, wieder angenähert. Seine Stiefgeschwister Philippos und Vasso aus der zweiten Ehe des Vaters kannte er zudem selbst noch kaum. Er hatte sie in der jüngeren Zeit erst ein paarmal gesehen, und das auch eher kurz – zuletzt bei einem Wochenendtrip mit Elias nach Athen, um den Kleinen der Familie dort vorzustellen. Und keiner aus der griechischen Familie hatte bis dato Sarah kennengelernt.

»Das spricht doch erst recht dafür, ein großes Familienfest zu feiern – damit wir alle zusammenfinden«, meinte Konstantinos. Von Griechenland aus übernahm er die Organisation, von den Terminabsprachen mit der Münchner Kirchengemeinde bis hin zum Verschicken der Einladungen. Die Sache war ihm sehr wichtig. Am Tag vor der Taufe schließlich stieg er mit Vasso und Philippos ins Flugzeug und schloss Nick am Münchner Flughafen glücklich in die Arme.

»Unfärchofft – kommt – oooft!«, sagte er. Es klang bedeutungsschwer, und Nick musste über den nicht ganz passenden Spruch schmunzeln: Das Deutsch seines Vaters war wohl ein wenig eingerostet. Zakos erinnerte sich außerdem gar nicht daran, dass Konstantinos einen derart starken Akzent gehabt hatte – normalerweise kommunizierten sie untereinander auf Griechisch.

Sie fuhren alle direkt zu Sarah, für ein erstes Kennenlernen und um ihr das Taufkleid zu zeigen, das der griechische Teil der Familie dabeihatte. Es war tatsächlich ein Kleidchen, über und über mit Spitze besetzt. Irgendwie absurd als Outfit für einen zweijährigen Jungen, der noch dazu ein ziemlicher Rabauke war und mit seinen schwarzen Augenbrauen sowie dem entschlossenen Blick auch so aussah, fand Zakos, aber er wollte seine Schwester Vasso nicht kränken. Sie hatte das Kleidungsstück ausgesucht und den Karton mit dem kostbaren Inhalt den Flug über auf ihrem Schoß gehalten, damit nichts zerknitterte.

Elias interessierte sich eher für den mitgebrachten Bagger und zog sich mit dem sechzehnjährigen Philippos, der ebenfalls beigeistert davon schien, in die Spielecke zurück. Sarah dagegen stieß ein verzücktes »BE-ZAU-BERND!« aus und schlug die Hände zusammen, bevor sie das Gewand für Instagram fotografierte.

»Ich danke euch so sehr, dass ihr das alles für Elias tut«, gurrte sie und zeigte ihr betörendes Lächeln. Zakos kannte das schon. Auch er war ihr verfallen gewesen und hatte sie für die charmanteste Person der Welt gehalten. Das war, bevor er erkannte hatte, wie schwierig und launisch sie tatsächlich war.

Vasso schien besonders empfänglich für Sarahs Zauber zu sein und blickte sie hingerissen an. Eine Weile schwelgten sie und Sarah in dem Wust aus Tüll und Spitzen wie kleine Schulfreundinnen. Sehr unterschiedliche Freundinnen – Sarah groß, langbeinig und rotblond, Vasso schwarzhaarig und klein, mit einem herzförmigen Gesicht, das Zakos immer an ihre gemeinsame Großmutter erinnerte. Die beiden hielten sich dabei sogar an den Händen, und Zakos bedauerte, dass er nicht mehr rauchte – es wäre eine gute Gelegenheit gewesen, rauszugehen und diesem Kasperltheater für ein paar Minuten den Rücken zu kehren.

»Schade übrigens, dass Dora nicht mitkommen konnte«, wandte sich Sarah schließlich an Konstantinos. Dora war seine zweite Frau, die Mutter von Vasso und Philippos. »Ich hätte sie zu gern kennengelernt!« Wahrscheinlich, um sich mit ihr gegen Anita zu verbünden, schoss es Zakos durch den Kopf. Anita war seine Mutter. Sarah und sie hatten sich vom allerersten Moment an nicht gemocht. »Eine Diva duldet keine andere in ihrer Nähe«, war die Meinung Mimis' zu diesem Thema, und dieser Einschätzung seines Freundes war nichts hinzuzufügen, fand Nick.

»Dora schickt chärzliche Grüße«, verkündete Konstantinos. »Abär es gab eine neue Wändung in dieser Strafsachä, an der sie arbaitet.«

»Strafsache? Du hast doch gesagt, sie ist Scheidungsanwältin!«, sagte Sarah zu Zakos, plötzlich nicht mehr mit zuckerüberzogener Stimme, sondern so spitz, wie er sie kannte.

»Das dachte ich auch«, antwortete er. »Jedenfalls ist sie Anwältin.«

Sarah seufzte.

»Es gibt Leute, die sich grundsätzlich kaum für die Berufe anderer interessieren«, sagte sie an niemanden bestimmten gewandt. Aber selbstredend war er gemeint. »Als existierten neben den Kommissaren keine anderen nennenswerten Berufe wie zum Beispiel Lehrer, die Kindern etwas beibringen, oder Chirurgen, die Leben retten, oder Zahnärzte, die …« Sarah war Zahnärztin.

»*Schon gut*«, sagte Zakos, heftiger, als es nötig gewesen wäre, so dass Vasso zusammenzuckte und ihn verdutzt anstarrte. Doch Sarah fuhr unbeirrt fort.

»Hast du denn tatsächlich nie mit deiner Stiefmutter darüber gesprochen, was sie so den ganzen Tag in der Arbeit macht? Ob sie gestresst ist, mit was sie sich befasst? Offenbar nicht, sonst wäre dir vielleicht nicht entgangen, dass sie etwas komplett, aber auch wirklich *komplett* anderes macht als das, was du denkst!«

Zakos verdrehte die Augen.

»*Okay*, ich hab einen Fehler gemacht. Ich bin nun mal alles andere als perfekt«, erwiderte er und versuchte, seine Stimme zu beherrschen. »Na und? Kannst du es jetzt nicht gut sein lassen?«

In diesem Moment hörten sie den Schlüssel in der Tür

und Thilo trat ein, Sarahs neuer Freund. Zakos war ausnahmsweise fast froh, ihn zu sehen – alles besser, als wenn Sarah sich wie ein Terrier an einem Thema verbiss.

»Ahhh, Thilo! Ich chabe schon viiiiel von dia gechört!«, sagte Konstantinos, der ebenfalls erleichtert schien, dass der gereizte Wortwechsel zwischen seinem Sohn und dessen Ex beendet wurde, und umarmte Thilo mit großer Geste. Er wollte wohl demonstrieren, dass er die Sache mit der modernen Familie wirklich sehr ernst nahm. Thilo wand sich ein wenig, doch es gab kein Entrinnen, und Konstantinos küsste ihn nach südländischer Manier auf beide Wangen.

»Aile – mit Wahile«, sagte er schließlich, und dann, sehr feierlich: »Neuä – Bähsen – fähgen – gut!« Thilo fielen fast die Augen aus dem Kopf. Zakos ebenfalls.

Er hüstelte. »Baba, vielleicht solltest du erst mal auf deutsche Sinnsprüche verzichten, bis du dich ein wenig akklimatisiert hast«, sagte er auf Griechisch zu seinem Vater. Es war klar, dass der gerade so einiges durcheinanderbrachte. »Du kannst auch erst mal einfach Griechisch sprechen – ich übersetze gern!«

»Naaain, naaain«, wiegelte sein Vater ab. »Ich chabe viel geübt und alte deutze Swarzwaisfilme gesähn. Oder findet ihr main Deutz nicht gut?«

Er blickte in Sarahs Richtung, ein wenig kokett.

»Ich finde es perfekt!«, strahlte sie ihn an.

War ja klar, dachte Zakos. Er fühlte sich erschöpft. Dabei hatte die Taufe noch gar nicht begonnen.

Sarah hatte ihm Thilo knappe sechs Monate nach der Trennung präsentiert; kurz darauf war er bereits bei ihr und Elias eingezogen. Zakos war überzeugt, dass sie es damit nur so eilig gehabt hatte, um ihm zu demonstrieren, wie gleichgültig ihr die Trennung letztlich sei. Zakos war es nämlich gewesen, von dem die Initiative dazu ausgegangen war. Wenn sie aufeinandertrafen – etwa, wenn er Elias abholte oder zu ihr zurückbrachte –, betonte sie mit schöner Regelmäßigkeit, wie ausgezeichnet es ihr jetzt ging und wie fabelhaft ihr Neuer war.

»Thilo ist befördert worden, er ist jetzt Juniorchef in seinem Architekturbüro!« Oder: »Thilo läuft am Wochenende Marathon.« Thilo, Thilo, Thilo. Sollte sie ihn doch bloß in Ruhe lassen und sich freuen, dass ihr neuer Freund erfolgreicher, wohlhabender, attraktiver, sogar schlanker war als er.

Letzteres ärgerte ihn mehr, als er zugeben wollte. Seit Zakos das Rauchen aufgegeben hatte, hatte er ein paar Kilo zugelegt, die einfach nicht verschwinden wollten, während Thilo rank und schlank neben Sarah in einem derart fabelhaft sitzenden, schmalen dunkelblauen Anzug in der Kirche stand, dass jeder andere daneben provinziell wirkte – nicht nur Mimis in seiner Mafioso-Kluft. Thilo schien trotz der Hitze im Gotteshaus nicht mal zu schwitzen, sondern verströmte einen penetrant frischen Duft nach Herrenparfum. Damit sprühte er sich so großzügig ein, dass alles danach roch: Sarahs Wohnung, die früher auch die von Zakos gewesen war, die Tasche mit der Wechselwäsche für den Kleinen, die Sarah an den Besuchswochenenden immer in Zakos' Flur abstellte, sogar Elias' Haar. Und nun stand Thilo neben Sarah in der Kirche, obwohl Zakos eigentlich fand, sein Platz wäre auf der Kirchenbank, nicht am Taufbecken. Aber Sarah hatte auf seiner Anwesenheit bestanden, und Zakos hatte sich, um des lieben Friedens willen, schon lange abgewöhnt, ihr zu widersprechen, darum mischten sich nun in der Kirche Parfumschwaden in den Weihrauchdunst. Es war kaum auszuhalten.

Einen Moment lang erwägte Zakos, seinen Sohn Sarah oder Mimis in die Arme zu drücken und einfach hinauszulaufen, an die frische Luft. Doch da schwollen die Gesänge des Popen an, und der Messner hob den schweren Holzdeckel vom kupfernen Taufbecken. Es ging los.

»Und nun bitte ich die Eltern ans Taufbecken!«, sagte Vater Loukas, und Sarah sowie Zakos mit dem schlafenden Elias traten heran.

»Die Eltern bitte!«, sagte Loukas, nun schon fordernder, und machte eine kleine, ungeduldige Armbewegung.

Zakos verstand nicht. Was wollte der Priester? Doch da wandte Loukas sich bereits an ihn.

»Schon gut, Sie können den Jungen nun seinem Vater übergeben«, raunte er, nun bereits ungeduldiger. »Die Taufpaten sind später erst wieder dran.«

»Aber – ich gehöre doch zu den Eltern!«, sagte Zakos. Er hörte, wie ein paar Leute in den vorderen Kirchenreihen, die die Verwirrung mitbekommen hatten, Lacher ausstießen.

»Ich bin der Vater!«, stellte er noch mal klar.

Der Pope blickte zwischen Thilo und ihm hin und her, dann fuhr er einfach mit der Zeremonie fort. Offensichtlich durchblickte er nicht recht, wer in dieser Familie zu wem gehörte, und Zakos konnte das gut nachvollziehen.

»Anita! Ähntlich!«, rief Konstantinos beim Anblick seiner Exfrau aus, die im Gartenbereich von Mimis' Taverne Pirgos auf sie wartete, und ging mit ausgebreiteten Armen auf sie zu. »Noch sssöner als frühär!«

»Kostaki!«, erwiderte sie und erhob sich so schwungvoll,

dass ihre zahlreichen Ketten ins Klimpern gerieten. »Ich freue mich wirklich, dich zu sehen!«

Sie fielen sich um den Hals, und John, Anitas derzeitiger Lebensgefährte, griff feixend nach ihren beiden Weißweingläsern auf dem Tisch, damit diese nicht von Anitas herumwirbelndem Schal oder ihren weiten Ärmeln weggefegt wurden, und zwinkerte Zakos zu.

Für Zakos war das alles ein bisschen sonderbar. Auf der einen Seite war er gerührt, seine Eltern nach so langer Zeit miteinander zu sehen. Aber es war auch merkwürdig, wie eine Reise in die Kindheit: Das letzte Mal, als er sie zusammen erlebt hatte, war er jünger gewesen als Philippos jetzt. Allerdings waren sie damals nicht so freundlich zueinander gewesen, sondern hatten sich die allermeiste Zeit gegenseitig beschimpft.

Für Philippos allerdings schien alles ebenso merkwürdig zu sein, und er wandte sich mit einem Grinsen an Nick. »Kostaki? So hat ihn noch niemand genannt«, sagte er, und auch Vasso blickte verständnislos.

»Doch, früher viele. Zum Beispiel seine Mutter, eure Yiayia.« Die beiden kicherten ungläubig, und Zakos wurde klar, dass seine jüngeren Geschwister die Großeltern gar nicht mehr bewusst erlebt hatten.

»Ihr wart gar nicht in der Kirche. Sehr enttäuschend, wirklich«, erklang nun eine unzufrieden klingende Stimme. Natürlich Sarah, händchenhaltend mit Thilo. Elias wurde währenddessen von Susanne getragen, Sarahs Mutter, einer zurückhaltenden Frau im Leinenkleid, die immer so wirkte, als würde ihre so bestimmt auftretende Tochter sie ein wenig einschüchtern.

»Ach, wir waren einfach ein wenig spät dran, da hätten

wir doch nur die Zeremonie gestört«, erwiderte Anita leichthin. »Und daher sind wir hierhergefahren und haben es uns schon mal gemütlich gemacht.« Auf dem Tisch, an dem sie sich niedergelassen hatten, lagen Tageszeitungen, ein aufgeschlagenes Buch, außerdem Anitas buntbestickte hellbraune Ledertasche und ein Korb mit Sandspielzeug für Elias. Die Tischdeko – weiße Blüten mit blauen Bändern – wurde davon fast vollständig verdeckt.

»Man sieht's«, sagte Sarah düster mit Blick auf den vollgestellten Tisch, doch Anita ignorierte sie. Stattdessen zog sie eine ulkige Grimasse in Elias' Richtung. Der lachte hell auf und streckte ihr die Ärmchen entgegen, worauf sie ihn der anderen Oma abnahm und ihn sich auf die Hüfte setzte.

»Was hältst du davon, wenn wir zwei uns nun mit unserem ersten Enkelkind eine Weile auf den Spielplatz zurückziehen?«, wandte sie sich an Konstantinos, und dann gingen sie in den hinteren Teil des Hofs, wo es eine Sandkiste gab – begleitet von Susannes enttäuschtem Blick. Wenn Anita aufkreuzte, hatte Elias nur Augen für sie.

Das Lokal füllte sich schnell. Konstantinos hatte Bekannte aus seiner Zeit in München eingeladen, außerdem waren da noch Freunde und Verwandte von Sarah und Zakos. Der hatte nun alle Hände voll damit zu tun, Gäste zu begrüßen, Wasser und zusätzliche Gläser zu ordern sowie Prosecco und Weißwein nachzubestellen. Währenddessen breitete sich vom Grill ein würziger Duft aus: das Lamm war so weit. Mimis, der das Streifenjackett abgelegt hatte und durch die Gänge wirbelte, machte Zakos ein Zeichen: Es wurde allmählich Zeit zu servieren. Doch hinten beim Spielplatz steckten Konstantinos und Anita immer noch die Köpfe zusammen – seiner grau meliert, ihrer grellrot gefärbt.

John war währenddessen zu Weißbier übergegangen, gemeinsam mit Philippos – sie prosteten sich gegenseitig zu. John war ein etwas vierschrötiger Australier, der am laufenden Band Witze erzählen konnte und Unmengen vertrug. Philippos hatte bereits rote Wangen – sicher nicht nur von der Sonne, auch wenn die heute ziemlich herunterstach. Zakos fragte sich, ob der Lebensgefährte seiner Mutter sich klar war über das Alter des Jungen, und blickte sich hilfesuchend nach Vasso um. Aber die stand mit Sarah und ihren Freundinnen an der improvisierten Proseccobar und prostete ihnen zu. Egal, immerhin schienen sich alle zu amüsieren, dachte Zakos. Außer ihm jedenfalls – sein Magen war immer noch flau. Und außer Vater Loukas, der einsam in einer Tasse Tee rührte.

Gerade wollte Zakos zu ihm hingehen, als sich eine Hand von hinten auf seine Schulter legte. Wer das war, hätte er auch mit geschlossenen Augen erraten können: der Herrenduft.

»Hast du eine Minute für mich?«, fragte Thilo.

Zakos nickte.

»Und zwar wollte ich mal eine Sache ansprechen – es kann einfach nicht sein, dass du Sarah permanent die ganze Last der Kindererziehung aufbürdest.«

Aufbürden! Schon Thilos Ausdrucksweise ging Zakos auf die Nerven.

»Thilo, bitte – ein andermal, ja?«, erwiderte Zakos mit mühsam beherrschter Stimme.

»Nein, gerade heute!«, parierte Thilo. »Denn ich hoffe, wenigstens am Tauftag deines Sohnes an dein Gewissen appellieren zu können. Meiner Meinung nach kümmerst du dich viel zu wenig um ihn, und dabei beanspruchst du Sarahs

Kraft über die Maßen – die Frau kommt ja bereits auf dem Zahnfleisch daher!«

Wie auf Kommando hörte man sie laut in ihrer Frauenrunde auflachen – sie wirkte alles andere als erschöpft. Aber natürlich gab es einen wahren Kern, das war Zakos schon klar. Sarah war als Zahnärztin in einer Gemeinschaftspraxis ihr eigener Herr und hatte ihre Arbeitszeit heruntergefahren. Sie kümmerte sich viel mehr um Elias als er. Er dagegen schaffte es einfach nicht, weniger zu arbeiten, und hatte deswegen häufig Gewissensbisse. Doch Thilo war der Letzte, dem er Rechenschaft schuldig war, fand Zakos.

Gerade wollte er sich wegdrehen, da berührte Thilo erneut Zakos' Schulter.

»Ich würde mir von dir wünschen, dass sich das in Zukunft ändert!«

Nun legte er auch die zweite Hand auf. Es war fast wie eine Umarmung. Der Parfumdunst wurde unerträglich. Zakos rang nach Luft und sah sich nach einem Glas Wasser um, das er herunterstürzen konnte. Doch da war kein Wasser. Da war nur Thilo, der den Druck auf seine Schultern nun verstärkte.

»Wir verstehen uns, oder?«, sagte er. Sein Ton hatte etwas von einer Drohung. Das war zu viel für Zakos.

Angeekelt nahm er Thilos Hände von seinen Schultern und brachte ihn mit einer harten Geraden zu Fall, so dass er den langen Tisch mitriss und alle Gläser und Teller darauf zu Bruch gingen – allerdings nur in seiner Fantasie. In der Realität zwang er sich lediglich zu einem verkrampften Lächeln, dann war er auch schon bei dem Popen und erkundigte sich, ob dieser irgendwelche Wünsche hatte. Fast gleichzeitig kehrten seine Eltern mit Elias an den Tisch zurück.

»Habt ihr in alten Erinnerungen geschwelgt?«, fragte Zakos sie, nachdem er Loukas ein Mineralwasser eingeschenkt und ein paar Worte mit ihm gewechselt hatte.

»Ja, es war sehr nett. Wir waren wie früher über alles verschiedener Meinung«, lächelte Anita.

»Nun ja, nichts ist sswerer zu ertragen als eine Raihe von ssönen Tagen!«, sinnierte ihr Exmann. Schon wieder so ein altbackener Spruch. Aber Anita schien ganz gerührt.

»Das habe ich ja ewig nicht mehr gehört – das hat mein Vater früher immer an Weihnachten gesagt!«

»Chubert! Ich chabe ihn sehr gemocht, wie du waist.« Die beiden lächelten sich an, und es herrschte ein Moment wunderbarster Harmonie.

Harmonie war allerdings ein Zustand, der in Anitas Anwesenheit nie allzu lange anhielt. Diesmal endete er, als sie den Blick über den Tisch schweifen ließ und schließlich des Popen gewahr wurde. »Apropos verschiedener Meinung – eines kann ich beim besten Willen nicht verstehen, und zwar, warum du auf einer Taufe für Elias bestanden hast«, sagte Anita. »Du warst doch noch nie kirchentreu. Und ich bin schon vor vierzig Jahren aus der Kirche ausgetreten!«

Plötzlich sprach sie lauter als zuvor – ganz sicher, damit der Priester ihre Meinung über die Kirche auch mitbekam, da war sich Zakos sicher. So gut kannte er seine Mutter.

»Aber Nick ist doch auch getauft«, mischte sich Sarah ein, die sich nun mit Vasso ebenfalls am Tisch niederließ. Mimis und seine Kellner hatten begonnen, das Essen aufzutragen.

»Aber auch nur, weil das Kostakis' Eltern damals so wichtig war«, sagte Anita. »Und wir haben die Sache zum Anlass für eine rauschende Party genommen. Es gab ein ganzes Blech Haschkekse, erinnerst du dich?«

»Nur verssswommen!« Konstantinos lachte, allerdings ein wenig verhalten und nicht ohne vorsichtigen Seitenblick in Richtung Vasso. Aber die war mit Elias beschäftigt, der nach der Episode in der Buddelecke nicht mehr sehr feierlich wirkte: Das weiße Outfit war zerknittert und trug grüne Rasenflecken. Vasso nahm das Kind auf den Schoß und wischte mit einer Stoffserviette, die sie in Mineralwasser getaucht hatte, unglücklich an den derangierten Rüschen herum.

»Aber damals wie heute ist der ganze Kirchenkram doch eine große Heuchelei – das ist jedenfalls meine Meinung!«, posaunte Anita.

Diesmal war sie beim besten Willen nicht zu ignorieren. Vater Loukas schenkte ihr auch tatsächlich einen betrübten Blick. Doch in dem Moment, in dem er zu einer Replik ansetzte, stellte Mimis einen dampfenden Essensteller vor ihn hin, und er besann sich und konzentrierte sich auf sein Lamm. Anita lächelte huldvoll wie eine Königin, als habe sie einen Sieg zu verbuchen.

»Für mich und John aber bitte die fleischlose Variante!«, wandte sie sich schließlich an den servierenden Taufpaten. »Du weißt doch, wir leben vegan!«

»Klar, extra für euch habe ich auch ein veganes Lämmchen zubereitet – das hat sein Leben lang nur Grünzeug bekommen!«, sagte Mimis und wollte sich über seinen eigenen Witz fast ausschütten. »Nein, nein, keine Sorge, für euch gibt es Imam Baildi.«

Nun ergriff Vater Loukas doch noch das Wort und sprach Anita an.

»Sie lehnen die orthodoxe Kirche ab, aber Sie fasten – das ist absurd!«, dozierte er mit erhobener Gabel. Er sprach akzentfreies Deutsch und besaß einen tiefen, sehr bestimmten

Bass – man konnte hören, dass er keinerlei Widerworte gewohnt war. »Veganismus ist nur eine Ersatzreligion, bei dem der eigene Körper die Rolle des göttlichen Moments annimmt. Das sind meiner Auffassung nach lediglich Trends und Moden – das spirituelle Heilsversprechen wird nicht eingelöst.«

»Amen!«, sagte Anita, legte den Kopf zurück und brach in ein lang anhaltendes Lachen aus, so laut und schrill, dass sogar Philippos am anderen Ende des Tisches hochschreckte und Zakos sehen konnte, dass sein jüngerer Bruder glasige Augen hatte. John hatte ihn total abgefüllt.

Anita lachte, bis ihr Lachen bereits hohl und künstlich klang, und alle außer Vater Loukas, der sich wieder seinem Teller zugewandt hatte und stoisch seinen Braten verzehrte, blickten betreten. Zakos schaute unauffällig auf seine Armbanduhr. Für seinen Geschmack dauerten die Taufe und das ganz Drumherum schon viel zu lange, außerdem hasste er es, wenn seine Mutter penetrant nonkonformistisch auftreten musste – sie wollte grundsätzlich anecken, das war bei ihr eine Art innerer Zwang. Nur Konstantinos schien sich nicht zu ärgern, ganz im Gegenteil. Er grinste von einem Ohr zum anderen.

»Deine Mutter hat sich wirklich gar nicht verändert«, sagte er versonnen auf Griechisch zu Zakos. Es klang irgendwie anerkennend.

»So, und nun ist Zeit für eine kleine Rede«, sagte er schließlich, schlug mit einer Gabel gegen ein leeres Glas und stand auf, so dass alle Blicke sich ihm zuwandten.

»Ich möchte aine Ansprache chalten«, sagte er. »Aber lasst oich nicht beim Ässen ssstöhren. Es wird kaine deutze Räde, wo alle die Ohren runden müssen, sondern aine griechissse Räde. Bei ainer griechissen Räde dürfen die Zuchörer essen, tälefonieren, ihre Freundin küssen – aaalles, was sie wollen.«

Die Gäste lachten, ein paar hoben die Gläser auf Konstantinos.

Da läutete sein Telefon, erkennbar daran, dass es – typisch griechisch, fand Zakos – besonders laut gestellt war.

»Ich kann natürlich nicht bei der Räde telefonieren, ich will ja räden«, sagte Konstantinos schmunzelnd und wartete ab, bis es wieder ruhig war. Dann sprach er weiter.

»Ich stähe chier und kann nicht anders – ich chabe nämlich ein schlechtes Gewissen. Ich war ein ssslächter Vater, und ich war ein sslächter Oppa. Und vor allem war ich ein ssslächter Grieche.«

Er tat, als hörte er die freundlichen Proteste nicht.

»Mein Fähler war, dass ich mich nicht gut genug um die Familie chier gekümmert chabe. Und was kommt dabai cheraus? Ein deutzer Sohn, den ich bainahe verloren chätte, und ein deutzer Enkelsohn, der kein Wort Griechisss spricht. Wenn er überchaupt spricht!«

Zakos lachte. Elias war tatsächlich sprachlich noch nicht sehr weit. Doch da schrillte das Telefon wieder, und Konstantinos pausierte erneut.

»Diese Fest ist där Anfang von ainer Widderguttmachung«« fuhr er dann weiter. »Elias soll nicht aufwachsen ohne griechissse Wurzeln. Ich werde diese Wurzeln pflägen, und gießen, und mit Dünga bechandeln, und …

Da schrillte schon wieder das Telefon! Zakos verstand nicht, warum sein Vater das Ding nicht einfach ausschaltete.

Stattdessen hielt sein Vater das Gerät hoch und machte eine kleine Show aus der Sache.

»Diese Nummer känne ich nicht«, rief er aus. »Meine Frau ist es jädenfalls nicht. Also, was kann schon passierän?«

Konstantinos drückte den Knopf und hielt sich das Telefon ans Ohr.

»Embros!«

Das Lächeln auf seinem Gesicht erstarb Sekunden später. Er ließ sich auf seinen Stuhl fallen und suchte den Blick seines ältesten Sohnes.

»Was ist?«, fragte Zakos.

»Ich muss zurück nach Athen«, sagte Konstantinos. »Und zwar sofort!«

Zakos blickte ihn verständnislos an.

»Dora ist in Untersuchungshaft. Sie sagen, sie hätte einen Mord verübt.«

Kapitel 2

Beim Landeanflug wurde es bereits Abend und der Himmel über Athen verwandelte sich in die übliche Postkartenansicht aus tiefrot untergehender Sonne und rosafarbenem Häusermeer. Konstantinos sah kaum hin. Er kaute auf seiner Unterlippe und umklammerte mit den Händen die beiden Seitenlehnen seines Sitzes derart fest, dass die Handknöchel weiß hervortraten.

»Baba, alles wird sich aufklären«, sagte Zakos neben ihm in beruhigendem Ton. Er hatte das den Flug über mantraartig wiederholt – in unterschiedlichen Formulierungen: Es konnte sich nur um ein Missverständnis handeln, vielleicht eine Verwechslung. Floskeln, das war ihm schon klar, reine Beschwichtigungen. Sie perlten an Konstantinos regelrecht ab. Er wirkte, als sei er gar nicht ganz da, und verschmähte Sandwich und Kaffee, die bei dem Flug gereicht wurden, und Zakos musste ihn fast nötigen, wenigstens ein Glas Wasser zu sich zu nehmen. Zakos selbst verspeiste – ein wenig verschämt, weil er im Gegensatz zu seinem Vater durchaus Appetit hatte – sein eigenes und auch noch dessen Brötchen und dachte wehmütig an den Lammbraten, den er zuvor wegen der Übelkeit nicht gegessen hatte. Wenigstens diese war in der Aufregung abgeklungen.

Es war Anitas Idee gewesen, dass Zakos seinen Vater begleiten sollte. Sie war die Einzige, die nach dem Anruf einen klaren Kopf bewahrt hatte.

»Am besten, ihr verliert keine Zeit. Ich kümmere mich hier um alles.« Sie hatte eine Handbewegung gemacht, die die irritiert blickenden Taufgäste ebenso umschloss wie den Familientisch mit Konstantinos' jüngeren Kindern – Philippos, der ungläubig vor sich hin starrte, und Vasso, die in erschrockenes Schluchzen ausgebrochen war. Im Fortgehen hörte Zakos noch, wie seine Mutter ihrerseits mit einer Gabel an ein Glas schlug, um sich Gehör zu verschaffen.

»Liebe Gäste, es hat eine Änderung gegeben, aber keine Sorge, unsere Feier …«

Dann war er bereits auf der Straße und sperrte seinen Wagen auf, und sie waren direkt zum Flughafen gefahren.

Es machte Sinn, dass Zakos seinen Vater begleitete, denn er hatte ganz gute Kontakte zur Athener Polizei. Doch besonders erfreut war er nicht – eigentlich hatte er ein ganz anderes Reiseziel im Auge gehabt. Am Tag nach der Taufe wollte er mit dem Wagen nach Italien reisen, allein und ohne Plan, außer dem Vorsatz, viel zu schwimmen und endlich jeden Tag auszuschlafen. Aber aus Italien wurde nun wohl nichts und aus Erholung ebenso wenig, wie ihm dämmerte. Dabei hätte er sie absolut nötig gehabt, nicht nur wegen der Taufe und dem ganzen Brimborium, sondern wegen der Arbeit: Nach dem Amoklauf am Olympiazentrum und all den diversen Terrorwarnungen war im Kommissariat kaum Ruhe eingekehrt, und auch wenn Zakos nicht direkt mit diesen Fällen befasst war, hatte doch die allgemeine Arbeitsbelastung zugenommen, weil Kollegen aus ihrer Abteilung abgezogen worden waren. Zum Beispiel musste Astrid, die junge Kommissarsanwärterin in Zakos' Team, längere Zeit einem anderen Ressort zuarbeiten.

Nun war sogar die Urlaubsplanung von den aktuellen Ereignissen betroffen – wenn auch indirekt. Heinrich Baumgartner, Zakos' Chef, hatte seine komplette Abteilung ersucht, möglichst noch im August freizunehmen, denn später, zur Wiesnzeit, herrschte Urlaubssperre – neuerdings auch in ihrer Abteilung. Zakos war's recht, er hatte ohnehin geplant, schnellstmöglich ein paar Tage freizunehmen, aber andere Kollegen waren sauer über die Bevormundung – insbesondere sein Freund Albrecht Zickler.

»Jetzt muss ich ausgerechnet in den Schulferien verreisen, wo's überall am teuersten und vollsten ist. So ein verdammter Mist!« Er hatte sich maßlos aufgeregt, auch noch, nachdem er einen durchaus bezahlbaren Flug nach Kreta gefunden hatte.

Der Betrag für einen Flug von München nach Athen für sich und seinen Sohn, den Konstantinos heute mit reglosem Gesicht am Flughafen von seiner Kreditkarte hatte abbuchen lassen, war gut fünfmal so hoch wie der für Zicklers Kretaflug. Aber dafür hob die Maschine bereits sechzig Minuten später ab und landete am frühen Abend in der griechischen Hauptstadt, zu einer Uhrzeit, in der die Taufgäste – wenn alles nach Plan gegangen war – in München in Mimis' Taverne höchstwahrscheinlich gerade zur Party übergingen: Mimis hatte griechische Musiker engagiert, das war sein Geschenk als Taufpate, denn er wollte, dass Elias' Taufe so ausufernd und fröhlich gefeiert wurde wie üblicherweise die Taufen in Griechenland. Nur er als Vater des Kindes war jetzt nicht dabei, dachte Zakos mit leiser Wehmut, und Konstantinos, der Papous, der alles initiiert hatte, ebenso wenig. Statt in Mimis' Mini-Greece in Untergiesing zu tanzen und zu feiern, befand sich Zakos nun unvermittelt im echten Griechenland. So richtig hatte er das noch gar nicht kapiert.

Richtig bewusst wurde Zakos der Ortswechsel schließlich, als sie nach der Landung aus dem klimaanlagengekühlten Flughafengebäude traten und ihn die Hitze draußen wie ein Schlag traf. Das hier besaß schon eine ganz andere Dimension als das laue Lüftchen in München, und Zakos, der noch im dunklen Anzug steckte und Budapester an den Füßen trug, fing auf der Stelle an, zu schwitzen. Ja, das war nun wirklich etwas ganz anderes.

Konstantinos winkte ein Taxi heran. Der Fahrer war wortkarg, rauchte Kette – trotz des auch hier überall herrschenden Rauchverbots – und bretterte mit deutlich überhöhter Geschwindigkeit über die Autobahn. Schließlich erreichten sie die Stadt und die ihr ganz typische Geräuschkulisse: dieses ohrenbetäubende Knattern und Hupen auf den Straßen, das Aufjaulen des für Zakos irgendwie immer fremdländisch klingenden griechischen Martinshorns in der Ferne, die orientalischen Musikfetzen, die aus anderen Autofenstern und vorbeigleitenden Lokalen zu ihnen hereinwehten, und den unverkennbaren Geruch aus aufgeheiztem Beton und beißendem Kohlenmonoxid. Bei Zakos löste dieses Potpourri der Eindrücke trotz der ernsten Situation eine unerwartete Euphorie aus, und er streckte den Kopf ein Stück aus dem Autofenster und ließ sich einen Moment lang durchpusten. Dann erst fühlte er sich angekommen.

Es war fast elf, als sie in Doras Kanzlei eintrafen, dem einzigen hell erleuchteten Bereich in einem ansonsten komplett dunkel daliegenden modernen Gebäudekomplex. Christos, Doras Kompagnon, erwartete sie bereits, gemeinsam mit einem weiteren Anwalt, einem blassen jungen Kollegen namens Stavros mit schmalem Gesicht und sich bereits lichtendem Haar.

Christos selbst war ein grauhaariger Mittfünfziger mit beachtlichem Leibesumfang, der trotz des warmen Abends und der fortgeschrittenen Uhrzeit in hochgeschlossenem Hemd und Krawatte dasaß. Er hatte sogar noch eine Sekretärin einbestellt, Kyria Kiki, eine mütterlich wirkende Dame, die ihnen ein Tablett mit von Kälte beschlagenen Softdrinks und eine Schale Pistazien auf den Tisch stellte und sich dann mit einem Notizblock dazusetzte.

Konstantinos schien diese unaufgeregte Professionalität zu beruhigen – er wirkte gefasster. Überhaupt war sein Vater auf griechischem Boden ein anderer, fand Zakos. In Deutschland überspielte er sprachliche Unsicherheiten mit clownesken Grimassen, und die Fehler in Aussprache und Grammatik verstärkten den Eindruck, er sei ein komischer Vogel. Zu Hause war er wieder der teuer gekleidete, seriöse ältere Herr, der er war. Selbst seine Stimme klang anders: weicher, aber auch einen Tick arroganter.

»Christos, tu das nie wieder mit mir«, sagte er nun, sehr ernst und mit etwas beleidigtem Tonfall. »Spann mich nie wieder derart auf die Folter. Ich bin auf dem Flug fast durchgedreht …« Doras Kompagnon hatte Konstantinos am Telefon nur das Allernötigste verraten wollen. Nun blickte er etwas schuldbewusst drein: »Es tut mir leid, aber du warst immerhin dreitausend Kilometer entfernt, und ich konnte nicht einschätzen, wie du reagieren würdest. Ich habe natürlich nicht vor, dir was zu verschweigen, das ginge auch gar nicht, weil sich mittlerweile schon die Bluthunde von der Sensationspresse in die Sache verbissen haben. Bei uns zu Hause kampieren die Presseleute vor der Tür, sagt meine Frau. Bei euch in Kastela haben sie sich bestimmt ebenfalls bereits auf die Lauer gelegt, du wirst sehen! Aber wir sprechen mit niemandem!«

»Du machst mich nervös – nun sag endlich, was passiert ist!«, forderte Zakos' Vater. »Wer ist … wer war überhaupt der Tote? Ein Mandant?«

» Es war Charalambidis«, antwortete Christos, und Konstantinos sog scharf die Luft ein. Nur Zakos blickte verständnislos in die Runde.

»Sokratis Charalambidis war der Staatsanwalt in dem Fall, mit dem Dora derzeit beschäftigt war«, wandte sich Christos erklärend an Zakos. »Wir kennen bis dato leider erst ein paar Eckpfeiler der Angelegenheit: Offenbar wurde Dora in seinem Arbeitszimmer in seiner Wohnung aufgegriffen, wie auf frischer Tat ertappt …«, fuhr er fort, und dann, nach einem Blick auf Konstantinos entsetztes Gesicht: »Zumindest sollte es wohl so aussehen, aber das heißt ja nicht …«

»Natürlich nicht!«, unterbrach Konstantinos ihn empört. »Aber jetzt möchte ich zu ihr, also lasst uns aufbrechen, wir vergeuden hier nur unsere Zeit!« Er stand auf, doch Christos macht ihm ein Zeichen, sich wieder hinzusetzen.

»Vergiss es, mein Lieber, sie lassen uns frühestens morgen Vormittag zu ihr, und außerdem müsst ihr euch nach dem Flug sicher erst mal ausruhen, und in der Zwischenzeit kümmern sich …«

»Moment, Moment!«, unterbrach Zakos, der auf Beschwichtigungen gerade keine Lust hatte. »Worum geht es konkret? Was war das überhaupt für ein Fall, an dem Dora arbeitete?«

»Es ging um Beleidigung und um die Persönlichkeitsrechte von Antonis Markopoulos – Cargo Markopoulos, Sie wissen schon«, erklärte Christos.

Zakos blickte wieder verständnislos.

»Mein Sohn ist nicht von hier, er kennt die Gegebenheiten nicht«, sagte Konstantinos, und dann, an Zakos gewandt: Markopoulos ist eine große Reederei, die hier wirklich jedem ein Begriff ist. Dora verteidigte allerdings nicht Cargo Markopoulos, ganz im Gegenteil, ihr Klient heißt Panajotis Pappas, ein Journalist.«

»Ein Journalist, der Persönlichkeitsrechte eines berühmten Reeders verletzt – das wäre doch eher ein Fall für einen Medienanwalt als für eine Strafanwältin«, gab Zakos zu bedenken.

»Pappas hat natürlich einen Medienanwalt – nämlich mich«, erklärte Stavros, der jüngere Kollege. »Allerdings musste ich Dora in diesem Fall hinzuziehen, da es hier auch um diverse strafrechtliche Belange geht«, erklärte er. »Aber ich glaube, wir müssen die Situation etwas erklären. Bei dem Journalisten, von dem wie hier sprechen, handelt es sich nicht um einen Klatschreporter, der sich auf eine Hochzeit einschleicht oder über angebliche Liebschaften berichtet – Panajotis Pappas ist ein Enthüllungsjournalist. Sagt ihnen der Name Julian Assange etwas?«

»*Natürlich* sagt mir der Name Julian Assange etwas«, erwiderte Zakos ungeduldig. Nur weil er diese Markopoulos-Leute nicht kannte, hieß es ja nicht, dass er von nichts auf der Welt eine Ahnung hatte! Aber er wusste natürlich, dass die

Rolle des komischen Vogels auf griechischem Boden an ihn ging – was seinerseits seinem kleinen Akzent geschuldet war und dem Fakt, dass er, weil er in Deutschland lebte, hier nie so recht auf dem Laufenden war.

»Sie wollen mir jetzt aber nicht erklären, dass Doras Klient ein griechischer Assange ist, oder?«

»Das ist er durchaus!«, erwiderte Stavros lächelnd. »In Griechenland existieren – um beim Bild zu bleiben – auch ein paar kleine Assanges, die alle ihr eigenes Wikileaks betreiben. Politblogger. Sie bringen Bestechungsaffären ans Licht, politische Mauscheleien, krumme Geschäfte. Manchmal Kleinkram, mitunter ganz große Skandale. Vor ein paar Jahren beispielsweise veröffentlichte ein Blogger die sogenannte Lagarde-Liste, auf der Namen von griechischen Steuersündern preisgegeben wurden. Andere befassen sich eher mit kriminellen Auswüchsen. In der Regel bleiben sie anonym – um sich und natürlich auch ihre Informanten zu schützen. Dennoch wurden bereits einige enttarnt; es gab deswegen sogar schon einen Mordfall – ein Racheakt, liegt schon ein paar Jahre zurück.«

»So viel zum Thema ›anonym‹!«, kommentierte Zakos.

»Sie sagen es«, bestätigte Stavros. »Auch der Blog von Pappas war ursprünglich anonym, mittlerweile hat sich allerdings herumgesprochen, dass er dahintersteckt. Und dies hat ihm die Anzeige von Antonis Markopoulos eingebracht. Und jetzt wollen Sie sicher wissen, was es mit dem auf sich hat.«

Zakos nickte.

Statt Stavros ergriff nun Christos das Wort. »Bei Cargo Markopoulos handelt es sich – wie der Name ja bereits ahnen lässt – um eine Reederei, die überwiegend Fracht- und Containerschiffe besitzt. Laut Pappas' Informationen betreibt die

Firma außerdem illegalen Tabakhandel, und zwar in ganz großem Stil. Außerdem sollen die Markopoulos-Leute ihre Hände bei einer Raubserie von griechischen Ikonen und anderen Kunstgegenständen drin haben. Und noch so dies und das …«, endete er und schenkte sich ein Glas Cola Light ein, das er bis zum allerletzten Schluck hinunterstürzte.

»Das Problem war nur, dass Markopoulos nie etwas nachzuweisen war. Wie auch, wenn Staatsanwalt und Angeklagter unter einer Decke stecken!«

Jetzt verstand Zakos. »Der ermordete Staatsanwalt war also ein Markopoulos-Mann«, konstatierte er, was Christos bejahte.

»Offenbar. Und das nahm Dora ihm persönlich übel!«, mischte sich Konstantinos ins Gespräch. Er klang düster. »Dora und er kannten sich von früher, aus Unizeiten. Und sie hatten die gleichen Ziele und Träume: die Gerechtigkeit durchzusetzen, die Welt zu einem besseren Ort zu machen und so weiter – du verstehst!«

Zakos nickte.

»Was war denn der Grund für seinen Wandel?«

»Was wohl?!«, erwiderte Christos, ein wenig spöttisch. »Geldgier natürlich! Dabei war er schon von Haus aus gut gestellt, er gehörte einer alten und sehr wohlhabenden Familie an. Aber manche können wohl nie den Hals voll kriegen! Dora hatte einen echten Hass auf ihn!«

Wäre dies eine Vernehmung, dann würde Zakos natürlich hier einhaken. Er würde fragen, ob Dora manchmal sehr impulsiv sei, ob sie mitunter ausflippen oder mal vor Wut einen Gegenstand auf den Boden oder an die Wand werfen würde. Und schließlich, ob Christos sich vorstellen könnte, dass sie einen Gegner im Affekt attackiert haben könnte.

Aber dies war keine Vernehmung. Er war privat hier, und er gehörte Doras Seite an. Und außerdem wollte er seinen Vater nicht beunruhigen.

»Was weiß man über den Tathergang und die Tatwaffe?«, fragte er stattdessen.

»Die Tatwaffe ist ein Problem«, sagte Christos etwas zögerlich, so dass Konstantinos hellhörig wurde.

»Inwiefern?«, fragte er. »Soweit ich weiß, besitzt Dora nur ein Pfefferspray, das ich ihr besorgt habe – zur Selbstverteidigung. Ansonsten besitzt sie keine Waffen. Keine Pistole, keinen Dolch, gar nichts! Schon der Gedanke allein ist absurd – sie ist schließlich kein Gangster.«

»Natürlich nicht, Konstantinos«, beschwichtigte Christos. »Selbstredend nicht. Ich meinte ja auch gar keine Waffe im herkömmlichen Sinne. Aber manchmal werden auch andere Gegenstände, ganz normale Gegenstände, zu Waffen, wie wir alle wissen. Aber ich sage natürlich nicht, dass …«

»Eiere bitte nicht so herum, Christos«, brummte Konstantinos. »Spuck's aus. Was war es?«

»Nun gut«, fuhr der andere nach einer kurzen Pause fort. »Es handelt sich um einen schweren Gegenstand, eine kleine, massive Statue, mit der ein Schlag auf den Hinterkopf erfolgte.«

»Aha. Aber mit Sicherheit sind ihre Fingerabdrücke nicht drauf – das wird sich bestimmt bald zeigen«, entgegnete Konstantinos. Seine Stimme klang, als müsse er sich selbst Mut zusprechen.

»Ihre Unschuld wird sich nachweisen lassen! Was war das überhaupt für eine Statue?«

Christos räusperte sich verlegen.

»Versprich mir, dass du dich jetzt nicht aufregst, mein

Freund!«, sagte er. »Es war eine Statue, die du kennst. Die wir alle kennen. Die kleine Steineule aus Doras Büro!«

Konstantinos sprang auf.

»Wo willst du hin? Setz dich wieder!«, bat Christos.

»Nein, ich will nachsehen. Es kann nicht diese Staue sein, es muss eine ähnliche sein«, insistierte der alte Zakos.

»Das kannst du dir sparen, und außerdem kannst du sowieso nicht in Doras Zimmer. Die Polizei hat alles versiegelt, nachdem sie den Raum auf Spuren untersucht hatten«, erläuterte er.

»Sie waren hier?«, raunte Konstantinos.

Christos nickte. Er wirkte müde.

»Natürlich waren sie hier. Die sind erst kurz vor eurem Eintreffen fertig geworden«, sagte er.

Konstantinos ließ sich schwer auf seinen Stuhl zurückfallen.

»Endaxi, ich verstehe«, sagte er, plötzlich nüchtern und kühl. »Es hat also jemand die Steineule entwendet, um Sokratis Charalambidis damit zu ermorden und es Dora in die Schuhe zu schieben, denn auf der Eule finden sich ihre Fingerabdrücke. Logischerweise, denn es war ja ihre Statue. Es wird außerdem so aussehen, als habe sie die Eule extra mitgenommen, um ihn zu töten, also sieht die Tat wie ein Vorsatz aus und nicht wie ein Totschlag im Affekt.« Man merkte ihm an, dass die vielen Jahre mit einer Strafanwältin auch bei ihm grundsätzliche Kenntnisse der Rechtslage mit sich gebracht hatten. »So muss es gewesen sein!«, schloss er.

Ja, so wie Konstantinos es schilderte, könnte es gewesen sein, dachte Zakos. Vielleicht. Doch ihre momentanen Kenntnisse des Tathergangs ließen auch einen ganz anderen Schluss zu. Nämlich den, dass Dora tatsächlich die Täterin war. Aber diesen Gedanken behielt er lieber erst mal für sich.

Zakos' Bekannter bei der Athener Polizei ging nicht ans Handy, aber das war nicht verwunderlich – mittlerweile war es bereits halb ein Uhr nachts. Zakos beschloss, es erst wieder am kommenden Tag zu versuchen. Also orderten sie ein Taxi und machten sich auf den Weg zu Konstantinos' Wohnung. Doch als das Taxi losfuhr, hatte Zakos eine bessere Idee – er wollte den Tatort sehen.

»Du weißt nicht zufällig, wo die Wohnung von diesem Charalambidis ist?«, fragte er seinen Vater.

»Das weiß ich sogar genau«, antwortete dieser grimmig. »Jedes Mal, wenn wir in den vergangenen Wochen in der Nähe vorbeigekommen sind, hat Dora lauthals geflucht auf den verdammten … ähm, du kannst es dir ja denken. Sie kannte seine Wohnung aus alten Zeiten, als sie gemeinsam studierten. Sie liegt in Piräus im Zentrum, in der Nähe vom Rathaus.«

Die Alikiadou-Straße war eine kleine Seitenstraße, die von der Vassileos Georgiou abging – nicht weit von Doras Kanzlei entfernt. Sie ließen das Taxi um die Ecke anhalten, aber sie hätten ohnehin nicht näher heranfahren können – obwohl der Mord bereits vor so vielen Stunden entdeckt worden war, blockierten nach wie vor Polizeifahrzeuge die schmale Straße. Zakos hatte darauf gehofft.

Er bezahlte den Fahrer und bat seinen Vater, auf der nahegelegenen Platia im nächsten Straßencafé zu warten. Dann stieg er in den zweiten Stock. Die Tür stand offen. Davor, in einem grell illuminierten Vorraum hielten sich drei uniformierte Polizisten auf – zwei hockten auf einer kleinen Sitzbank, ein Dritter lehnte am geöffneten Fenster und qualmte. Zakos sprach sie umstandslos an.

»Guten Abend, ich interessiere mich für den Mordfall hier«, sagte er ohne Umschweife, und als einer der sitzenden Polizisten sich erhob und ihm mit abwehrendem Gesichtsausdruck entgegenkam, zückte er seinen Polizeiausweis und streckte ihn dem Beamten entgegen. »Ich bin ein Kollege, Zakos mein Name.

»Ein ausländischer Dienstausweis – puh!«, stöhnte der Angesprochene genervt. Dann ergriff er das Kärtchen mit spitzen Fingern und inspizierte es eingehend. Währenddessen sah Zakos sich unauffällig um: Außer den Uniformierten war niemand zu sehen. Doch er nahm an, dass die Spurensicherung und vielleicht auch weitere Kollegen von der griechischen Kripo im Inneren der Kanzlei am Tatort zugange waren.

Als der Kollege den Ausweis schließlich zurückgab, hatte er seine Abwehrhaltung immer noch nicht aufgegeben. »Ich wüsste nicht, was die deutschen Behörden mit der Sache hier zu tun haben sollten – darüber haben wir keine Anweisungen bekommen.« Der Mann war müde, er hatte dunkle Schatten unter den Augen, aber er war nicht bereit nachzugeben.

»Ich muss einräumen – es gibt gar keine Anweisungen!« Zakos machte eine entschuldigende Geste.

»Ich habe einfach ein privates Interesse an dem Fall und habe schon früher in einer anderen Sache hier ermittelt, gemeinsam mit einem Athener Kollegen, Alexis Ekonomidis. Aber den treffe ich wahrscheinlich erst morgen oben in Athen. Und ich weiß nicht mal, ob die Athener hier in Piräus zuständig sind ...«

»Manchmal schon, kommt auf die Hintergründe an – ich

kenne den Mann jedenfalls nicht. Aber man kann ja nicht alle Kollegen kennen, schon gar nicht alle aus Athen«, sagte der andere. »Jedenfalls kann ich Ihnen nicht helfen!«

Zakos lächelte. »Ich bräuchte auch gar keine Hilfe, ich komme selbst zurecht«, sagte er. Ich will nur einen ganz kurzen Blick auf den Tatort werfen. Zwei Minuten, von der Türschwelle aus.« Manchmal war es so, dass Frechheit siegte. Jedenfalls hoffte Zakos darauf.

»Na, Sie sind lustig – das geht doch nicht!«, empörte sich der Kollege.

»Lassen Sie mich die Leute von der Spurensicherung wenigstens fragen!«, bat Zakos. »Vielleicht haben sie ja gar nichts dagegen.« Es war ihm schon klar, dass er nicht ins Zentrum des Geschehens vorgelassen würde. Aber er hoffte, mit dem Spurensicherungsteam wenigstens ins Gespräch zu kommen. Vielleicht konnte er währenddessen in den Raum hineinlinsen, um ein Gefühl für die Örtlichkeiten zu bekommen. Ohne wenigstens einen kurzen Blick auf den Tatort konnte er einen Fall einfach nicht beginnen. Und die Sache war nun sein Fall, ob er wollte oder nicht.

»Die Spurentechniker sind auch alles alte Bekannte von Ihnen, was?«, meinte der andere spöttisch und klang nun noch ungehaltener.

»Nein, mit denen hatte ich hier noch nie zu tun«, sagte Zakos wahrheitsgemäß. »Die einzigen Forensiker in Griechenland, mit denen ich je zusammengearbeitet habe, sind auf Rhodos, und ich kann mich nur noch an ihre Vornamen erinnern: Paraskewi, eine sehr nette Dame, und Ioannis, der das krasse Gegenteil von nett war. Aber das Ganze ist schon eine Weile her, vielleicht ist er mittlerweile im Ruhestand.«

»Nein, dieser Kotzbrocken ist nach wie vor aktiv und macht der armen Paraskewi das Leben schwer. Ich hatte erst vergangene Woche dort das Vergnügen«, brummte der Mann am Fenster und schnippte die Zigarette heraus. »Wenn du in Rhodos ermittelt hast, dann kennst du den Polizeichef dort sicher ebenfalls?«

»Natürlich, Tsambis Jannakis. Ein guter Freund!«, sagte Zakos. »Ist kürzlich Opa geworden. Hier, auf dem Handy habe ich eine SMS mit einem aktuellen Bild von ihm und dem Enkelkind, einem Jungen – einen Moment …«

»Schon gut!«, sagte der Polizist am Fenster.

»Aber Tassos, wir können den Mann doch nicht einfach an den Tatort lassen«, sagte der dritte Mann, der sich bisher an der Diskussion noch nicht beteiligt hatte. »Was ist, wenn er von der Presse ist?!«

»Der Kollege hat doch meinen Ausweis gesehen!«, wandte Zakos ein.

Der müde Polizist zuckte mit den Achseln. Vielleicht wusste er gar nicht, ob der Ausweis echt war. Wenn Zakos ehrlich war, hatte er seinerseits keine Ahnung, wie die griechischen Polizeiausweise aussahen – er sollte das beizeiten besser mal googeln oder sich bei den Kollegen in Athen informieren.

»Jedenfalls ist die Spurensicherung jetzt nicht da«, sagte Tassos, der Mann am Fenster. »Die wollten draußen schnell was essen, solange man noch was bekommt. Also kann man sie nicht fragen, und wir dürfen es nicht einfach erlauben – das übersteigt unsere Kompetenz.«

Eine Weile trat Schweigen ein.

»Aber wenn du willst, kannst du hier eine mit mir rauchen«, sagte schließlich der Beamte am Fenster.

»Mein Gott Tassos – was soll das denn?«, rief der müde Kollege aus, der sich immer noch vor Zakos aufgebaut hatte.

»Was? Was willst du?«, fauchte Tassos. »Ich lasse ihn doch nicht an den Tatort. Ich will doch nur mit einem deutschen Kollegen, der ein Freund vom Polizeichef auf Rhodos ist, eine rauchen, hier am Fenster. Wo ist das Problem?«

»Das Problem ist, dass du ein wichtigtuerischer Wichser bist«, sagte der andere, doch da stand Zakos bereits neben Tassos am Fenster. Und da verstand er: Aus dieser Perspektive konnte er in die Wohnung blicken, in einen langen Gang mit schwarzem Marmorfußboden, dessen Ende in einen erleuchteten Büroraum mündete und der mit Plastikplanen ausgeschlagen war – es war das Zimmer, in dem der Mord geschehen war. Der Leichnam war wohl bereits abtransportiert, doch er konnte sogar das Blut auf dem ausladenden Glasschreibtisch sehen.

»Ich muss dir was gestehen«, sagte er zu Tassos. »Ich bin Nichtraucher.«

»Umso besser. Und, was sagt dir die Aussicht auf das Heiligtum des toten Staatsanwalts?«

Zakos richtete seinen Blick noch mal einen Moment in die Wohnung und versuchte, sich möglichst alles darin einzuprägen. Dann seufzte er. »Leider nicht das Geringste – aber vielleicht kommt das noch!«, antwortete er.

Kapitel 3

Als die Lifttür sich öffnete, lag der Hausflur in Dunkelheit vor ihm.

»Auch das noch!«, murrte Konstantinos. »Dieser Hausmeister ist doch …«

Weiter kam er nicht – Zakos stubste ihn an und legte den Zeigefinger auf die Lippen. Die Sache kam ihm komisch vor. Ein kompletter Stromausfall konnte es nicht sein – sonst wäre der Aufzug kaum gefahren. Und dass alle Glühbirnen auf einmal durchbrannten, war unwahrscheinlich. Außerdem, jetzt bemerkte er es: Die Katzenaugen des Lichtschalters funktionierten noch und verbreiteten ein schwaches phosphorgrünes Leuchten, das Zakos einen Moment lang an seine Besuche als Kind in der Geisterbahn erinnerte.

Er betätigte die Stoppfunktion des Aufzuges und machte seinem Vater ein Zeichen, hier zu bleiben, bevor er vorsichtig aus dem Lift trat und mit seinem Handylicht die Ecken absuchte. Es gab nur zwei Parteien, eine Tür, die zum Notausgang beziehungsweise zum Treppenhaus führte, und den Lift. Nein, Entwarnung, es war niemand zu sehen.

Da spürte er ein Knirschen unter den Schuhen: Scherben.

Er leuchtete an die Decke und sah, dass die Leuchten darin kaputt waren – alle sechs. Jemand hatte sie eingeschlagen. Das konnte nichts Gutes bedeuten!

Es wohnte außer seinem Vater nur eine weitere Partei auf dem Stockwerk, doch als er in deren Richtung leuchtete, wirkte alles unversehrt. Bei Konstantinos' Wohnung war das anders, und nun konnte Zakos es erkennen: Sie war offen – von einer Eingangstür war nichts mehr zu sehen. Einfach eingetreten! Die Tür lag am Boden, und Zakos musste über sie hinwegsteigen, als er eintrat.

»Um Gottes willen!«, hörte er Konstantinos' Stimme neben sich. Sein Vater hatte sich der Anweisung, beim Aufzug zu bleiben, widersetzt und war ihm gefolgt. Im diffusen Licht, das hier im Wohnbereich aus den Fenstern von draußen hereinströmte, sah er ihn über am Boden verteilte Gegenstände hinwegsteigen, dann war er beim Lichtschalter und knipste das Licht an.

Es war ein Schock! Die Einbrecher hatten alle Schubladen im Eingangsbereich herausgerissen und den Inhalt auf dem Boden ausgeleert, stapelweise Tischwäsche, zerbrochenes Geschirr, Bücher, Schreibzeug, Besteck. Der Spiegel im offenen Eingangsbereich war zerschlagen, der Tisch in der anschließenden Ecke umgeworfen.

Eine Weile standen sie nur so da und starrten schweigend auf das Bild von Zerstörung und Chaos um sich herum, dann räusperte sich Konstantinos.

»Ich nehme an, bei diesem Einbruch handelt es sich nicht um einen Zufall, oder was meinst du, mein Sohn?« Seine Stimme zitterte ein wenig, aber ansonsten war er relativ gefasst. So langsam wirkte er, als sei er allmählich durch nichts mehr zu erschüttern.

»Nein, das glaube ich auch nicht«, erwiderte Zakos. »Aber ich verstehe nicht, was das alles zu bedeuten hat.«

Zur Antwort bekam er nur ein tiefes Seufzen seines Vaters.

»Ich brauche jetzt erst mal was für die Nerven!«, sagte Konstantinos und fischte aus einer klebrigen Scherbenpfütze eine Kognakflasche, die wie durch ein Wunder verschont geblieben war.

»Und du?«

Zakos nickte. Sie setzten sich auf der Terrasse in die Hollywoodschaukel und ließen die Flasche kursieren. Normalerweise mochte Zakos nichts Hochprozentiges – er beließ es meist bei Wein oder Bier –, aber in diesem Moment half der Schnaps: Das Brennen im Rachen machte ihn munter, und der Alkohol putschte ihn einigermaßen auf, das war schon mal gut. Sie hatten noch viel zu tun, und dafür musste er fit sein: Sie mussten die Polizei alarmieren, um potentielle Fingerabdrücke aufnehmen zu lassen, danach das Chaos so weit aufräumen, dass sie zu Bett gehen konnten – denn die Eindringlinge hatten den Inhalt aus den Schränken auf die Betten geworfen.

Selbst auf der Dachterrasse hatten sie gewütet: Außer der Hollywoodschaukel, die fest verankert war, waren alle Möbel umgestoßen, ebenso wie die Pflanzenkübel. Erde und Pflanzen waren zum Teil herausgerissen und auf dem Boden verstreut worden.

»Wie kann es sein, dass niemand was gehört hat – wer sind eigentlich deine Nachbarn hier auf der Etage?«, fragte Zakos seinen Vater. »So eine eingetretene Tür macht doch Krach, das kann man doch gar nicht überhören!«

»Die alte Dame hier ist immer den ganzen Sommer über bei ihrer Tochter in den USA – und unter uns ist derzeit auch niemand. Jetzt im August sind alle in der Sommerfrische, soweit ich weiß«, erklärte Konstantinos.

So gesehen wären die anderen Bewohner viel eher die idealen Einbruchsopfer gewesen, und nicht Dora und Konstantinos. Aber sie waren sich ja bereits einig, dass es sich hierbei wohl um keinen normalen Einbruch gehandelt hatte.

»Die haben was ganz Bestimmtes gesucht – nur *was?*«, sinnierte Zakos. »Hast du eine Vorstellung? Kann es sein, dass Dora hier etwas versteckte – bestimmte Unterlagen oder etwas in dieser Art?«

»Nicht, dass ich wüsste. Außerdem wüsste ich auch gar nicht, ob es überhaupt etwas zu verbergen gab«, sagte Konstantinos. »Aber anscheinend weiß ich über meine Frau einige Dinge nicht«, fügte er nachdenklich an. »Das alles kommt mir momentan vor wie ein schlechter Film.«

Zakos ging es nicht anders. Aber für Befindlichkeiten war jetzt keine Zeit.

»Baba, du musst nachdenken: Wo in dieser Wohnung wäre ein gutes Versteck?«, drängte er. »Gibt es hier vielleicht ein Buch mit einer Aussparung darin oder eine Schublade mit doppeltem Boden – irgendwas?«

»Moment, doch, etwas fällt mir ein – es gibt ein Kästchen unter Doras Nachttisch, das hat tatsächlich eine Art doppelten Boden. Darin bewahrt sie ihren Schmuck auf.«

Sie bahnten sich ihren Weg ins Schlafzimmer. Bei dem Nachtkästchen auf Doras Seite stand die Tür offen, darin waren nur ein paar Bücher verwahrt, die unberührt dalagen. Das Kästchen unterhalb war nicht entdeckt worden. Im Inneren fanden sie eine Perlenkette mit passenden Ohrsteckern, ein paar goldene Ringe, zwei altmodische Broschen.

»Ich weiß nicht, ob das alles war – aber für mich sieht es nicht so aus, als würde etwas fehlen«, sagte Konstantinos.

Also suchten sie weiter, nach einem Ort, von dem sie hofften, dass die Einbrecher ihn nicht gefunden hatten, in dem sich etwas befand, von dem sie nicht wussten, was es war – eine einigermaßen aussichtslose Sache. Aber es half nichts, sie mussten alles versuchen. Zakos durchforstete den Inhalt aus den Bücherregalen, der verstreut auf dem Boden lag, blätterte möglichst viele Bücher durch, doch da war nichts von Belang. Sie klopften Kacheln ab, in der Hoffnung, auf einen Leerraum dahinter zu stoßen, warfen einen Blick in jede von Doras äußerst zahlreichen Lederhandtaschen, und Konstantinos öffnete in der Küche sogar die großen Glasgefäße mit abgefülltem Reis, Zucker und Hülsenfrüchten und rührte mit einem großen Löffel darin herum. Nichts.

Schließlich setzten sie sich wieder auf die Hollywoodschaukel und nahmen noch mal ein paar Schlucke aus der Kognakflasche, doch die Wirkung von vorhin stellte sich nicht wieder ein. Stattdessen stieg Zakos diesmal der warme Alkohol zu Kopfe, und er fühlte sich noch erschöpfter und benommener, als er es davor schon gewesen war.

»Lass uns aufgeben!«, schlug er vor. »Wir rufen die Polizei, lassen sie ihre Arbeit machen. Wir selbst gehen dann schnurstracks in ein Hotel und schlafen uns aus – und morgen kümmern wir uns um alles hier.«

Konstantinos nickte gähnend und scrollte durch die Nachrichten auf seinem Handy.

»Ich habe in der ganzen Aufregung nicht mal daran gedacht, die Kinder anzurufen. Vasso hat vier SMS geschickt, weil sie Neuigkeiten erfahren wollte – die letzte um halb eins.

Nun ja, jetzt schläft sie bestimmt schon, ich rufe sie morgen früh an.«

»Nein, ruf sie sofort an! Weck sie auf!«, drängte Zakos. Er hatte eine Idee. »Ich spreche mit ihr.«

Kurz darauf war sie am Apparat.

»Vasso, ich erkläre dir alles später, aber jetzt muss ich wissen, ob es in eurer Wohnung irgendein Versteck gibt – einen Ort oder einen Platz vielleicht, den ihr als Kinder genutzt habt.«

»Was ist mit Mama?«, fragte Vasso. Ihre Stimme war belegt, sie klang, als wäre sie noch nicht ganz wach. »Habt ihr sie gesprochen?«

»Nein, aber wir wissen, dass sie okay ist, keine Sorge. Aber darum geht's jetzt nicht. Es geht um das Versteck, das ist wichtig! Du musst nachdenken!«, mahnte er. »Wo in der Wohnung hätte Dora etwas verstecken können, wenn sie etwas verstecken wollte?«

»Es ist halb vier Uhr morgens«, sagte Vasso. »Puh – ein Versteck, ein Versteck. Natürlich! Das Schmuckkästchen in ihrem Nachttisch.«

»Nein, das ist es nicht. Ich meine ein echtes Versteck. Einen Ort, den auch unser Vater nicht kennt.« Vielleicht war genau das der Punkt. Vielleicht hatte Dora *gerade* vor seinem Vater etwas versteckt. Unterlagen, Ordner, geheime Papiere – irgendwas in der Art, das bewies, dass sie in etwas verwickelt war, von dem Konstantinos nichts wusste und nichts wissen durfte.

»Ja, da gibt es wirklich etwas«, hörte er da Vassos Stimme an seinem Ohr. »Mamas Arbeitszimmer war früher mein Zimmer, denn in meinem heutigen Zimmer lebte früher unser Kindermädchen, und... egal, jedenfalls habe ich dort mit vierzehn Jahren Zigaretten versteckt und … noch so einige Sachen, von denen die Eltern nichts wissen sollten. Aber eines Tages wurde neu gestrichen, und ein Handwerker fand alles und zeigte es dem Kindermädchen, und die zeigte es Mama. Es ist im Wandschrank, unter dem Teppich – eine lockere Diele im Parkett …«

Zakos bedankte sich und legte eilig auf, dann bahnte er sich den Weg über die herumliegenden Sachen in das Arbeitszimmer, gefolgt von seinem Vater. Er öffnete den begehbaren Einbauschrank, auf dessen Boden ein großer Haufen Wintersachen lag – Mäntel, Schals, Jacken, heruntergerissen von den Kleiderbügeln, die ebenfalls herumlagen. Zakos schaufelte die Klamotten mit seinen Armen hinaus, bis der Boden freigelegt war. Anders als im Raum selbst, in dem Parkett verlegt war, befand sich dort grauer Spannteppich, doch er war nicht verklebt, Zakos konnte ihn ganz leicht wegziehen. Die lockere Diele darunter bekam er nicht auf Anhieb heraus – erst als er eine auf dem Boden liegende Nagelfeile zur Hilfe nahm, ging es ganz leicht.

Die Briefe lagen verstreut in dem Hohlraum zwischen Estrich und Holz, als hätte Dora sie vollkommen achtlos hineingeworfen und nie wieder einen Gedanken daran verschwendet.

Zakos erwachte und sah rot. Dunkelrot. Im ersten Moment wusste er nicht, wo er sich befand. Sein Kopf schmerzte, und im Mund verspürte er einen bitteren Geschmack.

Erst allmählich erinnerte er sich: Er war in Griechenland. Genauer: in Vassos Zimmer, einem jungmädchenhaften Raum mit Blumen auf dem Bettzeug und einer rotgestrichenen Wand. Neben dem Bett lag ein bunter Haufen aus Sommerkleidern, Büchern, Schachteln und Sandalen. Er hatte am Abend davor einfach alles vom Bett gefegt, um endlich schlafen zu können – das Vorhaben, ins Hotel zu gehen, hatten sein Vater und er fallengelassen, weil sie sogar dazu zu müde gewesen waren. Und nun fiel ihm auch ein, woher die Kopfschmerzen wohl stammten – das musste dieser schreckliche Kognak gewesen sein!

Vor der Zimmertür wütete ein Staubsauger – das Geräusch hatte ihn offenbar geweckt. Zakos öffnete und stand zwei kichernden älteren Damen gegenüber. Er blickte an sich herunter und stellte fest, dass er lediglich eine Unterhose trug. Immerhin, wenigstens etwas, dachte er.

»Kalimera! Wie schön, Konstantinos' Sohn kennenzulernen«, sagte eine der Frauen, eine dickliche kleine Dame mit dunkel aufgemalten Augenbrauen, und schüttelte ihm fest die Hand. »Ich bin Rita und helfe hier im Haushalt, und heute habe ich meine Freundin Rosa mitgebracht – zusammen bekommen wir das hier alles bald wieder in den Griff!« Daran zweifelte Zakos nicht – Rosa, eine drahtige Philippina mit bordeauxroten Strähnchen im kurzen Haar, die gerade den Staubsauger über den bereits freigeräumten Gang führte, wirkte mindestens ebenso entschlossen wie Rita. Die beiden waren schon recht weit fortgeschritten, die Wohnung sah viel besser aus als noch am Abend zuvor.

Er selbst ging noch mal zurück in Vassos Zimmer, um sich Hemd und Hose von gestern überzuwerfen, und tappte auf die Terrasse, wo sein Vater ihn mit einer Kanne Kaffee erwartete – die Briefe, die sie gestern gefunden hatten, vor sich ausgebreitet.

»Ich kann es einfach immer noch nicht fassen, dass sie nie etwas gesagt hat«, seufzte er. »Dass sie uns all die Jahre nie von der Gefahr berichtet hat, in der sie lebte – und wir alle mit ihr!«

Es waren Drohbriefe – maschinengeschriebene, computergedruckte, einer sogar zusammengesetzt aus ausgeschnittenen Zeitungsbuchstaben, wie in einem schlechten Film. Manchmal waren es nur zusammengefaltete Zettel, manche befanden sich in Umschlägen, von denen einige einen Poststempel trugen. Die allermeisten waren offenbar bereits einige Jahre alt. Einer der Briefe trug einen Poststempel mit einem Datum von vor zehn Tagen. Er war sehr kurz, an einem Computer verfasst.

»Halte dich raus. Sonst passiert das Schlimmste.« Mehr stand nicht darauf.

»Und du hast nie etwas mitbekommen?«, fragte Zakos zweifelnd. »Dora hat nichts erzählt?«

Sein Vater schüttelte den Kopf.

»Seit Jahren schon nicht mehr. Ich weiß nur von einem Mal, dass sie eine Drohung bekommen hat. Das war, als Vasso gerade neu geboren war, einer von Doras ersten Fällen nach der Entbindung. Aber damals waren es keine Briefe, sondern Anrufe. Und noch etwas war anders: Dora war vollkommen durch den Wind deswegen, sie informierte die Polizei, und sie dachte sogar über Personenschutz nach – nicht nur für sich, sondern vor allem für das Baby. Aber dann wurde die betreffende Person ohnehin überführt.«

»Nun, mittlerweile scheint Dora sich an Drohungen gewöhnt zu haben«, konstatierte Zakos trocken und goss sich noch einen Kaffee ein.

»Ja, sieht so aus!«, sagte sein Vater düster. »Meinst du, diese Drohbriefe haben etwas mit dem Einbruch zu tun?«

Zakos schüttelte den Kopf. Er glaubte eher, dass die Einbrecher an irgendwelchen Akten Doras interessiert gewesen waren. Dass er und sein Vater keine für den Fall relevanten Unterlagen hier vorgefunden hatten, konnte bedeuten, dass die Täter fündig geworden waren – aber das sagte er seinem Vater lieber nicht. Je weniger Konstantinos wusste, umso weniger sorgte er sich.

»Ich sage dir, was wir mit den Briefen tun«, sagte Zakos deswegen mit zuversichtlichem Ton. »Wir übergeben sie der ermittelnden Polizei, wenn wir später zu Dora fahren. Die kümmern sich dann schon darum!«

Sein Vater nickte. »Wir können allerdings erst nach vierzehn Uhr zu ihr – Christos hat deswegen vorhin angerufen«, erklärte Konstantinos. »Wir treffen uns mit ihm im Polizeipräsidium. Möchtest du in der Zwischenzeit irgendwo etwas essen?«

Zakos nickte. Er hoffte, mit vollem Magen besser denken zu können.

»Aber zuerst muss ich unter die Dusche, außerdem brauche ich etwas Frisches zum Anziehen und ein Ladekabel für mein Handy.«

Konstantinos hatte am Vortag gesagt, Ladekabel gäbe es in jedem Fall im Haus, doch in diesem Chaos war es nun schwer, eines zu finden, das passte. Schließlich brachte Rita aus einer Küchenschublade ein ausrangiertes altes Handy, das Vasso gehört hatte und in das Zakos seine Karte wechseln konnte. Leider hatte das Gerät eine ziemlich penetrante roségoldene Farbe, doch damit musste er nun wohl leben – im Moment war keine Zeit für einen Handyladen, außerdem war ohnehin Sonntag.

Auch passende Kleidung war bei den Sachen seines Vaters nicht so leicht zu finden, weil alles noch einigermaßen durcheinander war. Außerdem trug Konstantinos fast ausschließlich Anzüge – das fand Zakos bei dem heißen Wetter zu unbequem. Nach einigem Suchen fand er schließlich eine leichte Jeans und ein graues Poloshirt. Dann stellten sie fest, dass Konstantinos kleinere Füße hatte als sein Sohn. Doch nichts in der Welt konnte Zakos dazu bewegen, bei der herrschenden Hitze noch mal seine eigenen schweren Budapester Schuhe anzuziehen – ihm schmerzten noch die Füße von gestern. Schließlich schlüpfte er kurzerhand in kirschrote Chucks, die seinem Bruder gehörten – und kam sich damit irgendwie ein wenig albern vor. Wenn sein Aufenthalt andauern sollte, würde er nicht umhinkommen, einkaufen zu gehen.

Sein Vater hatte bereits den Autoschlüssel in der Hand, als Rita ihn aufhielt.

»Ich würde an Ihrer Stelle besser erst später hinausgehen«, sagte sie. Sie führte die beiden in die Küche, von wo aus man einen Blick auf die Tiefgaragenausfahrt des Hauses hatte.

Die Reporter waren etwa zu zehnt – zwei Männer, die rauchend an einem weißen Toyota lehnten, ein paar junge Leute, die mit der Technik beschäftigt waren, aber auch eine etwas aufgetakelt wirkende Blondine im beigefarbenen Kostüm und ein Herr mit markantem Gesicht, der Zakos bekannt vorkam – aber vielleicht kam das daher, dass sich Fernsehleute international alle irgendwie ähnlich sahen. Zakos konnte außerdem einen Aufnahmewagen mit Senderaufschriften sehen und erkannte Mikros, auch eines mit einem dicken lilafarbenen Puschel, der wie eine Raupe aus einem Kinderfilm wirkte.

»Komisch, dass die nicht versuchen reinzukommen«, meinte Zakos nachdenklich.

»Nein, das ist gar nicht komisch – unsere Türklingel funktioniert nämlich nicht«, meinte Rita. »Vielleicht haben die Einbrecher irgendwas kaputtgemacht. Jedenfalls denken die Reporter ganz bestimmt, es wäre keiner da – sie warten hier auf Herrn Konstantinos' Rückkehr. Aber da können sie lange warten!«

»Ich werde mich aber auf keinen Fall in meiner Bewegungsfreiheit einschränken lassen!«, sagte Konstantinos aufgebracht. »Wir fahren natürlich trotzdem.«

»Dann kommen Sie mit uns«, sagte Rosa. »Ich habe meinen Wagen in der Garage stehen.«

Es war ein alter gelber Fiat Panda, und er hatte naturgemäß auf dem Rücksitz nicht allzu viel Platz. Zakos konnte sich nicht recht vorstellen, wie die beiden Frauen sie da drinnen herausschmuggeln wollten, aber dann holte Rosa aus einem Stapel sauberer Bügelwäsche im Kofferraum zwei große gestärkte Bettlaken und wies sie an, sich auf dem Rücksitz möglichst klein zu machen. Dann breitete sie die Laken über ihnen aus und drapierte außerdem Handtücher sowie einen Kehrbesen mit Schaufel auf ihnen.

Die Sache funktionierte, sie kamen unbehelligt aus der Garageneinfahrt und fuhren noch ein paar Minuten weiter, bis Rosa den Panda schließlich stoppte und Zakos und seinen Vater von den Stoffmassen befreite.

»Noch eine Minute, und ich wäre erstickt«, japste Zakos. Er war schweißnass und hätte sich am liebsten noch mal unter die Dusche gestellt. Auch sein Vater hatte rote Wangen und wirkte derangiert. Nur Rosa und Rita kicherten, für sie schien das Ganze ein echter Spaß zu sein, eine Art Räuberjagd, doch nach einem Blick auf Konstantinos verstummten sie und zogen sogar ein wenig die Köpfe ein. Ihr Gekicher schien ihnen nun peinlich zu sein.

Zakos' Vater trug wieder den etwas leidenden Gesichtsausdruck, den er auch schon auf dem Flug gezeigt hatte, und wirkte zudem nervös und etwas fahrig, und Zakos machte sich Sorgen, die ganze Aufregung könne ihm zu viel werden. Als Rosa wieder losfuhr und der Fahrtwind sie etwas abkühlte, schien er sich immerhin ein wenig zu erholen.

Rita setzte sie in der Leoforos Alexandras ab, unweit des Polizeipräsidiums, wo sie in einem Café an der Straße Frappés und Club-Sandwiches bestellten, die ziemlich prompt serviert wurden. Das Essen sah appetitlich aus, doch Konstantinos musterte die Teller mit den aufgetürmten Toastscheiben und den Kartoffelchips nur mit angewidertem Gesichtsausdruck.

Statt zuzugreifen, rief er erstmal bei Vasso in München an, um sie und Philippos endlich aufs Laufende zu bringen. Zakos hörte mit halbem Ohr zu und saugte mit seinem Strohhalm den kalten aufgeschäumten Kaffee auf. Er hatte das Gefühl, erst jetzt endlich richtig wach zu werden, davor hatte er noch gar nicht klar denken können, nach dieser langen Nacht. Nun erst gelang es ihm, sich auf die Geschehnisse zu konzentrieren. Sonderbare und verwirrende Geschehnisse, das stand außer Frage! Allein schon die Tatsache, dass dieser Staatsanwalt mit der Eulenstatue von Dora erschlagen worden war, war bereits ein höchst merkwürdiges Detail. Warum war Dora überhaupt in Griechenland geblieben? Wäre sie doch auch zur Taufe nach München gereist, dachte Zakos verärgert, dann wäre vielleicht nichts passiert, und Zakos hätte seine Ruhe und befände sich jetzt vielleicht schon an irgendeinem ruhigen italienischen Badeufer, statt hier zu ermitteln. Das hätte er deutlich vorgezogen!

Außerdem: Was hatte Dora bei Charalambidis gewollt?! Er war doch ihr erklärter Feind. Und soweit Zakos dies wusste, durften Anwälte und Staatsanwälte, die gerade am selben Fall arbeiteten, ohnehin keinen Kontakt pflegen.

Und dann war da noch dieser merkwürdige Einbruch. Dass es ganz normale Diebe waren, schien ausgeschlossen. Wertgegenstände wie Schmuck oder elektronische Geräte waren unberührt geblieben. Wer waren also die Eindringlinge? Hatten sie tatsächlich mit den Geschehnissen rund um den Mord zu tun, oder handelte es sich einfach nur um einen Zufall, dass beide Ereignisse am selben Tag stattgefunden hatten?

Zakos hatte das Gefühl, er müsse sich einfach mit jemandem auseinandersetzen, um sich über die Dinge klarzuwerden. Mit seinem Vater aber wollte er nicht sprechen, denn dieser war viel zu sehr in das alles involviert.

Konstantinos war außerdem nach wie vor in das Telefongespräch mit Vasso vertieft. Offenbar waren sie und ihr Bruder bei Anita untergekommen, in Johns Haus am Ammersee. Zakos lauschte eine Weile, dann machte er seinem Vater ein Zeichen und stand auf, um sich die Beine zu vertreten. In einer angrenzenden Ladenpassage hockte er sich auf ein paar Stufen, scrollte in seinem eigenen Handy, das fast leer war, eine Nummer und rief sie mit Vassos roségoldenem Handy an.

Der Angerufene hob bereits beim ersten Läuten ab.

»Na, Ali, wie ist der Urlaub?«, fragte Zakos. »Kannst du schon fliegen?«

Die Frage war ernst gemeint, denn das ehrgeizige Urlaubsziel seines Kollegen Albrecht Zickler war, Kitesurfen zu lernen. Eigentlich hatte ihn Zakos deshalb auch nicht sofort am Apparat erwartet – aber umso besser für ihn.

»Mensch, der Nick, ja glaubt man's!«, erklang die vertraute Stimme. »Mei, ist das super, dass du mal durchrufst! Taufe gut überstanden? Und jetzt bist du wahrscheinlich selber schon im Urlaub!«

»Nein, es ist alles ganz anders«, sagte Zakos und erzählte. Zickler hörte aufmerksam zu und enthielt sich erst mal jeglicher Kommentare, erst am Schluss gab er seinen Senf dazu.

»Schöner Scheiß!«, sagte er in seiner gewohnt derben Art. »Und du musst jetzt deinem Vater beistehen, dabei ist gar nicht so sicher, dass seine Frau es nicht war – das muss ein komisches Gefühl sein!«

Zickler traf den Nagel natürlich auf den Kopf. Zakos war tatsächlich nicht absolut überzeugt von der Unschuld seiner Stiefmutter. Konnte es sein, dass Dora impulsiv und aus Wut einem Menschen das Leben genommen hatte? Dass sie geradewegs nach einem Gegenstand gegriffen und ihm diesen über den Kopf gezogen hatte? Nein, das durfte einfach nicht sein, sagte er sich. Viel wichtiger war es jetzt, Argumente für ihre Unschuld zu sammeln.

»Dass jemand seine eigene Statue als Mordwaffe mitbringt, wär' doch absurd!«, sagte er. »Die war schließlich ein Geschenk von ihrem Vater. Würdest du wollen, dass ein Geschenk von deinem Vater voller Blut wird? Das wäre doch total verrückt, oder?«

»Ich versteh schon, was du meinst. Sie hätte auch eine alte verrostete Eisenstange oder so was mitnehmen können, oder einen Pflasterstein. Außer …«

Zickler ließ eine Pause entstehen. »Außer, sie hätte einen

bestimmten Grund gehabt, zur Eule zu greifen«, fuhr er schließlich fort. »Vielleicht ist die Eule irgendein Symbol bei euch da unten, denk doch mal nach!«

»Bei uns da unten …«, wiederholte Zakos. Irgendwie fand er sich damit nicht korrekt beschrieben – er war ja fast nie hier unten, er war in München aufgewachsen und wohnte nach wie vor dort. Und er hatte keine Ahnung von griechischer Symbolsprache.

»Ich weiß bloß, was jeder weiß – dass die Eule für Weisheit steht. Und außerdem gibt's noch diesen Spruch: ›Eulen nach Athen tragen‹. Aber ich habe keine Ahnung, ob der hier in Griechenland ebenfalls geläufig ist.«

»Stimmt auch wieder – vielleicht heißt es dort ja ›Nachtigallen nach Athen tragen‹. Vielleicht ist das wie mit den Wiener Würsteln. Du weißt ja – ausgerechnet in Wien heißen die gar nicht Wiener. Sondern da heißen sie Frankfurter!«

Jetzt lachte Zakos hell auf. »Das bist mal wieder typisch du!«, sagte er. »Du denkst immer ans Essen. Sogar, wenn's um Mord geht. Erst recht, wenn's um Mord geht!« In Wahrheit war er gar nicht empört, im Gegenteil: Zicklers Art beruhigte ihn, und er konnte erstmals in dieser Sache alles nüchtern betrachten, als sei er selbst nicht involviert.

»Mal ganz was anderes«, fiel Zickler nun ein. »In welcher Beziehung standen die beiden wirklich zueinander, deine Stiefmutter und dieser Staatsanwalt? Vielleicht waren sie ja gar keine Feinde. Vielleicht ging's in Wahrheit um Liebe, Leidenschaft, Eifersucht. Hatten die früher mal was miteinander? Oder sogar jetzt, ganz aktuell, und niemand durfte was davon erfahren? Und dann droht der eine, alles zu verraten – da kann man schon mal die Nerven verlieren, haben wir alles schon erlebt. Also: Waren die zwei ein Paar?«

»Du fragst Sachen!«, brummte Zakos und blickte sich nach seinem Vater um, der mittlerweile sein Telefongespräch beendet hatte und einigermaßen lustlos in sein Sandwich biss. Er hoffte nicht, dass die Angelegenheit plötzlich auch noch eine solche Wendung bekommen würde.

»Aber um auf die Eule zurückzukommen – ich denke auch, dass niemand vorsätzlich ein Geschenk vom lieben Papa mitnimmt, um jemanden damit zu erschlagen. Da hast du schon recht«, sagte Zickler. »Tut kein Mensch. Von daher würde des schon irgendwie gegen ihre Schuld sprechen.«

»Eben«, sagte Zakos. Er fühlte sich ein bisschen erleichtert. »Das werden die hier aber vielleicht erst mal nicht so sehen. Die Eule war am Tatort, sie ist die Tatwaffe, und ziemlich sicher sind Doras Fingerabdrücke drauf. Und aus, punkt, basta! Würden wir erst mal auch so machen müssen!« Er blickte auf seine Armbanduhr. Langsam wurde es Zeit, Richtung Polizeipräsidium aufzubrechen.

»Na gut, wir müssen dann, ich meld mich wieder«, sagte Zakos. »Mein Vater kann jetzt bald zu Dora, und ich wollte den griechischen Kollegen in der Zwischenzeit den aktuellen Drohbrief zeigen, darum …«

»Bloß nicht!«, sagte Zickler in sehr bestimmtem Ton. »Du hast doch gar keine Ahnung, von wem der ist! Vielleicht ja sogar von dem Mordopfer selbst. Eventuell sogar auf seinem eigenen Briefpapier und von seinem Drucker ausgedruckt. Check das erst mal, bevor ihr was sagt!«

Zakos schlug sich mit der Hand an die Stirn.

»Natürlich! Ich bin doch ein Kamel!«, stöhnte er. »Der Brief war vielleicht doch der Grund für den Einbruch! Wenn sie ihn gefunden hätten, wäre er vielleicht bei der Polizei aufgetaucht – und zwar als Mordmotiv.«

»Du sagst es«, sagte Zickler. »Eine solche Drohung könnte doch durchaus als Motiv gewertet werden. Dann hätte es geheißen, dass sie der Sache ein Ende setzen wollte und deshalb den Bedrohenden ausgeschaltet hat. Denn dass sie als Anwältin und Staatsanwalt Gegner waren – das ist ja noch kein Motiv!«

Zakos fuhr sich aufgeregt mit der Hand durch die Haare. Der Mörder – oder die Mörder – hatten wirklich besonders gründlich gearbeitet und sich nicht nur um die Fingerabdrücke, sondern sogar um das Mordmotiv gekümmert.

»Darum wär's gut, wenn ihr dieses kleine Detail lieber noch nicht verraten würdet«, fuhr Zickler fort. »Zumindest vorerst nicht, bis ihr mehr wisst!«

»Danke!«, sagte Zakos. »Irgendwie stecke ich zu sehr drin, um klar zu denken.«

»Kein Problem, jederzeit«, sagte Zickler. »Ich hab ja Urlaub. Du kannst mich immer anrufen. Wobei diese Warte jetzt schon komisch für mich ist …«

Zakos verstand sofort, was der Kollege meinte.

»Ja, für mich ist's auch komisch. Als hätte man die Seite gewechselt«, sagte er. Erstmals hatte er mit einem Mordfall zu tun, in dem er auf der Seite der Verdächtigen stand – seinem Vater zuliebe. Zakos würde den griechischen Kollegen Dinge verheimlichen müssen, das brachte diese Sache mit sich – das war ihm bis eben noch nicht so klar gewesen. Es ließ sich wohl nicht vermeiden.

Kapitel 4

Zakos war nicht überrascht, Alexis Ekonomidis an einem Sonntag in seinem Büro anzutreffen, denn da hielt er sich die allermeiste Zeit auf. Umso mehr staunte Ekonomidis, als Zakos plötzlich vor ihm stand.

»Was zum Teufel machst du denn hier?!«, rief er und sprang von seinem Stuhl auf, um ihm freundschaftlich auf die Schulter zu klopfen. »Na, so was – bist du im Urlaub in Griechenland? Schön, dich zu sehen!«

»Kein Urlaub, Alexis, eine Familiensache. Darf ich dir meinen Vater vorstellen, Konstantinos Zakos? Und das ist Christos Stathopoulos, der Anwalt meiner Stiefmutter Dora, wegen der wir hier sind.«

Alexis musterte sie aus schmalen schwarzen Augen hinter seiner schwarzen Hornbrille und schüttelte den Kopf.

»Sagt bloß, ihr habt was mit der Mordsache an diesem Staatsanwalt zu tun – das kann doch nicht die Möglichkeit sein?!«

»Leider doch«, übernahm Christos das Wort. »Konstantinos – wir müssen.« Zakos' Vater nickte ihnen zu, dann eilten sie davon, zu Dora in die Untersuchungshaft im obersten

Stockwerk des Gebäudes, und einen Moment lang standen sich Zakos und Alexis ein wenig verlegen gegenüber.

»Sag bloß ...«, wiederholte Alexis. »Das ist nicht mein Fall, aber ich habe die Sache natürlich mitbekommen. Aber wer hätte gedacht, dass ihr verwandt seid! Es gibt ja mehrere Zakos' im Land.«

»So viele auch wieder nicht, glaube ich. Aber egal«, erwiderte Nick. »Sie ist meine Stiefmutter, die zweite Frau meines Vaters ...« Er kam sich plötzlich komisch vor – als sei er ebenfalls verdächtig. Und er hatte ja auch plötzlich etwas zu verbergen, niemand sollte erst mal von den Drohbriefen an Dora erfahren, das hatte er nach dem Telefonat mit Zickler auch noch seinem Vater eingeimpft. Aber während Konstantinos dazu nur cool genickt hatte – wahrscheinlich, weil ihm das ganze Drumherum nicht ganz klar war –, hatte Zakos nun ein Problem: Er fühlte sich, als sähe man ihm an der Nasenspitze an, dass er ein Geheimnis hütete. Ganz automatisch überspielte er es mit Jovialität.

»Mensch – *super* siehst du aus!«, sagte er zu Alexis und klopfte ihm noch mal auf die Schulter. »*Viel* fröhlicher als früher!« Er merkte, dass seine Stimme in dem hohen Raum zu laut hallte und dass Alexis ihn ein wenig sonderbar anschaute, bevor er ihn mit einer Handbewegung bat, an seinem Tisch Platz zu nehmen.

Sie hatten sich vor etwas über einem Jahr kennengelernt, als Zakos in Athen bei einer Mordsache ermittelte. Ekonomidis hatte ihn damals unterstützt. Allerdings hatte die Laune des jungen griechischen Kollegen seinerzeit immer zwischen griesgrämig und depressiv geschwankt, und Zakos hatte zunächst gedacht, der andere könne ihn einfach nicht ausstehen. Erst ziemlich zum Schluss stellte sich heraus, dass Alexis' miese Laune lediglich mit dessen kürzlich vollzogener Ehescheidung zu tun hatte. Aber nun schien er über die Sache einigermaßen hinweg zu sein, er wirkte positiver und frischer – ohne schwarze Bartstoppeln und dunkle ausgebeulte Kleidung wie früher, sondern frisch rasiert und angetan mit einem hellblauen gebügelten Hemd, aber vor allem mit einem freundlicheren Gesichtsausdruck.

»Mir geht's auch ganz gut!«, bestätigte er. »Ich bin viel abends unterwegs und lerne alle möglichen Leute kennen. Außerdem schlafe ich nicht mehr bei meiner Schwester auf der Couch. Hab mir eine Wohnung genommen. Zwar nur klein und ein bisschen stickig, aber fürs Erste geht es.«

Zakos nickte wissend – diese Art kleiner Wohnungen kannte er. Er war selbst nach dem Auszug bei Sarah in einer solchen Wohnung untergekommen, die zwar nicht stickig, aber dafür etwas dunkel gewesen war, doch nun wohnte er für seinen Geschmack schon deutlich zu lange darin. Er hatte allerdings keine Ahnung, wie er Zeit für eine erneute Wohnungssuche aufbringen sollte.

»Wozu brauchst du überhaupt eine Wohnung – du bist doch sowieso hier im Kommissariat zu Hause!«, witzelte Zakos und machte eine Armbewegung, die den leeren Büroraum umfasste.

Alexis lachte. »Stimmt schon. Aber es ist nicht mehr so wie früher, ganz ehrlich nicht. Wochenenden im Büro sind mittlerweile eine echte Ausnahme. Ich bin heute eigentlich nur reingekommen, um ein bisschen Aktenarbeit zu machen. Man wird ja sonst nie damit fertig – ist das bei euch auch so?«

»Klar«, nickte Zakos. »Für mich ist es jedenfalls super, dass du da bist. Dann kannst du mir ja gleich ein paar Infos geben. Zum Beispiel, wer unseren Fall bearbeitet ...«

»Takis Skouros, mit dem habt ihr echtes Glück. Sehr korrekter Typ. Und sehr nett«, sagte Alexis. »Und wie kann ich dir sonst noch weiterhelfen?«

»Wenn du's wirklich wissen willst – mit fünfzehn Minuten allein bei meiner Stiefmutter in der U-Haft wäre mir ungemein geholfen!«, antwortete Zakos geradeheraus. Er hätte Dora gern unter vier Augen gesehen. Vielleicht verriet sie ihm mehr, als sie seinem Vater verraten würde, den sie vielleicht nicht beunruhigen wollte. Aber Zakos dachte sich bereits, dass er bei Alexis diesbezüglich auf Granit beißen würde.

»Nur der Rechtsvertreter und ein enges Familienmitglied sind in der Untersuchungshaft als Besucher erlaubt«, erklärte Ekonomidis ein wenig säuerlich. »Und du sagtest ja, du bist lediglich der Stiefsohn – tja, dann geht es nicht. So ist das.«

»Jaaa, normalerweise. Aber könnt ihr nicht wenigstens bei einem Kollegen wie mir eine Ausnahme machen?«, fragte Zakos mit treuem Augenaufschlag.

Alexis brach in Lachen aus. »Es ist wie immer: Ausgerechnet du als Deutscher willst, dass wir hier die Regeln frei auslegen«, sagte er.

»Und ausgerechnet du als Grieche nimmst alles ganz genau«, parierte Zakos. »Und außerdem bin ich viel griechischer, als du denkst. Ich glaube sogar, wir sind in Deutschland alle viel griechischer, als ihr denkt. Bei uns gibt es sehr wohl Ausnahmen, es hält sich nicht jeder immer an alle Regeln!« Doch es war ihm schon klar, dass Alexis ihm nicht glauben würde.

»Aber wenn du von unserem Fall gehört hast, dann erklär mir wenigstens, was das überhaupt für eine Angelegenheit ist, in der meine Stiefmutter tätig war«, bat Zakos schließlich. »Ich verstehe einfach nicht recht, wie alles zusammenhängt.« Das Gespräch vom gestrigen Abend in Doras Kanzlei war Zakos noch nicht konkret genug gewesen, um durchzublicken, und außerdem war er an Alexis' Sicht der Dinge interessiert.

»Sie vertritt diesen Panos Pappas, nicht wahr?«, sagte Alexis. »Interessanter Typ, die Zeitungen waren voll von der Sache. Hat jahrelang eine Art Doppelleben geführt. Nach außen hin ein ganz seriöser Journalist, sogar bei einem eher konservativen Blatt. Aber in Wahrheit ein kleiner Linker. Er hat jedem ein Forum gegeben, der über miese Geschäfte und Bestechungsskandale auspackte. Und zwar ging's bei ihm immer gegen die Arrivierten, die Reichen. Das verrät natürlich seine eigentliche politische Einstellung – das war das Pikante daran.«

»Geht's bei solchen Skandalen nicht immer um die miesen Geschäfte der Reicheren?«, kommentierte Zakos. »Die Ärmeren haben doch schließlich nichts, mit dem sie miese Deals durchziehen können, oder?«

»Deine Unwissenheit gibt dich dann doch als naiven Deutschen aus«, sagte Alexis und klang nun ein wenig naseweis. »Hier im Land wird das System in jeder Gesellschaftsschicht beschissen. Da gibt's die kleinen Beamten, die sich schmieren lassen, die kleinen Selbständigen, die noch nie eine müde Mark Steuern bezahlt haben – und die linken Politiker, die große Töne spucken, aber heimlich die Hand aufhalten. Aber egal. Jedenfalls: Pappas hat sich insbesondere auf Wirtschaftsskandale spezialisiert. Wenn Firmenaufträge etwa nicht auf seriöse Weise zustande kamen und so weiter. Es gab Leute, die ihm das steckten, und je berühmter er mit seinen Offenbarungen wurde, umso mehr Leute wandten sich an ihn und seinen Blog. Der hieß ›Papapa!‹«

Zakos lachte auf. Papapa war im Griechischen ein Ausruf der Empörung.

»Ja, es war echt witzig. Das lag auch daran, dass ›Papapa!‹ lustig geschrieben war, sehr spitzzüngig. Komischerweise kam trotz der Namensähnlichkeit lange Zeit niemand darauf, dass der Verfasser Panos Pappas war. Aber dann nahm er sich irgendwann diese Markopoulos-Sache vor, und das war offenbar eine Nummer zu groß für ihn.«

»Was passierte?«, fragte Zakos interessiert.

»Tja, das Problem war, dass der alte Markopoulos bis dahin eine absolut reine Weste hatte. Er entstammt einer alten Reederfamilie von den Inseln, echter Geldadel. Bis vor kurzem galt er als eine Art Wohltäter – so ähnlich wie die Erben von Niarchos.«

»Auch ein Reeder, nehme ich an«, sagte Zakos.

Alexis seufzte.

»Bei dir muss man ja wirklich bei Adam und Eva anfangen«, sagte er. »Der alte Niarchos war noch ein Zeitgenosse von Onassis – von dem solltest du aber was gehört haben!«

Zakos nickte, ein wenig beschämt.

»Na gut, die Erben von Niarchos und auch die Onassis-Gruppe tun heute noch viel für das Land, besonders seit der Krise – Bildungsprogramme und solche Sachen. Und so ist es auch bei anderen Reedern. Markopoulos beispielsweise fördert Behinderteneinrichtungen. Er gilt manchen deshalb regelrecht als Heiliger. Und es gab nie etwas, das an diesem Image gekratzt hat – nicht die kleinste Steuerverfehlung wurde jemals laut. Wobei Reedereien bei uns ohnehin steuerbefreit sind, aber egal. Aber plötzlich heißt es auf Papapa!, dass Markopoulos der reinste Gangster sei. Da ging's nicht nur um ein bisschen Schwarzgeld oder ein paar Fakelakia. Da gings's um Schmuggelware und bewaffnete Raubüberfälle und solche Sachen. Das war ein echter Knaller, das kannst du dir ja vorstellen!«

Zakos nickte und rieb sich die Arme – ihm war kalt wegen der Klimaanlage, die auf vollen Touren lief. Ihn als Münchner machte der Temperaturwechsel zwischen drinnen und draußen in Griechenland immer ganz fertig, und er hätte gern einfach das Fenster aufgemacht, um ein wenig Wärme hineinzulassen. Aber er wollte Alexis' Redefluss erst mal nicht unterbrechen.

»Papapa! behauptete zum Beispiel, die Markopoulos-Gruppe verdiene einen großen Teil ihres Geldes mit Tabakschmuggel. Gefälschte Zigaretten sind eine Riesensache hier im Land. Du hast bestimmt überall diese illegalen Händler gesehen, die gefälschte Zigaretten auf der Straße verkaufen! Nein? Na, egal. Jedenfalls gehen dem griechischen Staat jedes Jahr geschätzte 600 Millionen Euro an Steuergeldern durch diese Schwarzmarkt-Zigaretten flöten – das war natürlich ein Superthema für Papapa!«

»Aber Markopoulos war nicht erfreut, nehme ich an«, konstatierte Zakos.

»Kannst du dir vorstellen!«, meinte Ekonomidis. »Aber Papapa! war in aller Munde! Ich glaube, dass es niemanden gibt, der das nicht gelesen hat, denn natürlich haben die Printmedien alles dann auch noch aufgegriffen. Papapa! hatte allerdings noch mehr auf Lager. Zum Beispiel, dass die ganze Markopoulos-Firma eine regelrechte Mafia sei, die sogar Schutzgelder kassiert. Kunstraub soll auch auf die Rechnung dieser Leute gehen. Seit in den Museen am Wachpersonal gespart wird, ereignete sich nämlich eine regelrechte Raubserie an byzantinischen Ikonen, aber auch moderne Kunst wurde geklaut – quasi alles, was die Diebe kriegen konnten!«

»Aber – vielleicht war gar nichts dran? Vielleicht hatte Markopoulos recht, und es handelte sich tatsächlich nur um üble Nachrede«, gab Zakos zu bedenken. »Was glaubst du denn?«

»Nun ja, ich hab mir angewöhnt, solche Anschuldigungen schon mal grundsätzlich zu glauben – ganz einfach, weil sie es in der Regel auch sind, wie die Erfahrung zeigt. Und so sehen das mittlerweile die meisten«, meinte Alexis. »Beweise konnte Papapa! allerdings nicht bieten, er konnte seine Informanten ja nicht ans Messer liefern – deswegen hat Markopoulos ihn auch angezeigt, wegen übler Nachrede und Verletzung der Persönlichkeitsrechte, soweit ich weiß.«

»Eine Sache verstehe ich nicht – wieso hatte Markopoulos' Klage überhaupt Aussicht auf Erfolg – wenn doch jeder immer überzeugt ist, dass schmutzige Geschäfte laufen?«, wunderte sich Zakos.

»Wie gesagt: Es gibt keine Beweise«, erklärte Alexis. »Und außerdem passierte kurz davor etwas, was das Bild auf Blogger hier absolut veränderte. Aber ich muss jetzt unbedingt was trinken, mein Mund ist schon ganz trocken vom vielen Reden. Kommst du mit zum Getränkeautomaten?«

Zakos nickte und stand auf.

»Die Automaten hier sind ganz neu, eine echte Verbesserung. Früher mussten wir immer Wasser mitbringen, und das hat ganz schön genervt! Zumindest, wenn man kein Leitungswasser mochte, so wie ich. Ich misstraue den Leitungen hier im Haus – das Wasser hier hat einen Geschmack, als würde Rost darin schwimmen. Ekelhaft!«

Sie trabten gemeinsam den Gang entlang und öffneten die Tür zum Notausgang, der zum Treppenhaus führte. Im Gegensatz zu der Eiseskälte im ganzen Haus war es hier so heiß wie in einem Backofen. Die Getränke aus dem glänzenden Automaten dagegen waren eiskalt – Alexis zog zwei Flaschen Wasser und reichte eine davon Zakos.

»Papapa! ist wie gesagt nicht der einzige Blog in Griechenland«, sagte er, nachdem er einen kräftigen Schluck getrunken hatte. »Früher, vor ein paar Jahren, waren sie noch wichtiger, denn die Presse war regelrecht gleichgeschaltet. Und all die Jahre waren diese Blogs eine gute Alternative, wenn man sich informieren wollte, und lustig waren sie sowieso. Manche waren sogar ziemlich derb, mit Cartoons und so. Aber bei aller Frechheit und Respektlosigkeit – im Grunde waren die Betreiber immer irgendwo seriös. Jedenfalls nicht kriminell oder so. Aber das änderte sich vor einem halben Jahr.«

Sie waren mit ihren Flaschen zurück in Alexis' Büro gewandert, wo Zakos am Fensterbrett an der Fernbedienung für die Klimaanlage herumtippte.

»Ich brauche ein wenig warme Luft – hier drinnen erfriert man ja beinahe«, sagte er, worüber Alexis mit den Achseln zuckte. »Aber sprich weiter – wie war das mit den unseriösen Blogs?«

»Es war eigentlich nur einer«, erklärte Ekonomidis. »Die Betreiber nutzten ihre Erkenntnisse über eine Baufirma nicht dazu, die Öffentlichkeit zu informieren, sondern um die betreffende Firma zu erpressen. Und das kam raus.«

»Aber das hatte doch mit diesem Papapa! gar nichts zu tun, oder?«, fragte Zakos.

»Ja, aber du weißt ja, wie so was läuft – plötzlich drehte sich die Stimmung, und die Blogger galten als die bösen

Jungs. Und das kam natürlich Markopoulos zugute, als er Papapa! anzeigte.«

»Und Staatsanwalt Charalambidis war auf Markopoulos' Seite – und nun ist er tot!«, sagte Zakos. »Dora glaubt, er sei geschmiert gewesen!«

»Dafür gibt es allerdings nicht den geringsten Beweis, der Mann hatte einen glänzenden Leumund«, entgegnete Alexis.

»Ja, so wie Markopoulos auch, nicht wahr …«, spottete Zakos.

Alexis grinste. »Du bist doch ziemlich griechisch: Du lernst schnell!« Zakos lachte auf.

»Jedenfalls muss jetzt wohl ein neuer Staatsanwalt installiert werden«, fuhr Alexis fort. »Und Pappas braucht eine neue Verteidigerin – deine Stiefmutter fällt ja erst mal aus!«

Zakos seufzte.

»Eine Sache wüsste ich noch gern«, sagte er. »Wie wurde es überhaupt bekannt, dass dieser Pappas hinter Papapa! steckt – mal von der Namensähnlichkeit abgesehen, die ja vorher auch nie jemandem aufgefallen war.«

»Tja – Rätsel über Rätsel«, sagte Alexis. »Plötzlich stand es jedenfalls in der Zeitung. In jeder Zeitung! Da wusste es das ganze Land. Und den Rest kennst du!«

Takis Skouros war ein höflicher, ganz in Leinen gekleideter Mann Ende vierzig mit olivfarbenem Teint und grauen Bartstoppeln. Er wirkte professionell und unaufgeregt, als er Zakos mit festem Griff die Hand schüttelte und ihm ein Zeichen machte, gemeinsam mit Alexis ihm gegenüber am Schreibtisch Platz zu nehmen.

»Ich komme gerade von Dora Zakos, die ich übrigens gut kenne – wir hatten über die Jahre immer mal wieder miteinander zu tun«, sagte er. »Im Moment befindet sie sich in der Spurensicherung – Blutabnahme und so weiter, sie wissen schon. Daher weiß ich immer noch nicht, wann Ihr Vater zu ihr kann.« Zakos nickte und versuchte ein Lächeln. Sie waren mittlerweile eine Ewigkeit im Präsidium, wie Zakos fand. Er wollte sich kaum vorstellen, in welcher Verfassung Konstantinos sich durch diese lange Wartezeit befinden mochte.

Und nun musste Zakos schon wieder warten: Skouros' Telefon läutete, und als er auflegte, läutete auch noch sein Handy. Zakos blickte sich um, mittlerweile unverhohlen ungeduldig. Anders als in Alexis' Büro wurde hier gerade auf Hochtouren gearbeitet. Ein junger Kollege saß in einer Ecke am Eingang des Raums und tippte rasend schnell in seinen Computer, während eine kräftige Kriminalbeamtin mit hellblond gefärbter Kurzhaarfrisur zwei uniformierten Polizisten Anweisungen erteilte. Offenbar hatte kurz davor eine Besprechung stattgefunden – an einem Tisch in der Mitte des Raums lagen noch ein Paar Ordner, und es gab leere Kaffeebecher und Wasserflaschen. Außerdem klingelten ständig Telefone.

Auch Skouros' Handy fing gleich nach dem Auflegen schon wieder an zu tönen, aber diesmal drückte sein Besitzer den Anruf nach einem Blick auf das Display kurzerhand weg.

»Leider kann ich dem Kollegen keine Interna über den Fall verraten, das ist ja klar«, fuhr Skouros an Alexis gewandt fort. »Aber ich mache es wieder gut. Haben Sie heute Abend schon Pläne, Chärr Kommissär?«, wandte er sich an Zakos. Die letzten beiden Worte sollten deutsch sein.

»Was hast du vor?«, fragte Alexis Skouros.

»Wir werden jemandem einen kleinen Besuch abstatten«, sagte dieser mit einem grimmigen Lächeln. »Kommen Sie,

Nikos! Auf der Straße nach Kifisia herrscht um diese Zeit sogar sonntags Stau. Und ich möchte pünktlich zum Abendessen da sein!«

Es ging um eine Einladung, bei der sie nicht auf der Gästeliste standen: eine Gesellschaft im Hause Markopoulos.

»Wir haben zufällig mitbekommen, dass er heute Gäste zu sich gebeten hat«, hatte Skouros im Wagen erklärt. »Ich mag solche Besuche, die den Betreffenden vor ihren Freunden oder Geschäftspartnern unangenehm und peinlich sind, besonders bei solchen Leuten – sie sollen sie daran erinnern, dass sie nicht unverletzbar sind. Nur weil jemand Geld und Macht besitzt, steht er nicht über dem Recht!«

Es war kurz vor sieben Uhr abends, als er seinen etwas betagten Alfa Romeo in einer ruhigen Seitenstraße des Villenviertels unter einer ausladenden Platane parkte – sie hatten tatsächlich eine Ewigkeit gebraucht, damit hatte Skouros recht behalten.

Antonis Markopoulos' Haus war ein Naturstein-Schlösschen mit Erkern und Türmchen, das eher nach England gepasst hätte als in den Süden Europas. Davor saßen zwei grimmig wirkende Männer in der Uniform einer Sicherheitsfirma in einem verglasten kleinen Häuschen neben dem hohen Metalltor. Einer der beiden hatte den aufgepumpten Oberkörper eines Bodybuilders, der andere war eher aufgeschwemmt, mit Stiernacken und wulstigen Augenbrauen. Zunächst wollte er sie nicht durchlassen, dann telefonierte er eifrig – vielleicht mit dem Sicherheitschef, vielleicht mit Markopoulos höchstpersönlich. Zakos wusste es nicht, und es war ihm auch gleich, er wurde langsam ungeduldig. Schließlich fauchte Skouros die beiden an und drohte, sie und alle Hausbewohner von den Kollegen abholen zu lassen und sie im Mannschaftswagen ins Präsidium zu einem Verhör zu kutschieren.

Schließlich telefonierte der Stiernackige erneut und wies ihnen dann mit einer Handbewegung den Weg hinein in den Park, der das Anwesen umgab und der ebenfalls fast so grün war wie ein englischer Park. Es lag an den übereifrigen Wasserspendern, die die Szenerie mit regelmäßigem Ticken in Sprühnebel hüllten und den von Rosenbüschen gesäumten Natursteinweg glitschig überzogen, so dass sie ihre Füße vorsichtig aufsetzen mussten. An der Haustür öffnete ihnen schließlich eine Angestellte in blauem Hauskleid und musterte sie, als seien sie Schulbuben, die etwas angestellt hatten.

Markopoulos empfing sie in der Bibliothek, die ebenfalls einem britischen Schloss alle Ehre gemacht hätte mit ihren dunklen Möbeln und den ledergebundenen Büchern, die in Regalen fast bis zur kuppelförmigen Decke reichten. Dort hatte sich die kleine Gesellschaft, die um ihn herumsaß, zum späten Nachmittagskaffee eingefunden.

»Sie haben Glück, meine Herren. Nelly wollte gerade das Gliko reichen«, begrüßte der Hausherr sie und lächelte, als seien sie sehnlichst erwartete Gäste. »Meine Tochter macht das beste Gliko von ganz Athen, nicht wahr, mein Schatz?«

Für Zakos, der bis vor kurzem noch nie von Markopoulos gehört hatte und der sich einen irgendwie grobschlächtigen Typen mit dicker Uhr am Handgelenk vorgestellt hatte, war der Mann eine echte Überraschung. Der Reeder besaß ein feingeschnittenes Gesicht mit unzähligen Lachfältchen um die Augen und wirkte ungemein kultiviert, eher wie ein Literaturprofessor denn wie ein Geschäftsmann – und schon gar nicht wie ein krimineller Mafiaboss.

Nelly, die Tochter, brach auf das Zeichen ihres Vaters in ein glucksendes Lachen aus und erhob sich, um mit einem vorbereiteten Silbertablett herumzugehen. Obwohl sie die zwanzig sicher bereits überschritten hatte, war sie nur etwa so groß wie ein zehnjähriges Kind, und als sie zu sprechen begann, klang ihre Stimme schleppend, als koste es sie große Mühe, die Wörter zu formulieren. Nun war Zakos klar, warum Markopoulos sich derart für die Förderung behinderter Kinder in seinem Land einsetzte – seine Tochter gehörte ebenfalls zu den Betroffenen.

»Aber ich habe nicht alles allein gemacht – Mama hat geholfen«, sagte Nelly.

»Natürlich, mein Liebling, das hat so viel Spaß gemacht!«, sagte Madame Markopoulos, eine Dame mit goldblonder Föhnfrisur und auffallend glattem Gesicht. Man konnte sie sich mit ihren langen blutroten Nägeln nur schwer in der Küche vorstellen, aber wenn Nelly es sagte, musste es wohl stimmen.

»Es ist so hübsch, dass diese altmodischen Sachen wie Gliko wieder in Mode kommen!«, zwitscherte Madame Markopoulos weiter.

»Ganz bezaubernd!«, meldete sich nun ein ebenfalls bereits etwas älterer Gast im hellen Anzug zu Wort. »Neulich war ich in einem Restaurant in Petralona, in dem nur altmodische Speisen serviert werden. Die Besitzer ziehen ihr Gemüse zum Teil sogar selbst, im Garten hinter dem Haus. Ich hatte Bamies in Tomatensauce!«

»Weißt du, Michalis, ich mag Bamies nicht«, sagte Nelly, die sich sichtlich anstrengen musste, das Tablett gerade zu halten. »Sie fühlen sich haarig an. Ich möchte keine Haare essen!« Michalis lachte nickend, und Nelly ging weiter zu dem Nächsten, einem jungen Mann, den sie als Kimon ansprach.

Dann stand sie schließlich vor Zakos.

»Was für ein Gliko ist das – Masticha?«, fragte er freundlich. Es handelte sich um eine weiße Masse an langen Löffeln, die in Wassergläsern stakte. Er kannte das von seiner Yiayia, der Oma, und hatte es das letzte Mal in seiner Kindheit probiert. Masticha – Mastix – war damals die im Hause Zakos favorisierte Geschmacksrichtung.

»Es ist Vanillia«, sagte Nelly. Dann blickte sie hinunter auf die Chucks an seinen Füßen. »Rot ist meine Lieblingsfarbe«, sagte sie und lächelte bezaubernd.

»Meine ebenfalls!«, erwiderte Zakos. Er fand, dass eine kleine Höflichkeitslüge durchaus genehmigt sein dürfte.

Eine Weile waren alle mit ihrer Süßigkeit beschäftigt, so als wären Skouros und Zakos ganz normale Gäste. Erst als die Süßspeise verzehrt war, wandte sich Skouros an Markopoulos, doch der ließ ihn gar nicht erst zu Wort kommen.

»Nein, nein, dies ist kein guter Moment für eine Unterredung!«, sagte er mit gedämpfter Stimme und klang dabei fast demütig. »Nelly wird traurig, wenn über Geschäftliches geredet wird. Aber Kimon wird alle Ihre Fragen beantworten, nicht war, Kimon? Begleite die Herren doch bitte ins Büro!«

»Danke für die Vanillia. Sie hat hervorragend geschmeckt!«, wandte sich Zakos an Nelly, als er das leere Glas auf das Tablett zurückstellte.

»Das freut mich«, lächelte Nelly stolz. »Morgen backe ich Koulourakia. Dann müssen Sie uns wieder besuchen!«

Kimon musterte Skouros und Zakos von oben bis unten, und als sein Blick schließlich bei Zakos' Turnschuhen angekommen war, rümpfte er die Nase, als ginge ein unangenehmer Geruch von ihnen aus. Zakos ärgerte sich. Was für ein aufgeblasener Jüngling! Er wirkte auf ihn wie eine jüngere Version von Thilo, ebenso glatt rasiert und einparfümiert, dass es Zakos den Magen umdrehte.

Sie befanden sich in einer Art Büro, zumindest stand ein großer, hoher Holzschreibtisch mit Intarsienarbeiten mitten im Raum, hinter den Kimon sich postiert hatte wie hinter einem Rednerpult. An den Wänden nahm Zakos jede Menge gerahmte Fotos wahr: offenbar von der Markopoulos-Stiftung und ihren diversen Behinderteneinrichtungen – Gruppenfotos in grünen Parks, immer wieder Bilder von Kindern, davon einige in Rollstühlen. Lächelnde Gesichter, Händeschütteln. Außerdem gab es Porträts von Markopoulos mit Persönlichkeiten des öffentlichen Lebens – sogar eines mit dem Dalai Lama und ein älteres mit Prinzessin Diana.

»Sie wünschen?«, sagte der Jungspund kalt, und Zakos versuchte, ebenso arrogant dreinzublicken wie sein Gegenüber. Er hoffte, es gelang.

»Wir wünschen Ihren Chef morgen früh um neun Uhr in unserem Büro zu sprechen – und zwar höchstpersönlich! Sonst würde ich mich bemüßigt fühlen, ihn mit polizeilicher Eskorte zu uns zu begleiten!«, blaffte Skouros.

»In welcher Angelegenheit wünschen Sie Herrn Markopoulos denn zu sprechen?«, näselte der Jungspund, dessen Gesicht nach wie vor keinerlei Regung zeigte.

»In der Angelegenheit Charalambidis, wie Sie sich denken können!«

»Charalambidis? Ist das nicht dieser Staatsanwalt?«, gab der andere von sich, als habe er keine Ahnung.

Skouros sparte sich die Antwort und schickte ihm lediglich einen entnervten Blick.

»Neun Uhr«, wiederholte er und pfefferte mit Verve eine Visitenkarte auf den Tisch, bevor er auf dem Absatz kehrtmachte und mit großen Schritten aus dem Raum ging, von Zakos eilig gefolgt.

»Dora ist erledigt!«, sagte Zakos etwas später im Wagen. »Gegen diese Sippe kommen wir niemals an!« Markopoulos wirkte derart grundsympathisch und vertrauenerweckend, dass sogar Zakos einen Moment lang daran gezweifelt hatte, dass an den Anschuldigungen gegen ihn etwas dran war. Und dann noch Nelly! Das Mädchen hatte ihn gerührt, er hatte sie gemocht. »Haben Sie die ganzen Fotos von den Stiftungen bemerkt – sogar eines mit dem Dalai Lama war dabei!«

Skouris lachte auf. »Und wenn eines vom lieben Gott höchstpersönlich gewesen wäre – das hätte mich völlig kaltgelassen. Nein, nein, da darf man sich nicht blenden lassen, das ist eine ganz verlogene und miese Brut«, schimpfte er. »Nelly wird so traurig, wenn wir über Geschäftliches reden – du liebe Zeit!«, imitierte er den Tonfall des Reeders. »Was für ein Heuchler, einfach zum Kotzen. Tatsächlich hat er allen Grund, nervös zu sein, denn er weiß, dass irgendwo in seiner Organisation ein Verräter tätig ist, ein Judas, der ihn und seine schmutzigen Machenschaften an Pappas preisgegeben hat.«

Pappas! Er war der Dreh- und Angelpunkt. Es war wirklich allerhöchste Zeit, den Mann zu sprechen, fand Zakos, am besten noch heute Abend.

»Das ist nicht Ihr Ernst, oder?«, sagte Skouros und blickte ihm so lange bei voller Fahrt spöttisch ins Gesicht, dass Zakos fürchtete, er könne aus der Spur kommen und den oleanderbepflanzten Mittelstreifen touchieren. »Den würde wirklich jeder gern sprechen – die Herrschaften von vorhin zuallererst. Aber nicht mal Ihre Stiefmutter weiß, wo der sich versteckt. Wenn er überhaupt noch am Leben ist!«

Kapitel 5

Sein Vater erwartete ihn in einem Restaurant in Piräus, wo er sich gerade gemeinsam mit Christos eine Fischplatte einverleibte. Die beiden schienen den Umständen entsprechend gut drauf zu sein, Konstantinos war sogar ein wenig aufgekratzt.

»Es gibt Neuigkeiten: Nach dem Gespräch mit Dora sieht alles ganz anders aus!«, bestürmte er seinen Sohn.

Christos nickte bekräftigend und ergriff das Wort.

»Wie wir dachten, war Sokratis tatsächlich ein von Markopoulos gedungener Mann«, sagte er. »Aber er wollte sich dagegenstellen und alles aufdecken. Deshalb wandte er sich an Dora, sie sollte ihm helfen.« Er machte eine kurze Pause, um sich eine Gabel frittierter Fischchen in den Mund zu schieben, die er schließlich mit einem Schluck Cola Light herunterspülte – offenbar sein Standardgetränk.

»Allerdings hätte sie mich dabei einweihen müssen. Sie wusste doch – diese Leute sind gefährlich! Ich hätte sie vielleicht schützen können. Aber in solchen Dingen ist sie ja immer beratungsresistent …«

»Nicht nur in solchen Dingen!«, brummelte Konstantinos, der anders als Christos Weißwein trank, in großen, durstigen Schlucken. Zakos hatte den Eindruck, er habe bereits einen sitzen. In einer Anwandlung von Beschützerinstinkt schenkte er sich ebenfalls ein volles Glas ein und leerte dabei die Flasche bis auf einen kleinen Rest, damit für Konstantinos nicht mehr so viel übrigblieb.

»Dora sagt, Sokratis ging es gar nicht ums Geld«, ergriff er nun wieder das Wort. »Es war ganz anders, er wurde gezwungen. Man hat ihm gedroht, seiner Familie etwas anzutun. Er hat zwei Kinder, etwa im Alter von Philippos und Vasso.«

Also auch etwa im Alter von Nelly, dachte Zakos und musste an die fürsorgliche Art denken, mit der Markopoulos seine Tochter behandelt hatte und die in krassem Gegensatz zu solcherlei Drohungen stand.

»Seit etwa zehn Tagen arbeiteten sie gemeinsam an Sokratis' Ausstieg. Er wollte sich stellen und bei der Polizei gegen Markopoulos aussagen, und sie waren dabei, alles dazu Erforderliche schriftlich niederzulegen«, erklärte Konstantinos weiter.

»Aber warum ausgerechnet Dora?«, wunderte sich Zakos. »Es gibt doch noch andere Anwälte, und die beiden waren doch erklärte Feinde, der Staatsanwalt und sie.«

»Heute ja. Aber früher nicht, da waren sie befreundet«, erklärte Christos. »Wir alle waren befreundet und in derselben Clique, als wir jung waren. Wir gingen zusammen aus, fuhren manchmal übers Wochenende nach Hydra in das Sommerhaus von Sokratis' Eltern. Er war älter als Dora und ich, aber dennoch zwei Semester unter uns. Er war einfach ein verwöhntes Bürschchen, niemand hätte damals geglaubt, dass aus dem ein Staatsanwalt wird, der Ehrgeiz kam bei ihm erst später. Aber ich schweife ab«, sagte er und goss sich Cola nach, während Konstantinos dem Kellner ein Zeichen nach einer weiteren Flasche Wein machte.

»Er kannte Dora jedenfalls gut, und er kannte sie als absolut unbestechlich«, fuhr er fort. »Und natürlich war sie seine erste Wahl, weil sie Pappas vertrat – sie war in dem Fall absolut drin.«

Zakos nickte nachdenklich. Sicherlich hatte Skouros bereits Kenntnis von dieser neuen Wendung gehabt. Anmerken lassen hatte er sich aber nichts.

»Was hat Dora konkret vom Samstag erzählt?«, fragte Zakos nach einer Weile. Das war schließlich das Allerwichtigste – die Ereignisse vor dem Mord.

»Sie haben sie reingelegt!«, brauste Konstantinos auf. »Diese miesen Schweine!« Seine Augen wirkten glasig. Christos schickte ihm einen vorsichtigen Blick, bevor er wieder das Wort ergriff.

»Er hat sie gebeten, ihn umgehend aufzusuchen«, führte er aus. »Sie war gerade in ihrem Büro, um ein wenig zu arbeiten, und wollte gleich etwas essen gehen, als die Nachricht eintraf – per SMS übrigens.«

»Könnte also auch jemand ganz anderes gewesen sein …«, meinte Zakos.

Christos nickte und wischte sich den Mund mit der Stoffserviette ab – die Fischplatte war mittlerweile regelrecht abgegrast.

»Dora sagte, normalerweise rief er sie eigentlich immer persönlich an – sie hatte noch nie zuvor eine Textnachricht von ihm erhalten. Aber sie dachte sich nichts dabei, es war ja seine Nummer. Sie schrieb zurück, dass sie sofort losfahren würde, und das tat sie dann auch!«

»Sie war also nicht das erste Mal bei ihm?«, folgerte Zakos.

Er dachte an Charalambidis' Arbeitszimmer, in das er gestern Nacht hatte hineinlugen dürfen, an die niedrige schwarze Ledersitzgruppe rund um einen massiven Rauchglastisch, der zu einem Schreibtisch der selben Machart passte – alles sehr kühl und maskulin eingerichtet, nirgends eine Pflanze, nirgends ein Bild an der Wand oder auch nur ein gerahmtes Familienfoto – zumindest nicht erkennbar aus Zakos' Perspektive vom Fenster des Vorraums aus. Das einzige schmückende Beiwerk im Arbeitszimmer: eine regelrechte Armada tönerner Amphoren in unterschiedlichen Größen. Charalambidis schien die Dinger zu sammeln, sie standen auf einem Sideboard, auf dem Boden, auf dem Schreibtisch – es sah fast aus wie in einem Museum.

Das bedeutete: Niemand, der diesen Raum kannte, käme auf die Idee, ausgerechnet hierher eine Statue mitzubringen. Auch nicht in der größten Wut und beim Vorsatz, einen Mord auszuführen. Wozu auch, in einem Raum voller schwerer Tongefäße.

Zakos war sich nicht sicher, ob dieses Argument vor einem Richter als Unschuldsbeweis durchgehen würde, aber er fand diese Tatsache ungeheuer erleichternd. Endlich war er sicher: Dora war unschuldig! Gleichzeitig meldete sich das schlechte Gewissen, weil er insgeheim an ihr gezweifelt hatte.

»Vielleicht wurde Sokratis von seinem Mörder – oder den Mördern – gezwungen, die SMS zu schreiben, vielleicht war er aber zu diesem Zeitpunkt auch bereits tot, und *sie* haben die Nachricht verfasst – wir wissen es nicht«, berichtete Christos weiter. »Als Dora dort ankam, war die Eingangstür jedenfalls aufgebrochen und Sokratis bereits tot. Und während sie noch bei ihm stand und seinen Puls abtastete, stürmte auch schon die Polizei die Wohnung!«

»Die Aktion war offenbar auf die Sekunde genau durchsynchronisiert!«, kommentierte Zakos. »Und was war mit der Statue?«

»Dora sagt, die hat sie erst im allerletzten Moment gesehen, als sie bereits abgeführt wurde. Und da schwante ihr natürlich nichts Gutes. Ihr war erst ganz kurz vor dem Besuch bei Sokratis klargeworden, dass die Eulenfigur sich nicht mehr in ihrem Büro befand. Sie wusste aber nicht, wie lange sie bereits verschwunden war. Sie dachte, vielleicht hat die Sekretärin sie verräumt oder etwas Ähnliches.«

Er machte eine Pause und tupfte sich mit der Serviette das Gesicht – der Abend hatte kaum Abkühlung gebracht, es herrschten noch über dreißig Grad.

»Es ist kein schönes Gefühl zu wissen, dass diese Leute offenbar auch in unseren Räumen waren. Aber es war wohl so – irgendwer muss die Eule entwendet haben«, fuhr er fort.

»Hm – wer hat denn Schlüssel zu eurer Kanzlei?«, fragte Zakos.

»Offenbar zu viele Leute!«, meinte Christos nachdenklich. »Die Kollegen natürlich, die Sekretärinnen, eine Putzfirma, die bei uns saubermacht, der Hausmeisterservice, Praktikanten und so weiter. Deswegen sind wichtige Akten weggesperrt. Aber wer denkt denn daran, dass jemand eine wertlose Statue klaut? Noch dazu ausgerechnet *diese* Statue – Dora hat ja noch andere Figuren herumstehen. Aber ausgerechnet die Eule, ein so persönliches Stück! Ihr Vater hat sie für sie zum bestandenen Staatsexamen anfertigen lassen, er hat sie als Kind nämlich immer Eule genannt, natürlich, weil sie so intelligent ist. Sie hängt sehr daran. Und nun das! Das ist, als kenne jemand sie ganz genau und versuche, sie in jeder Hinsicht persönlich zu treffen. Der Gedanke macht mich fertig!«

»Na, na!« Zakos machte eine beschwichtigende Handbewegung. »Mach dich nicht verrückt. Dass sie genau diese Statue gewählt haben, kann auch einfach Zufall sein!«

Christos nickte und zeigte ein gefasstes Lächeln.

»Eine Sache war da noch«, ergriff nun Konstantinos das Wort. »Dora hatte bereits eine Weile das Gefühl, sie würde beobachtet. Kommissar Skouros sagt, das sei ihr Instinkt als erfahrene Anwältin. Er scheint ihr in allem Glauben zu schenken, und er kennt sie als engagierte, seriöse Juristin. Nicht, dass er beim derzeitigen Stand irgendwas für sie tun könnte. Aber wenn alle Mails und die Korrespondenz zwischen Dora und Sokratis ausgewertet wurden, sieht es sicherlich wieder besser für sie aus, sagte er.«

»Na also, Baba«, sagte Zakos und lächelte seinem Vater aufmunternd zu. »Du wirst sehen, alles wird gut!« In Wahrheit war er sich darüber nicht gewiss – nur weil Skouros sie beruhigt hatte, hieß es noch lange nicht, dass er tatsächlich von Doras Unschuld überzeugt war. Vielleicht tat er absichtlich so und hoffte, Dora oder jemandem, der ihr nahestand, entwiche eine unbedachte Bemerkung, wenn er sich sicher fühlte. Zakos verfuhr mitunter ebenfalls so.

Als Konstantinos dem Kellner winkte, um für seinen Sohn die Speisekarte zu ordern, sah Christos Nick mit bekümmertem Blick an. Da wusste er, dass den Kompagnon Doras dieselbe Sorge umtrieb.

Alexis Ekonomidis hatte angeboten, Zakos in die Redaktion der Kathimerini zu begleiten, aber der hatte abgelehnt. Er hielt es für günstiger, sich nicht als Polizist zu erkennen zu geben. Vielleicht erreichte er als Privatperson mehr.

Die Redaktion bestand aus einem Großraumbüro, in dem

die einzelnen Sitzbereiche durch filzbezogene Trennwände unterteilt waren, die wohl den Schall absorbieren sollten. Gegen den immensen Trubel hier drinnen konnten sie allerdings kaum etwas ausrichten: Ein Redakteur ließ gerade am Festnetz an seinem Schreibtisch eine Schimpfkanonade ab und knallte danach den Hörer auf die Gabel, zwei andere guckten gemeinsam eine US-Sitcom, machten sich Notizen und lachten noch öfter als das eingeblendete Studiopublikum. Außerdem schrillten unablässig Telefone und Handys, und in einem durch eine gläserne Schiebetür eher notdürftig abgegrenzten Bereich fand gerade eine Art Besprechung statt, bei der offenbar alle durcheinanderredeten.

Marina Beous Bürowabe war so stark mit Fotos und Zeitschriftenausschnitten bedeckt, dass der graue Bezug der Wände darunter nicht mehr zu sehen war. Neben ihrem Tisch und dem Drehstuhl gab es außerdem einen kleinen Ledersessel für Gäste, der mit orientalischen Kissen belegt war, während an der nüchternen Lamellenjalousie am Fenster ein knallorangefarbener indischer Sari wehte – sie hatte es sich so wohnlich wie möglich gemacht. Sie selbst schien gerade alles um sich herum ausgeblendet zu haben, so konzentriert hämmerte sie auf ihre Tastatur ein. Die Journalistin hob den Blick erst, als er neben sie auf die Tischplatte klopfte.

Große graugrüne Augen, umrahmt von dichten schwarzen Wimpern, blickten ihn an, als käme sie von ganz weit her. Einen Moment lang verharrte sie reglos so, dann fuhr sie mit den Händen unter das lange blondgesträhnte Haar und zog sich die weißen Ohrstöpsel heraus. »Ich hasse diese Abtipperei der Interviews. Irgendwie werde ich mich nie daran gewöhnen, dass unser Schreibbüro abgeschafft wurde«, sagte sie, und dann, als würde sie jetzt erst bemerken, dass er gar kein Bestandteil des Redaktionsteams war: »Sie wünschen?«

»Zakos«, sagte er und streckte die Hand aus.

»Beou«, erwiderte sie und musterte ihn neugierig, während sie seine Hand schüttelte.

»Ist das ein Zufall, oder sind Sie mit Dora Zakos verwandt?«

Er nickte. »Sozusagen. Ich bin ihr Sohn – Stiefsohn!«, erklärte er. »Ich hätte ein paar Fragen an Sie. Ich war gerade bei Ihrem Chef hier vorne«, er zeigte in die Richtung, in der gerade die lautstarkte Konferenz abgehalten wurde. »Er sagte, Sie könnten mir vielleicht Auskünfte über Panos Pappas geben.«

»Auskünfte?«, sie lachte auf. »Nein, bei mir gibt es keine Auskünfte. Schon gar nicht über Panos.«

Plötzlich veränderte sich ihr Gesichtsausdruck, und sie musterte ihn misstrauisch.

»Wenn Sie tatsächlich Doras Stiefsohn wären, bräuchten Sie von mir auch ganz gewiss keine Auskünfte über ihn, denn dann wären Sie bei ihr als Panos' Anwältin direkt an der Quelle für sämtliche Auskünfte, die es nur geben kann«, sagte sie. »Darum werde ich jetzt unseren Wachdienst am Empfang anrufen und Sie hinausbefördern lassen. Ich verstehe sowieso nicht, wieso die Sie hier reingelassen haben, ich …«

Sie hatte den Hörer ihres Festnetzapparates abgehoben, aber Zakos machte eine beschwichtigende Handbewegung.

»Halt, halt, ich bin harmlos – ich kann mich ausweisen!«, versicherte er. »Sie können gern meine Taschen untersuchen lassen, ich werde sie sogar selbst für Sie durchsuchen, bitte sehr: keine Aufnahmegeräte, keine Waffen, keine TV-Kamera – nur ein Handy, ein Ausweis, ein Geldbeutel und ...«, er kramte eine Weile weiter in seinen Hosentaschen und legte alles neben sie auf die Tischplatte.

»... ein Pfefferminzbonbon. Sieht aus, als wäre das schon mal in der Waschmaschine mitgewaschen worden.« Er versuchte, das Papier abzupulen, das allerdings festklebte, weshalb er das Bonbon in den Papierkorb neben Marina Beous Schreibtisch schnippte.

»Okay, das ist ein bisschen unappetitlich, und es klebt. Aber das macht mich noch nicht gefährlich, oder?« Dazu versuchte er ein besonders einnehmendes Lächeln. Er wusste, dass er manchmal mit Charme am weitesten kam, und einige Kollegen – insbesondere sein Freund Albrecht Zickler – zogen ihn deswegen auf und nannten sein Lächeln die Charmebolzen-Taktik, aber er ließ sich nicht beirren, solange dieses Manöver funktionierte.

Diesmal funktionierte es nicht.

»Haha, ein Witzbold«, sagte Marina kühl und fischte mit spitzen Fingern in den Sachen auf dem Tisch nach Zakos' Personalausweis.

»Deutsch also!«, sagte sie. »Interessant. Ich hätte bei Ihrem Akzent eher auf Albanisch getippt. Da gibt es einige geschickte Jungs aus Albanien, die sind echte Meister, was gefälschte Ausweispapiere angeht. Insbesonders deutsche Ausweispapiere, denn griechische will ja sowieso keiner haben. Also: Wieso sollte Dora Zakos ausgerechnet einen deutschen, viel zu alten Sohn haben – das glaubt doch kein Mensch!«

»Mein Gott, Sie sind vielleicht misstrauisch!«, entfuhr es Zakos. »Nichts gegen Albaner, aber rein zufällig bin ich keiner, sondern Doras Stiefsohn, der Sohn ihres Mannes aus erster Ehe. Ich kann es beweisen. Ich habe Fotos!«

Er nahm sein Handy vom Schreibtisch und suchte nach Familienfotos aus der jüngeren Vergangenheit, bis er schließlich ein Familien-Selfie fand, aufgenommen an einem windigen Frühlingstag an der Promenade des Pasalimani. Dora, Konstantinos, Nick, Philippos und Vasso mit Elias auf dem Arm, alle strahlend und mit verwehtem Haar. Zum Glück hatte er mittlerweile ein passendes Ladekabel und benutzte wieder sein eigenes Handy. Ohne seine Privatfotos wäre er derzeit in Griechenland nicht weit gekommen.

Marina Beou nahm sein Telefon und musterte das Bild eine Weile.

»Familie Zakos, wie bezaubernd!«, sagte sie schließlich mit etwas spöttischem Unterton. »Sie sehen Ihrem Vater ähnlich, und der große Junge ebenfalls – ich nehme an, das ist auch Doras Sohn?«

Zakos nickte. »Mein Halbbruder, genau!«

»Na gut. Albaner sind Sie also nicht«, sagte sie. »Aber ich wüsste dennoch nicht, warum ich mit Ihnen über Panos reden sollte.«

»Vielleicht, weil ich mit Dora nicht sprechen darf?«, sagte Zakos. »Sie ist in Untersuchungshaft, ich darf nicht zu ihr.«

Sie zuckte mit den Schultern und nahm die Kopfhörer vom Tisch.

»... und mein armer Vater ist vollkommen fix und fertig vor Sorge. Ich würde ihm gern helfen und herausfinden, was hinter der ganzen Sache steckt«, sagte er. »Wir sind überzeugt, dass Dora unschuldig ist, und ich möchte meinem Vater helfen, das zu beweisen.«

»Viel Glück!«, sagte sie. »Aber ich habe zu tun!« Nun steckte sie sich tatsächlich die Stöpsel in die Ohren, nahm aber ihr Handy noch nicht in die Hand.

»Bitte!«, sagte Zakos. »Ihr Chef sagte, Panos und Sie arbeiten oft zusammen. Sie sind befreundet. Vielleicht wollen Sie Rücksprache mit Pappas halten? Vielleicht ist er ja daran interessiert, mit uns zusammenzuarbeiten? Die Sache mit Dora und Charalambidis muss ihn doch auch schocken. Was sagt er denn dazu? Und was bedeutet das alles für seinen Blog?«

»Keine Ahnung!, sagte sie. »Den Blog gibt's schon seit Wochen nicht mehr, der ist abgeschaltet. Und außerdem hatte ich damit sowieso nie zu tun, das ist ganz allein Panos' Projekt«, entgegnete sie, und Zakos fragte sich, ob eine Spur Gekränktheit in ihrer Stimme mitschwang.

»Außerdem weiß kein Mensch, wo er sich befindet!«, beteuerte sie.

»Aber seine Handynummer haben Sie doch ganz bestimmt, oder?«

»Klar habe ich seine Handynummer«, sagte sie entnevt. »Halb Griechenland hat seine Handynummer. Aber das heißt nicht, dass irgendjemand ihn erreichen kann. Das Handy ist ausgeschaltet.«

»Dann hat er vielleicht eine neue Nummer, eine E-Mail-Adresse, irgendwas? Er muss doch irgendwie kommunizieren? Mit Dora hat er doch auch kommuniziert, und mit seiner Familie. Und mit Ihnen.«

Marina zuckte nur mit den Achseln.

»Bitte, helfen Sie mir«, sagte er, und diesmal war der Augenaufschlag nicht gespielt – er brauchte sie wirklich, wenn er seinem Vater helfen wollte. Er brauchte sie unbedingt.

Sie seufzte. Dann zog sie die Ohrstöpsel wieder heraus.

»Ich weiß doch auch nichts!«, beteuerte sie. »Wenn ich ehrlich bin, würde ich selbst gern mit ihm sprechen, um sicherzugehen, dass es ihm gutgeht. Aber er meldet sich nie zurück!«

»Wie lange geht das denn schon?«, interessierte sich Zakos.

»Ein, zwei Wochen?«, meinte sie. »Ich weiß nicht genau. Jedenfalls hält er sich irgendwo versteckt, aber früher hat er immer zurückgerufen, wenn ich ihm auf dem Handy eine Nachricht hinterlassen habe. Oder er schickte eine Mail oder eine SMS als Lebenszeichen. Aber plötzlich – nichts. Soweit ich weiß, konnte nicht mal Dora ihn zuletzt erreichen.«

»Ach, Sie kennen sich also, Dora und Sie?«, fragte er.

»Klar. Man kennt sich nun mal. Sie ist Strafanwältin. Ich bin Polizeireporterin – und in letzter Zeit war ich noch ein paar Dinge mehr, zum Beispiel Schreibbüro. Aber egal. Jedenfalls wusste sie, dass Panos mir vertraute, deswegen wandte sie sich Anfang letzter Woche ebenfalls an mich, denn sie konnte plötzlich auch keinen Kontakt mehr zu ihm herstellen. Aber ich weiß auch nicht mehr als sie.«

»Das glaube ich Ihnen nicht«, sagte Zakos spontan.

Es war nur so ein Gefühl, aber anscheinend traf er damit ins Schwarze. Sie sah ihm ins Gesicht, und Zakos erkannte plötzlich ihre Angst. Angst um Pappas? Angst um sich selbst? Er wusste es nicht.

»Hören Sie, ich ahnte ja nicht, was passieren würde!«, sagte sie. »Ich war eher in Sorge um Panos. Aber ich hätte nie gedacht, dass jemand den Staatsanwalt ermorden könnte. Und dass sie Dora die Sache in die Schuhe schieben würden. Auf so was wäre ich nie gekommen!«

»Sie halten Dora für unschuldig?«, fragte er. Immerhin.

»Natürlich! Aber die Sache zeigt doch, wovon diese Leute imstande sind«, sagte sie mit bedrückter Stimme.

»Gerade darum ist es doch jetzt besonders wichtig zusammenzuarbeiten«, reagierte Zakos. »Wir können voneinander profitieren. Sie helfen mir, mit Pappas Kontakt aufzunehmen. Und ich helfe Ihnen ebenfalls!«

»Ach ja? Wie denn?«, fragte sie, und nun lag wieder Spott in ihrer Stimme.

Gute Frage, dachte sich Zakos. Er hatte das einfach so dahingesagt. Aber dann hatte er eine Idee.

»Exklusivrechte an Doras Geschichte, sobald sie wieder frei ist!«, sprudelte es aus ihm heraus. »Sie erzählt Ihnen alles – wie sie Charalambidis gefunden hat, wie sie davor seine Vertraute geworden war …«

»Ist sie das? Interessant!«, kommentierte Marina Beou.

Zakos nickte. Er war sich nicht sicher, dass diese Information gut bei ihr aufgehoben war – genauso wenig darüber, ob Dora zustimmen würde, mit der Presse zu sprechen. Aber irgendwas hatte er ja sagen müssen, damit sie anbiss.

Und sie biss an. »Na gut!«, sagte sie nach einer Weile, in der sie ihn kritisch gemustert hatte. »Ich mache Ihnen ein Angebot: Sie lassen mich hier noch eine Weile arbeiten und holen mich um sieben – nein, sieben Uhr dreißig – ab.«

»Und dann?«, fragte er.

»Sie erzählen mir alles über Dora und Charalambidis, was Sie wissen. Dann nehme ich Sie mit zu Louisa. Panos' Ehefrau. Sie versteckt sich mit dem Baby bei Freunden, aber manchmal treffen wir uns auf einen Kaffee und tauschen uns aus – irgendwo, wo viel los ist und sie sich sicher fühlt.«

Louisa trug ausgefranste Jeansshorts und Flipflops, aber auf dem Schoß hielt sie eine teuer aussehende Handtasche, an die sie sich klammerte wie an einen Schutzschild. Ihr schmales Gesicht wirkte angespannt, und die Fingernägel waren derart abgekaut, dass Zakos es als schmerzhaft fand hinzusehen.

»Wer ist das? Warum hast du ihn mitgebracht?«, fuhr sie Marina statt einer Begrüßung an. »Ist er von der Polizei? Du weißt doch, dass ich niemanden sehen will!«

Der Treffpunkt war ein Café an der Platia Exarchia, und Zakos verstand sofort, warum sie diesen Ort gewählt hatten: Die Gegend war eine Art Ausgehmeile, die Straßen und Lokale waren derart überfüllt, dass keiner sie beachtete. Auch auf dem Platz in der Mitte tummelten sich Heerscharen von Menschen, die meisten waren junge Leute mit Dreadlocks, Tattoos, Piercings – eine alternative Szene. Aber es gab auch Familien und alte Leute, die entlangflanierten und auf ihre Chance warteten, einen leeren Tisch in einem der Lokale zu ergattern.

»Er ist nicht von der Polizei, das sieht man doch!«, sagte Marina. »Er ist aus Deutschland, er ist … was, sagtest du, ist dein Beruf?«

»Ich bin in der IT-Branche«, nuschelte Zakos. »Ich heiße Nick Zakos, ich wollte Sie unbedingt treffen. Meine Stiefmutter ist Dora Zakos, die Frau meines Vaters. Mein Vater ist halb verrückt seit dem Mord, und natürlich versuche ich, ihm zu helfen. Ich muss unbedingt mit Ihrem Mann sprechen!«

»Ja, da sind wir dann schon mehrere!«, sagte Louisa trocken. »Aber ich kann da nicht weiterhelfen. Ich dachte eigentlich, Marina hätte mir was Neues zu berichten. Deswegen bin ich gekommen, ich dachte …«

»Er sagt, Charalambidis hatte sich von Markopoulos abgewandt«, schnitt ihr Marina das Wort ab. »Dora sollte ihm helfen, ein Geständnis aufzusetzen, in dem dargelegt wird, dass er gezwungen wurde, sich in deren Dienste zu stellen.«

»Und jetzt ist er tot!« Louisa klammerte sich noch fester an ihre Tasche. »Sie werden Panos auch umbringen, nicht wahr?« Ihre Stimme klang plötzlich so dünn, dass er sie in dem Trubel um sie herum kaum verstehen konnte.

»Keine Sorge, er passt schon auf sich auf«, sagte Marina und drückte Louisas Arm. »Er hat ja Verantwortung für dich und für die Kleine!«

»Ist ihm doch egal! Er hat sich doch bereits gefährdet! Er hat uns alle gefährdet!«, brauste Louisa auf. »Dieser verfluchte Blog! Warum musste er damit überhaupt anfangen? Warum, mein Gott?« Es klang, als würde sie Marina dafür verantwortlich machen.

Diese schüttelte entnervt den Kopf.

»Was willst du eigentlich? Du kanntest ihn doch, als du ihn geheiratet hast. Hast du gedacht, er gibt seinen Job auf? Sollte er vielleicht ins Moderessort wechseln, um mit dir den ganzen Tag Händchen zu halten?«, sagte sie wütend. »Er ist, wie er ist!«

»Bravo!«, sagte Louisa höhnisch und stand auf. »Er ist ein Held. Ein großartiger investigativer Starjournalist. So wie du. Ich finde euch beide so was von zum Kotzen!«

»Halt, warte!«, rief Marina aus und sprang ebenfalls auf. »Es tut mir leid! Ich verstehe natürlich, dass du in Sorge bist.« Aber Louisa hatte sich bereits umgedreht und war fast augenblicklich in den Menschenmassen verschwunden. Eine Sekunde später war Marina ebenfalls fort, ihr hinterher. In diesem Moment trat der Kellner an ihren Tisch und brachte die bestellten Getränke, Kaffee und ein Amstel-Bier, und Zakos kramte in seiner Hosentasche und drückte ihm einen Schein in die Hand. Von den beiden Frauen war nun nichts mehr zu sehen.

Zakos drängelte sich durch eine Gruppe jugendlicher Punks, danach hätte er beinahe eine Familie angerempelt, die einen Kinderwagen schob. Doch dann lichtete sich die Straße ein wenig, sogar ein paar Autos zwängten sich wieder durch, und plötzlich sah er Marina, die sich auf eine Gartenbank am Platz gestellt hatte und in die Richtung Ausschau hielt, in die Louisa davongegangen war.

»Da! Ich sehe sie!«, rief sie, als Zakos bei ihr war, und tatsächlich konnten sie Louisa eine Straßenecke weiter ausmachen, wie sie dastand und mit ausgestrecktem Arm einem Taxifahrer ein Zeichen gab, die Handtasche mit der anderen immer noch fest an sich gedrückt – wie ein Kind, das ein Plüschtier an sich presst, durchfuhr es Zakos. Sie kam ihm sehr jung vor, vielleicht erst knapp über zwanzig, und sehr zerbrechlich und dünn.

Sie erreichten sie gleichzeitig mit dem Taxi.

»Tut mir leid!«, sagte Louisa zu Marina und öffnete die Wagentür. »Ich bin einfach mit den Nerven fertig.«

»Mir tut's auch leid«, sagte Marina. »Ich wollte nichts Abfälliges gegen Moderedakteurinnen sagen, natürlich respektiere ich deinen Beruf! Wenn du magst, fahren wir zusammen. Wir können in Ruhe reden!«

»Entschuldige, aber ich will lieber allein sein. Es ist alles im Moment ein bisschen viel!«, antwortete die junge Frau, dann stieg sie ein, schlug die Tür zu, und Zakos und Marina blieben auf der Straße zurück.

Kapitel 6

Sie hörten die Nachricht von Pappas' Tod im Autoradio: Er war erschossen aufgefunden worden, in einem Wäldchen auf der Insel Naxos. Konstantinos lenkte sofort den Wagen von der Straße auf den Bürgersteig, wo er den Motor abschaltete und sich durchs Haar fuhr.

»Verdammt!«, sagte er und schüttelte den Kopf. »Das wird Dora sehr treffen. Sie mochte ihn! Er war so voller Energie und Engagement, sagte sie immer. Mein Gott, diese Verbrecher!«

Zakos nickte betroffen. Er musste an Louisa denken, an ihr schmales verschrecktes Gesicht, die abgekauten Nägel.

»Wo führt das nur hin, Nikos, wo führt das alles nur hin?«, stöhnte Konstantinos. »Langsam bekomme ich ernsthaft Angst!«

Die Tage davor war alles einen ganz normalen Gang gegangen, fast hatte sich sogar eine Art Alltag eingespielt: Zakos fuhr morgens mit seinem Vater im Wagen nach Athen, wo sie am Eingang zum Polizeipräsidium auf Christos trafen. Die beiden gingen täglich zu Dora, zu der Zakos nach wie vor nicht durchgelassen wurde. Währenddessen besuchte er

Alexis Ekonomidis oder versuchte, Kommissar Skouros ein paar Worte über den Stand der Ermittlungen zu entlocken. Relativ erfolglos. Der griechische Ermittler ließ sich nicht in die Karten schauen. Einmal, als Zakos die Tatortfotos an der Pinnwand zu unverhohlen musterte, rügte Skouros ihn sogar.

»Ich muss doch sehr bitten!«, sagte er leise, aber ungehalten, und Zakos spürte, wie er rot wurde – was ihn selbst ärgerte. Hatte er denn gar kein Recht, etwas zu erfahren? Und was machte es für einen Sinn, sich hier in Athen aufzuhalten, wenn er überhaupt nicht weiterkam?

Nur ein paar Minuten später lenkte Skouros wieder ein, nahm ihn am Arm und sagte, wohlerzogen wie eh und je: »Begleiten Sie mich stattdessen lieber hinaus an einen schöneren Ort als diesen hier, und wir genehmigen uns in einem Straßencafé einen Frappé!« Zakos hoffte, er würde ihm draußen, an einem neutralen Ort außerhalb des Präsidiums, wenigstens ein paar Details verraten. Im Café allerdings interviewte Skouros schließlich eher ihn als umgekehrt, etwa über die Gepflogenheiten bei der Münchner Polizei. Und Zakos gab sich Mühe, sich nicht anmerken zu lassen, dass seine Verärgerung stetig wuchs. Schließlich brauchte er Skouros. Er hoffte, noch mal von ihm involviert zu werden, wie damals bei dem Besuch bei Markopoulos. Damit war keinerlei Verrat an Interna verbunden gewesen, aber dennoch hatte dieser Besuch Zakos geholfen, sich ein Bild davon zu machen, mit welchen Gegebenheiten man es überhaupt zu tun hatte. Doch eine ähnliche Gelegenheit ergab sich nie.

Dass er auch bei Alexis auf Granit beißen dürfte, was den Mordfall Charalambidis anging, verstand sich von selbst.

Alexis würde sich nie dazu hinreißen lassen, auch nur die kleinste Andeutung zu machen.

»Er muss immer das allgemeine Vorurteil gegen die Griechen widerlegen und ständig beweisen, dass sie hier in Athen ganz besonders überkorrekt sind«, klagte Zakos seinem Freund Zickler am Telefon sein Leid. »Das nervt einfach!«

»Tja«, machte Zickler. »Da denkt man, man hat Connäktschns zu den Kollegen in Griechenland – und dabei nützen die einem gar nix.« Er meinte Connections. Zicklers Aussprache im Englischen war ein wenig eigentümlich.

»Du sagst es«, brummte Zakos. »Und deswegen bin ich im Prinzip vollkommen überflüssig hier – ich könnte genauso gut wieder nach München fliegen. Ich komme eh nicht weiter. Wenn Alexis mit mir über den Fall wenigstens ein wenig brainstormen würde. Aber er blockt alles ab.«

»Du kannst doch auch mit mir bräinschtormen! Am Telefon«, sagte Zickler eifrig. »Und ich könnte auch einen Abstecher zu dir nach Athen machen. Von Kreta ist es nicht weit, und ich war schließlich noch nie in Athen. Das wär doch eine super Gelegenheit!«

»Und was ist mit Kitesurfen?«, wunderte sich Zakos. »Das ist doch so cool, dachte ich. Du hast doch einen Kurs gebucht!« Zickler hatte in München davor wochenlang von nichts anderem gesprochen. Er hatte sogar ein Poster mit einem waghalsigen Surfer über seinem Schreibtisch aufgehängt, das er von der Kollegin Astrid Kaminski bekommen hatte, die neben dem Kitesurfen noch andere gewagte Sportarten wie Paragliding und Parcours ausübte. Astrid war die junge Kollegin aus ihrer Abteilung. Bei der Arbeit kritisierten sie und Zickler sich zumeist oder zogen einander auf, aber Zakos wusste auch, dass die beiden privat offenbar etwas am

Laufen hatten – oder zumindest immer wieder mal. Zakos blickte da nicht ganz durch.

»Jaaa, Kitesurfen ist schon saucool«, wand Zickler sich. »Aber ehrlich gesagt erst, wenn man's kann. Davor ist es halt sehr nass!«

»Klar. Hast du gedacht, man macht das an Land?«, prustete Zakos.

»Ja, du hast gut lachen! Du hast es ja auch noch nie ausprobiert!«, entgegnete Zickler. »Du ahnst ja nicht, wie oft man schon beim ganz normalen Surfen von diesem verdammten Brett fällt. Weil, zuerst muss man natürlich Surfen lernen, bevor man in die Luft geht. Und das nervt. Andauernd das Scheißsalzwasser überall. Literweise hab ich's geschluckt, und aus meinem linken Ohr geht's gar nimmer raus, das ist andauernd belegt. Und überhaupt!

Aber wenn man hier nicht surft, dann ist es auch blöd, weil hier alle surfen. So wie die Astrid. Die ist den ganzen Tag auf dem Wasser – beziehungsweise in der Luft –, und am Abend quatscht sie nur noch mit ihren Spezln hier über den Wind und so. Das ist so langweilig, das packt man nicht. Darum war ich auch gestern schon um zehn im Bett!«

»Ahh, jetzt verstehe ich – die Astrid ist also auch dabei!«, sagte Zakos. Hätte er sich auch denken können. »Warum hast du das nicht gleich erzählt?«

»Durfte ich ja nicht!«, sagte Zakos. »Keiner Menschenseele durfte ich verraten, dass wir zusammen Urlaub machen. Das wollt die Astrid nicht, damit's keinen Klatsch gibt. Deswegen darfst du auch nix verraten, bitte. Aber jetzt noch mal zu Athen: Soll ich kommen? Kannst du mich gebrauchen?«

»Na, dann komm halt! Warum nicht?«, meinte Zakos. »Ist sogar eine super Idee! Wann kannst du denn losfahren?«

»Schnellstmöglich!«, meinte Zickler begeistert. »Ich schau gleich mal, wann die nächste Fähre geht!«

Doch nun, nach der Nachricht über Pappas' Tod, dachte Zakos gar nicht mehr an den Kollegen. Nun war es wichtig, sofort auf die aktuelle Situation zu reagieren. Zakos wandte sich an seinen Vater.

»Du fährst am besten wie geplant zu Dora und überbringst ihr die schlechte Nachricht«, entschied er. »Und ich hole Marina Beou aus der Redaktion ab – wir müssen unbedingt noch mal Pappas' Frau sprechen!«

Louisa und Panos hatten in einer großen Dachterrassenwohnung am noblen Kolonaki gewohnt, in die nun das Unglück eingezogen war. Marina hatte erfahren, dass Lousia bereits wieder dort war – nach Panos' Tod gab es für sie keinen Grund mehr, sich zu verstecken. Doch statt der jungen Frau öffnete ihnen ein älteres Ehepaar, Louisas Eltern. Sie kümmerten sich um das Kind, ein Mädchen, noch kein Jahr alt. Die Kleine saß gleichmütig in einem Hochstuhl und ließ sich von der Oma mit Obstbrei aus einem Gläschen füttern, nichts ahnend von der Schicksalhaftigkeit dieses Tages.

Mitunter erklang ein jammernder Laut aus dem Schlafzimmer. Louisa. Sie hatte einen Zusammenbruch erlitten, ein Arzt war bei ihr. Immer wenn ihr Schluchzen zu ihnen nach draußen klang, wischte Louisas Mutter sich die Augen und blickte Zakos vorwurfsvoll an, als trüge er irgendeine Schuld.

Er saß auf der hellen Leinencouch im Wohnzimmer und kam sich dumm vor, denn er wusste nicht, was er tun konnte. Marina neben ihm redete währenddessen auf Louisas wie erstarrt wirkenden Vater ein. Sie wollte unbedingt erfahren, wo der Laptop von Pappas abgeblieben war, ob er in der letzten Zeit Mails geschickt hatte, sie wollte Louisas Handynachrichten durchforsten, zu ihr ins Schlafzimmer eingelassen werden. Sie weinte ebenfalls, aber gleichzeitig sprach sie immer schneller, immer drängender auf den Mann ein, bis Zakos sie schließlich am Arm berühren und ein »He, he!« loslassen musste. Er wollte nicht von Louisas Familie an die Luft gesetzt werden.

Die Sorge war unbegründet: An dem Vater schien alles einfach abzuprallen. Schließlich ging er auf die Dachterrasse und rauchte eine Zigarette. Zakos ging mit hinaus und lehnte sich neben ihn an die Wand. Gemeinsam blickten sie Richtung Akropolis, die von hier aus gut zu sehen war. Sie beobachteten schweigend, wie Louisas Mutter mit dem Kleinkind irgendwo in der Wohnung verschwand, vielleicht, um es zu einem Schläfchen hinzulegen, und wie Marina einen Anruf auf ihrem Handy entgegennahm. Dann hörten sie wieder einen von Louisas Wehlauten. Der Vater warf Zakos einen leeren Blick zu und trat die Kippe ganz in Gedanken auf dem ansonsten vollkommen sauberen Marmorfußboden aus, als befände er sich gar nicht auf einer Terrasse, sondern irgendwo auf der Straße. Zakos konnte sich einigermaßen vorstellen, was in ihm vorging: drei weinende Frauen – das war einfach zu viel.

Irgendwann gaben Zakos und Marina es auf und verließen die Wohnung, doch als sie in Marinas Wagen vor dem Haus saßen und sie den Motor bereits angelassen hatte, stand Louisa plötzlich auf dem Bürgersteig neben ihnen. Sie lehnte sich hinunter und klopfte ans Wagenfenster.

Sie weinte nicht mehr. Marina drehte den Schlüssel wieder um und sah sie nur an. Louisas Augen waren rotgerändert, aber um ihren Mund lag nun ein entschlossener Zug. Sie reichte Marina einen zusammengefalteten Zettel durchs heruntergekurbelte Autofenster.

»Da hielt er sich die ganze Zeit über versteckt«, sagte sie. »Es ist das alte Haus der Großeltern meiner Freundin. Sie sind schon tot. Ich habe der Polizei nichts davon gesagt, dass er dort war – meine Freundin wollte es nicht. Sie will keinen Ärger, und sie hat Angst, sie bekommt es nun auch mit diesen Leuten zu tun, weil sie Panos geholfen hat.«

Sie sprach sehr schnell, als dränge die Zeit.

»Sie will, dass seine Sachen dort verschwinden. Sie wirft alles fort, sagt sie. Aber ich habe sie überredet, das erst in ein paar Tagen zu tun. Also könnt ihr hinfahren und nachsehen, was ihr findet. Ob Panos was versteckt hat.«

»Möchtest du, dass wir dir seine Sachen bringen?«, fragte Marina. »Seine persönlichen Dinge?«

»Schon gut. Ist mir egal!«, sagte Louisa, und dann, in abschließendem Ton: »Er ist tot.«

Sie drehte sich um und ging die Stufen zum Eingang des Wohnblocks hinauf, und Zakos konnte sehen, dass sie keine Schuhe an den Füßen trug – so eilig war sie aus ihrer Wohnung gerannt. Zakos blickte ihr nach und fühlte sich plötzlich selbst bedrückt von dem Gedanken, dass dieser Todesfall nun ihr Leben überschatten würde, ebenso wie das des noch ahnungslosen kleinen Mädchens. Schließlich wandte er sich an Marina.

»Wo ist das denn?« Er meinte die Adresse auf dem Zettel.

Marina hörte ihn nicht. Sie saß starr auf ihrem Autositz und atmete schwer, den Zettel fest in ihrer Faust. Als er sie an der Schulter berührte, spürte er, dass ihr Körper von einer regelmäßigen, ruckartigen Bewegung ergriffen worden war, einem Krampf. Nur langsam wandte sie ihm ihr Gesicht zu, die Augen weit aufgerissen und abwesend, als erkenne sie ihn nicht.

»Um Gottes willen, Marina!«, entfuhr es ihm. »Was ist los? Brauchst du einen Arzt?« Wieder berührte er sie, schüttelte ihre Schulter, ihren Arm, während sie ihn weiterhin unbeteiligt anblickte. Dann endlich erwachte sie aus der Trance und fuhr sich mit den Händen über das Gesicht, das nass war von Schweiß und Tränen.

»Alles gut, alles gut!«, sagte sie, noch immer atemlos. Ihre Augen wirkten jetzt noch grüner als sonst, als glimme ein Licht darin. »Wasser, dann geht es mir besser! Da hinten!«

Sie meinte die Rückbank ihres Minis, wo eine große, halb ausgetrunkene Kunststoffwasserflasche lag. Zakos fischte mit dem Arm danach und reichte sie ihr, und sie trank mit großen Schlucken. Allmählich hatte sie sich wieder besser im Griff.

»Tut mir leid. Das hatte ich schon lange nicht mehr«, sagte sie. »Die Anspannung der letzten Tage, nehme ich an. Puh!« Sie versuchte ein Lachen.

»Also, der Zettel!« Das kleine Stück Papier war mittlerweile auf ihren Schoß gefallen, sie hob es auf und las die Information darauf.

»Plaka, auf Naxos«, sagte sie.

*

Die Fähre war bereits kurz vor Naxos, als Zickler ihm plötzlich wieder einfiel: Jetzt würde der arme Kerl umsonst nach Athen gondeln! Er überlegte einen Moment, was er tun sollte, dann entschied er sich, ihm per SMS kurz alles zu erklären, und fügte die Adresse von dem Haus an, in dem Pappas zuletzt auf Naxos gewohnt hatte. Er wusste sie nicht auswendig, deswegen holte er dazu den kleinen Zettel aus dem Seitenfach von Marinas Handtasche, auf die er aufpassen sollte.

Sie stand draußen an der Reling und ließ sich den Fahrtwind durchs Haar wehen. Zakos schob das Stück Papier wieder zurück in ihre Tasche und ging damit zu Marina nach draußen.

Das Schiff hatte noch nicht angelegt, doch es stand bereits eine lange Schlange von Fahrzeugen aufgereiht am Anleger; gerade wurden die Passagiere, die nicht mit dem Auto unterwegs waren und in einem überdachten Unterstand gewartet hatten, von uniformierten Hafenangestellten zum Anleger vorgelassen. Der Lärm der laufenden Motoren und die Geräusche der drängelnden und rufenden Menschen drangen bis zu ihnen. Zakos verband diese Laute immer mit Ferienerlebnissen aus der Kindheit und Jugend, und auch heute fand er sie optimistisch und verheißungsvoll. Als Marina ihn sah, lächelte auch sie, das erste Mal an diesem Tag.

»Ich mag Häfen. Sie beruhigen mich irgendwie«, sagte sie. »Diese Häfen auf den Inseln gab es ja schon in der Antike, noch früher sogar. All die Menschen, die damals hier ankamen und abreisten, leben längst nicht mehr, aber die Häfen sind noch so lebendig wie eh und je. Sie sind unsterblich. Ein tröstlicher Gedanke irgendwie, nicht wahr?«

Zakos nickte. Er hätte sie gar nicht als so nachdenklich eingeschätzt – in den Tagen davor war sie ihm eher ein wenig hart vorgekommen.

Nach ihrem Anfall im Wagen hatte Marina abgespannt gewirkt, aber sie wollte dennoch mit ihm nach Naxos fahren – obwohl er ihr angeboten hatte, allein vorauszureisen und sie per Telefon über alles auf dem Laufenden zu halten. Und so saßen sie bereits eine knappe Stunde später an Bord einer vollkommen vollgestopften Fähre, wo sie hinter dem Selfservice-Restaurant zwei harte Plastikschalenstühle ergatterten, mitten im Dunst des Frittierfetts. Marina fiel auf dem unbequemen Stuhl fast umgehend in einen tiefen Schlaf, während Zakos eine überraschend leckere Portion Hamburger mit Pommes frites verspeiste, diverse Frappés trank und sich fragte, wie es sein konnte, dass er schon wieder vollkommen unvorbereitet eine Reise angetreten hatte.

Es war wieder keine Zeit gewesen zu packen. Er hatte nicht mal eine Zahnbürste dabei. Marina hatte sogar den Wagen in einer Tiefgarage am Hafen zurücklassen müssen, weil es so kurzfristig keine freie Fährpassage mehr dafür gegeben hatte. Immerhin steckte das Ladekabel seines Handys in Zakos' Hosentasche, und er lud das Gerät an einer Steckdose neben seinem Stuhl auf. Mittlerweile verließ er ohne Ladekabel gar nicht mehr das Haus.

Sie gehörten zu den Letzten, die die Fähre verließen, sie hatten zu lange an der Reling gebummelt und mussten sich die Treppen entlang der neu Zusteigenden drängeln und durch den nach Abgasen stinkenden Fahrzeugraum rennen, und als sie schließlich draußen festen Boden unter den Füßen hatten, wurde die Klappe hinter ihnen auch schon hochgefahren. Wenige Sekunden später hatte sich das Schiff schon wieder in Bewegung gesetzt, und sie lachten, immer noch ein wenig erschrocken, und liefen einfach weiter, bis sie die Mole verlassen und einen kleinen Platz davor erreicht hatten.

»Warst du schon mal auf Naxos?«, fragte Marina schließlich. Sie war etwas atemlos, aber ansonsten schien es ihr wieder gutzugehen. Ihre Wangen waren sogar leicht gerötet von der Sonne an Deck. Zakos schüttelte den Kopf.

»Und du?«, fragte er zurück.

»Schon – mit meinen Eltern, als ich etwa fünfzehn Jahre alt war«, meinte sie. »Ich habe also keine Ahnung, wo wir hinmüssen!«

Leider gab es auch gerade keine Taxis – offenbar hatten diejenigen, die etwas fixer als sie aus der Fähre gestiegen waren, sich alle geschnappt und waren damit unterwegs zu ihren Hotels oder Häusern. Aber eine ältere Dame in einem Kiosk erklärte ihnen, wo sie hinmussten, und kurz darauf saßen sie in einem Bus, der sie über eine Sandpiste entlang einer Dünenlandschaft fuhr.

Die Fahrt kam Zakos unendlich vor – nun, wo sie so kurz davor waren, hielt er es vor Neugier fast nicht mehr aus, Pappas' Unterschlupf zu sehen und nach interessanten Hinweisen zu fahnden. Doch der Bus zuckelte von Station zu Station und lud Badegäste ein und aus. Die wurden nur allmählich weniger, ebenso wie die kleinen Hotels und Restaurants, die die staubige Straße säumten, immer weiter abnahmen, bis nur noch etwa alle fünfzig Meter ein Gebäude zu sehen war. Endlich hielt der Bus an seiner Endstation mitten in der Pampa, so kam es Zakos vor.

Als sie schließlich zu Fuß in einen schmalen Schotterweg Richtung Inland einbogen, erkannten sie doch wieder eine große touristische Apartmentanlage, hübsche Natursteinwände und große Terrassen – offenbar kaum bewohnt. Nur eine Familie mit Kleinkind und aufblasbarem Krokodil auf dem Buggy kam ihnen entgegen, griechische Urlauber, die nach dem Mittagsschläfchen wohl auf dem Weg zu einem

Meeresbad waren, und vereinzelt tanzten Kleidungsstücke oder Handtücher an den Wäscheleinen der Balkone.

Das Häuschen der Großeltern von Louisas Freundin lag hinter der Natursteinanlage in einem Garten voller Dornengestrüpp und gelbem vertrockneten Gras, doch der Vorraum schien vor nicht allzu langer Zeit gefegt worden zu sein. Besen und Schaufel lehnten noch an der Wand vor der ausgeblichenen grünen Holztür, an der ein relativ neues Schloss prangte.

»Mist!«, fluchte Marina. »Wie kommen wir jetzt hier hinein?«

Zakos zuckte mit den Achseln. Es wäre ein Leichtes, die alte Tür einfach einzutreten, die bestimmt schon ziemlich morsch war. Doch er wollte nicht, dass ihre Anwesenheit von außen erkennbar war – nicht dass irgendjemand den Einbruch bemerkte und die Polizei informierte. Also begannen sie, nach einem Schlüssel zu suchen. Zakos guckte in zwei alten vertrockneten Blumentöpfen auf der Terrasse nach, Marina durchsuchte die Lamellen der Holzjalousien an den Fenstern rechts und links neben der Tür – und zog gleich einen silbernen Schlüssel hervor.

»Das war einfach«, sagte sie und öffnete die Tür.

Auf dem schwarzweißen Kachelboden im Eingangsbereich knirschte Sand, ansonsten war das unbewohnte Häuschen in keinem schlechten Zustand. Zakos betätigte einen Lichtschalter und stellte fest, dass es sogar Strom gab.

Sie schauten in die drei ersten Räume, doch nur einer war möbliert, ein Schlafzimmer mit einem alten Doppelbett, Nachtkästchen, einem leeren Schrank. Die Küche war der hinterste Raum im Haus, und hier endlich verdichtete sich die Spur: Dies war tatsächlich Pappas' Rückzugsort gewesen.

Auch hier gab es noch Möbel, einen Herd, einen Küchenschrank, einen alten Kühlschrank, dessen überlautes Brummen den Raum erfüllte. Auf einem Tisch mit gelblich-weißer Kunststoffoberfläche stand ein angeschlagener Unterteller, den Pappas als Aschenbecher genutzt hatte, darin die Stummel zweier Zigarillos. Marina berührte das Tellerchen ganz vorsichtig, als wollte sie es streicheln, und wischte sich dann über die Augen.

Gleich neben dem improvisierten Ascher gab es einen Stapel alter Tageszeitungen, außerdem lag auf einem Diwan an der Wand ein Schlafsack ausgebreitet, darauf eine geöffnete Reisetasche. Zakos blickte hinein: Wäsche, Jeans, T-Shirts, Hemden – alles schwarz, sogar die Unterhosen. Außerdem lag eine Umhängetasche aus Leder auf einem der alten Holzstühle. Marina öffnete sie.

»Der Computer!«, sagte sie aufgeregt und zog das Gerät heraus.

»Das ist ja fabelhaft!«, sagte Zakos.

Sie fuhren das Gerät sofort hoch, Marina kannte sogar das Kennwort. Es lautete – und das überraschte Zakos nicht – Papapa!

Blöderweise hatte Zakos sich bei Marina als IT-Mann vorgestellt, doch tatsächlich hatte er kaum einschlägige Kenntnisse. Außerdem waren alle Artikel und Mails auf Griechisch abgefasst, und Zakos konnte die Schrift kaum lesen – er hatte nie eine griechische Schule besucht, und das bisschen, was er entziffern konnte, hatte er sich selbst beigebracht. Er hätte zur Durchsicht Ewigkeiten gebraucht. Dies hatte allerdings nun auch einen Vorteil: Es fiel gar nicht weiter auf, dass er tatsächlich kein Computerexperte war.

»Puh – da muss ich passen!«, seufzte er, als Marina die Dateien anklickte. »Ich verstehe kein Wort.« Er setzte sich lediglich neben sie und sah zu.

Einige Zeit später hatte Marina sämtliche Dateien und alle E-Mails des vergangenen Jahres durchgecheckt, hatte ihm die Überschriften vorgelesen, manchmal ein paar Passagen aus einer Datei angeklickt. Aber es war nichts Aufschlussreiches dabei, sondern hauptsächlich Entwürfe für Zeitungsartikel oder Materialsammlungen und Interviews für die Kathimerini.

»Mir dreht sich schon der Kopf!«, seufzte Marina schließlich, stand auf und ließ die Schultern rollen. »Vielleicht kannst du ins Innenleben hineinsehen und nachvollziehen, ob Panos in der letzten Zeit irgendwas verschoben hat – ich stelle dir die Tastatur auf lateinische Schrift um!«

Zakos nickte und zog den Rechner vor sich. Es war offensichtlich, dass Pappas den Blog von einem anderen Rechner aus erstellt hatte – oder dass es ihm gelungen war, alles zu löschen oder irgendwo anders hinzukonvertieren. Dabei hatte er höchstwahrscheinlich Spuren auf dem Computer hinterlassen – doch Zakos konnte diese gar nicht nachverfolgen, darauf war er nicht spezialisiert. Er wusste nicht mal, wo er nachsehen sollte, und beließ es deshalb erst mal dabei, den Papierkorb zu öffnen und die Namen der enthaltenen Dateien zu lesen – natürlich waren auch sie auf Griechisch, darum dauerte alles ewig.

»Ehrlich gesagt habe ich zu viel Hunger, um noch lange in diese Kiste reinzugucken«, sagte er schließlich frustriert und klappte das Gerät zu. »Wie steht's mit dir?«

»Einverstanden. Hier in der Nähe gibt es ein nettes Lokal direkt am Wasser!«, sagte sie und ging ins Bad. Kurz darauf hörte Zakos einen Aufschrei, als Marina die Dusche aufdrehte.

»Mach dich auf was gefasst – hier gibt es nicht mal einen Wasserboiler!«, sagte sie, als sie schließlich herauskam. Über ihrer hellen Jeans trug sie nun ein frisches schwarzes Hemd, das von Pappas zu stammen schien. »Das Wasser ist eisig! Ich frage mich, wie die Leute früher überleben konnten!« Aber sie lachte dabei. »Doch ansonsten gibt es alles, was man braucht – ich für meinen Teil habe einfach zugegriffen.«

Deodorant, Shampoo und Duschgel standen auf einer Ablage. Marina hatte ihre eigene Bluse ausgewaschen und sie auf eine Leine gehängt, die sich durch das Badezimmer zog – gleich neben ein paar Anziehsachen von Pappas, die schon länger hier zu hängen schienen, trocken und stocksteif.

Bald darauf hatte Zakos sich ebenfalls frisch gemacht und Kleidung von Pappas übergezogen – ein frisches T-Shirt – dann stapften sie den Strand entlang zu dem Restaurant, von dem Marina gesprochen hatte. Das Lokal bestand nur aus etwa zwanzig Tischen, die am Sandstrand direkt am Wasser unter Tamarisken aufgestellt waren – die Kellner mussten die Tabletts vom etwas entfernter liegenden Gebäude jenseits der Sandpiste, auf der sie mit dem Bus entlanggefahren waren, heranschleppen.

Leider gab es noch keinen Platz für sie, sie mussten warten, doch eine Bedienung brachte ihnen schon mal eine kleine Karaffe Wein mit zwei Gläsern. Sie setzten sich damit in den Sand, ließen ihre nackten Füße vom Meerwasser umspülen und genossen schweigend die Aussicht und das sanfte Geräusch der Wellen, und Zakos wäre fast eingedöst. Als die Kellnerin sie schließlich rief, fühlte er sich ein wenig benommen, dafür aber entspannt von dem ereignisreichen Tag.

Mittlerweile leuchteten an den Tischen kleine Petroleumlampen, außerdem gab es bunte Lichter in den Ästen der Bäume. Der Eindruck war zauberhaft.

»Woher kanntest du dieses Lokal eigentlich?«, fragte Zakos Marina. »Ich dachte, du warst zuletzt als Kind hier.«

Sie lächelte wie eine Spinx. »Ich arbeite bei einer Zeitung, ich kenne viele Restaurants«, sagte sie. »Und außerdem sind wir bei unserer Ankunft heute Nachmittag mit dem Bus hier vorbeigefahren, falls dir das nicht aufgefallen sein sollte. Gefällt es dir?« Es lag plötzlich ein irgendwie schmachtender Unterton in ihrer Stimme – oder bildete er sich das bloß ein, und sie war einfach nur müde?

»Doch, sehr hübsch!«, sagte er »Hier lässt sich's aushalten! Aber sag mal, was ganz anderes: Was für ein Typ war Pappas eigentlich?«

»Wie – was für ein Typ?«, fragte sie, etwas unwirsch. »Was soll die Frage?«

»Na, ich muss eben gerade über ihn nachdenken. Die schwarze Kleidung, die Zigarillos, die teure Wohnung am Kolonaki – der hat sich schon ganz schön zelebriert, finde ich. Was sagt uns das? Was war er für ein Mensch?«

»Ach, die schicke Wohnung, die hatte nichts mit ihm zu tun, die gehört Louisas Eltern«, winkte Marina ab. »Ihm waren solche Dinge vollkommen gleichgültig. Außerdem war Panos' Familie nicht reich, im Gegenteil – seine Mutter war Lehrerin, früh verwitwet. Er hatte kaum Erinnerungen an seinen Vater. Und dass er gern Schwarz trug – na und?«, sagte sie. »Warum nicht? Es stand ihm gut. Aber über Details wie seine Kleidung kommst du ihm nicht näher – das beschreibt ihn nicht!«

»Sondern?«

»Sein Beruf natürlich!«, sagte Marina mit Inbrunst. »Er war durch und durch Journalist!«

»Er hatte also Druckerschwärze im Blut«, spottete Zakos und imitierte ein wenig ihren Tonfall. Wenn Pathos im Spiel war, konnte er nie ganz ernst bleiben.

Marina blickte ihn unverwandt an.

»Du kannst das nicht verstehen, weil du deinen Beruf nicht liebst«, sagte sie. »Das kann auch niemand von dir verlangen, als, ähm … Computerexperte.« Nun klang sie ziemlich überheblich, fand Zakos. »Aber bei uns ist das anders. Wir leben für unseren Beruf! Alles andere ist unwichtig.«

»Soso«, machte Zakos. »War Panos eitel?«

Sie lachte auf. »*Natürlich* war er eitel. Wir sind *alle* eitel. Aber er war nicht eitler als andere«, sagte sie. »Sonst hätte er ja wohl kaum all die Jahre einen anonymen Blog gemacht, sondern wäre als Moderator ins Fernsehen gegangen, oder er wäre Schauspieler geworden, oder so! Nein, Panos ging es darum, die *Wahrheit* zu berichten, darum, hinter die Kulissen zu blicken, in die Abgründe!«

»Wie lange kanntest du ihn eigentlich?«

»Ewig. Wir haben vor über zehn Jahren gemeinsam in der Redaktion angefangen. Panos war der beste Freund meines Lebensgefährten. Wir drei waren ein Kleeblatt, haben alles zusammen unternommen. Eine aufregende Zeit!«

»Ach, dein Lebensgefährte ist auch Journalist?!«, fragte Zakos. Sie hatte auf ihn eigentlich eher wie ein Single gewirkt, er konnte selbst nicht recht sagen, warum.

»Mein ehemaliger Lebensgefährte – mittlerweile ist er Chefredakteur einer Tageszeitung in Thessaloniki. Es ist schwer, eine Beziehung zu führen, wenn zwischen den Partnern fünfhundert Kilometer und ein voller Terminkalender liegen.«

»Das kann ich mir vorstellen!«, sagte Zakos und nickte. Er fand es auch ohne fünfhundert Kilometer Distanz mitunter nicht ganz leicht.

»Aber lass uns von dir reden. Erzähle!«, sagte sie.

»Ich? Also, was soll ich sagen. Ich habe jedenfalls keinen so spannenden Job wie Pappas oder du. Wie gesagt bin ich in der Computerbranche ...« Er kam ins Stammeln. Er wusste tatsächlich gar nicht, wie man sich einen IT-Job so vorzustellen hatte.

»Ich arbeite aber im didaktischen Bereich, sozusagen: Ich veranstalte Seminare, in denen Handwerker lernen, online besser mit ihrer Buchhaltung und so weiter zurechtzukommen.« Er hoffte, dies sei eine plausible Erklärung dafür, warum er als angeblicher Experte nicht mal die rudimentärsten Informatikkenntnisse besaß. »Das ist mein Schwerpunkt, schon seit Jahren. Mit anderen Dingen habe ich gar nichts zu tun!«

»Kurze Unterbrechung?«, fragte Marina, die mittlerweile die Speisekarte aufgeschlagen hatte. »Ich finde, Zitronenhuhn klingt super. Möchtest du?«

»Absolut!«, sagte Zakos.

»Zweimal das Huhn also. Und noch eine Karaffe von dem Weißen!«, wandte sie sich an die Kellerin. »Also: Das Unterrichten macht dir Spaß?«

Nicht lange darauf war Marina beschwipst, und das wunderte ihn kaum: Obwohl sie behauptet hatte, sie sei kurz vor dem Verhungern, hatte sie in ihrem Hühnchen nur herumgestochert, dafür aber erneut Wein nachbestellt – und den Großteil allein runtergestürzt.

Dementsprechend mühselig wurde der Heimweg, denn sie hing schwer eingehängt an seinem Arm, als sie durch den Dünensand nach Hause stapften. Außerdem hatte der leichte Kykladenwind, der den Tag erträglich gemacht hatte, sich gelegt – sogar direkt am Strand war es stickig.

Als sie endlich das kleine Häuschen erreichten, wollte Zakos am liebsten noch mal unter die Dusche – und dann direkt ins Bett. Aber Marina bestand darauf, dass sie beide noch einen Absacker nahmen, und holte zwei Bierflaschen aus dem Kühlschrankvorrat, den offenbar Pappas angelegt hatte. Sie setzten sich damit auf eine Stufe am Eingang des Hauses.

Offenbar hatte der lange Heimweg sie ein wenig nüchterner gemacht, und es wurde doch noch ganz nett. Sie erzählte aus ihrem Redaktionsleben, das in den letzten Jahren aus immer mehr Arbeit für immer weniger Geld bestanden hatte, und davon, wie eine wachsende Zahl ihrer Bekannten und Studienkollegen das Land verließen, um in Deutschland oder den USA bessere Arbeitsbedingungen vorzufinden.

»Und was ist mit dir? Hast du schon mal darüber nachgedacht wegzugehen?«, interessierte sich Zakos.

Sie zuckte mit den Achseln.

»Nicht wirklich. Ich spreche nicht gut genug Deutsch oder Englisch, um im Ausland in meinem Beruf arbeiten zu können – Journalist kann man eigentlich fast nur als Muttersprachler sein. Außerdem gibt es ja nirgendwo mehr auf der Welt mehr genügend Jobs für Journalisten. Wir sind eine aussterbende Zunft – so wie vor einhundert Jahren beispielsweise die Hufschmiede oder die Kutscher.«

Zakos lachte.

»Es gibt auch heute noch ein paar Kutscher, und bestimmt werden auf Reiterhöfen noch Hufschmiede gebraucht.«

»Ja, eine Handvoll – und so ist es auch mit den Journalisten. Und einen anderen Beruf könnte ich mir nicht vorstellen …«

»Ich weiß schon. Dein Job ist dein *Leben!*«, schmunzelte Zakos und imitierte ein wenig ihren leidenschaftlichen Tonfall von vorhin, und jetzt konnte sie darüber sogar mitlachen.

»Ich wüsste wirklich nicht, was ich sonst machen sollte. Vielleicht kann ich gar nichts anderes. Und außerdem mag ich nicht weg, ich mag Griechenland. Es gibt da so ein kitschiges Lied, darin heißt es: Was braucht man vom Leben? Den Wein, das Meer, die Liebe! Das trifft es irgendwie. Und den Himmel. Schau doch!«

Sie breitete schwungvoll die Arme aus und legte den Kopf in den Nacken, wobei Zakos einen Moment lang fast Angst hatte, sie kippe gleich versehentlich nach hinten. Aber er verstand schon, was sie meinte.

Er blickte sich um. Eine scharf umrissene Mondsichel war hinter der kleinen Gebirgskette im Hinterland aufgegangen und hatte die Landschaft in silbriges Licht gehüllt. Auch der verwilderte Garten des Häuschens sah nun wie verzaubert aus, und es umgab sie ein Duft von Feigenbäumen. Bis auf die seltenen Mopedgeräusche von der Dünenstraße war es vollkommen ruhig, als wären sie allein auf der Insel, ja auf der ganzen Welt. Es war ein kleines, verwunschenes Paradies, ein Ort zum Glücklichsein.

»Es ist so schön hier«, flüsterte Marina, und als er sich wieder zu ihr umblickte, sah er, dass sie Pappas' Hemd und ihre Jeans abgestreift hatte. Darunter war sie nackt. Mit ihrem langen Haar und den geheimnisvollen grünen Katzenaugen, die selbst in der Dunkelheit zu leuchten schienen, wirkte sie atemberaubend, und Zakos spürte, wie sein Herz zu schlagen begann.

Sie lächelte und umarmte ihn, dann fuhr sie ihm kraftvoll mit der Hand durch das Haar. Fast ein wenig zu kraftvoll für seinen Geschmack. Er wollte etwas erwidern, aber da verschloss sie ihm den Mund mit einem Kuss. Ihre Lippen waren heiß und drängend, und nun hatte sie beide Hände in seinen Haaren und wühlte wild darin herum, während ihre Zunge ihm regelrecht den Atem nahm.

Zakos wusste nicht, ob es an ihrem Temperament lag oder an dem vielen Alkohol, aber die ganze Sache wurde ihm zu viel. Vorsichtig entwand er sich und atmete erst mal tief durch.

»Marina, ich glaube, vielleicht lassen wir das lieber. Es war ein langer Tag, und ich will nicht, dass was passiert, das uns morgen beiden vielleicht peinlich ist.« Noch als er es aussprach, merkte er, dass es die falsche Wortwahl war.

»Peinlich? Was sollte daran peinlich sein?!«, sagte sie, ihre Stimme ein wenig schrill. »Oder magst du keine Frauen?«

»Das ist es nicht!«, sagte er. »Es ist … ich bin … ich weiß auch nicht, wie ich's dir erklären soll …« Es war ein Moment, an dem ohnehin keine richtigen Worte mehr zu finden waren – das schwante ihm bereits.

»Vielleicht magst du einfach keine griechischen Frauen«, sagte sie spitz. Sie klang jetzt sehr nüchtern. »Sondern lieber typisch deutsche, die ganz anders sind, sehr ruhig und sehr beherrscht und ein bisschen weniger so wie ich.«

Sarah jedenfalls war alles andere als sehr ruhig und beherrscht gewesen, aber er hatte nicht vor, sich auf eine solche Diskussion einzulassen. Und tatsächlich hatte er eine bestimmte Griechin sogar sehr gemocht, Fani. Die Geschichte mit ihr lag über ein Jahr zurück, aber sie ging ihm heute noch im Kopf herum, besonders seit er griechischen Boden betreten hatte. Alle möglichen Dinge erinnerten ihn an die Zeit mit ihr, Kleinigkeiten wie der Geschmack von griechischem Bier heute Abend oder der Geruch nach sommerwarmen Feigenblättern und der Duft nach Meer. Es war, als wären alle Eindrücke im griechischen Hochsommer bereits von ihr besetzt. Dabei waren sie gemeinsam gar nicht auf Naxos gewesen, sondern an ganz anderen Orten in Griechenland.

Zakos und Fani hatten an zwei darauffolgenden Sommern an zwei Mordfällen hier gearbeitet, und sie hatten die Fälle beide gelöst. Aber die Geschichte zwischen ihnen beiden war nicht gut ausgegangen, und etwas in ihm sträubte sich ganz deutlich dagegen, schon wieder eine Affäre in Griechenland zu beginnen. Es kam ihm falsch vor. Und vielleicht war Marina einfach nicht sein Typ. Ihre Art überforderte ihn.

Dabei war sie unbestreitbar attraktiv, in diesem Licht war sie sogar wunderschön – wie eine moderne Madonna mit ihrem langen, glatten Haar und dem Mittelscheitel. Eine Madonna im Herrenhemd, das sie nun langsam wieder anzog und zuknöpfte, während sie ihn spöttisch musterte.

»Wie du möchtest – selbst schuld«, sagte sie und stand auf, wobei sie noch ein bisschen schwankte, und Zakos hoffte, dass sie ihn für seine Abfuhr nicht allzu sehr hasste – ihr kaltes, beherrschtes Lächeln allerdings sah ganz danach aus.

Kapitel 7

Er erwachte davon, dass jemand lautstark an die Tür hämmerte und gleichzeitig sein Handy läutete, so dass er sich in der ersten Verwirrung nicht entscheiden konnte, was er zuerst tun sollte – das Telefongespräch beantworten oder an die Tür gehen. Wie sich dann herausstellte, war die Reihenfolge ganz gleichgültig, denn als er zur Tür getapst war, das Telefon ans Ohr gepresst, stellte er fest, dass beide Lärmquellen von einer Person stammten: Zickler.

»Ich bin's, der Odysseus!«, rief der Kollege fröhlich aus, als Zakos vor ihm stand, und ließ sein Telefon in der Jeans verschwinden. »Über sämtliche griechischen Meere bin ich gereist – und jetzt bin ich endlich da!« Dann klopfte er ihm so kräftig auf die Schulter, dass Zakos endgültig hellwach war.

Wie es sich herausstellte, hatte Albrecht tatsächlich eine kleine Odyssee hinter sich: Von Paleokastro auf Kreta, seinem Surfspot, mit dem Leihmoped in den Nachbarort Sitia, wo er die Fähre nach Piräus bestieg, auf der er dann die SMS darüber erhielt, dass er lieber nach Naxos kommen sollte.

»Au weia«, machte Zakos schuldbewusst, weil er dem Kollegen das alles eingebrockt hatte. »Klingt anstrengend!«

»Jawoll. Aber ich hab's Beste daraus gemacht. Zum Glück gab's ja WLAN an Bord. Ich also noch auf dem Schiff über AirBnB ein super Apartment direkt am Hafen von Piräus gebucht und mich dort nachts sofort nach der Ankunft gemütlich ins Bett gelegt. Und dann in aller Früh an den Athener Flughafen und mit dem Flieger hierher. Dauert bloß eine halbe Stunde. Und ich hab alle wunderbaren Kykladeninseln gesehn – von oben!«

Er lachte erneut sein dröhnendes Lachen, und Zakos stimmte ein.

»Ali, ich bin stolz auf dich!«, sagte er. »Aber es war alles umsonst. Weil, wir müssen jetzt sofort wieder nach Piräus zurück!«

»Retour?« Zickler zeigte erschrocken mit dem Daumen hinter seinen Rücken. »Niemals. Ich bleib hier, egal, was passiert!«

Zakos wollte sich fast ausschütten vor Lachen, so geschockt hatte der Kollege geguckt.

»Kannst du auch, Odysseus!«, sagte er. »Komm rein. Ich hab nur Schmarrn erzählt!«

»Du!«, drohte Zickler spaßhaft mit ausgestrecktem Zeigefinger. »Ich lass gleich die Hetären auf dich herniederregnen, wenn du mich so verarschst!« Es war klar, dass er sich in der griechischen Mythologie nicht wirklich auskannte.

»Und da kommt auch schon das Frühstück!«, sagte Zakos, denn in diesem Moment betrat Marina den Hof, in der Hand Weißbrotscheiben, die in eine Serviette gewickelt waren.

»Es gibt hier nicht mal einen Supermarkt in der Nähe, nur ein Restaurant, die haben mir das hier verkauft – und wer ist das?«, fragte sie und wies mit dem Kopf Richtung Zickler.

»Mein Freund und Kollege. Er ist absolut vertrauenswürdig und hat extra seinen Urlaub unterbrochen, um uns zu helfen.«

»Schöne Frau – ist mir ein Vergnügen. Ich bin der Ali«, sagte Zickler in einem Ton, der Zakos fürchten ließ, er würde Marina jeden Moment auf den Handrücken küssen. Er unterließ es, machte aber eine Art kleiner Verbeugung, die Zakos peinlich fand. Aber Marina fühlte sich geschmeichelt und lächelte Zickler strahlend an.

»Na so was – auch aus der IT?«, fragte Marina, die gar nicht schlecht deutsch sprach, mit einem sehr charmanten kleinen Akzent.

»Genau!«, sagte Zakos schnell und blickt Zickler eindringlich an. »Auch aus dem Seminarbereich!« Er wusste, dass Zickler alles andere als ein Computergenie war.

»Woher sprichst du denn so gut deutsch …«, wandte sich Zickler Marina zu, worauf sie wieder diesen geschmeichelten Blick aufsetzte, und bald darauf saßen sie alle drei um den Küchentisch herum, tranken griechischen Mokka, den Zakos in einem altmodischen kleinen Töpfchen aus getriebenem Kupfer auf der Gasflamme in der alten Küche gekocht hatte, und aßen das Brot mit Honig und Butter aus kleinen abgepackten Plastikbehältern, die Marina aus ihrer Handtasche zauberte, und es fühlte sich fast an, als würden sie sich allesamt schon länger kennen.

Marina akzeptierte die Geschichte, dass Zickler seinen Urlaub unterbrochen hatte, um seinem besten Freund zu helfen; außerdem sonnte sie sich regelrecht in dessen bewundernden Blicken. Zakos war heilfroh: Ohne Ali wäre die Stimmung zwischen Marina und ihm vielleicht nicht so locker gewesen, nach dem Korb vom Vorabend.

Erst jetzt, wo der Kaffee ihm einen klaren Kopf bescherte, fiel ihm wieder ein, dass sie sich in der Nacht in dem leeren Haus noch einmal begegnet waren: Zakos hatte sich ins Schlafzimmer zurückgezogen und sich dort auf die alte Matratze gelegt, auf der er zuvor Handtücher von Pappas ausgebreitet hatte, und Marina Pappas' Schlafsack und den etwas komfortableren Schlafplatz auf dem Diwan in der Küche überlassen. Mitten in der Nacht hatte er dann Durst verspürt – und hatte sie in der Küche an Pappas' Laptop erwischt.

An sich kein Problem, vielleicht hatte sie einfach nicht schlafen können, so wie er. Merkwürdig fand er nur ihren Gesichtsausdruck, der sogar in dem spärlichen Schein des Computers schuldbewusst gewirkt hatte, und ihr entschuldigendes Gestammel, das ihm falsch in den Ohren geklungen hatte.

Er beschloss, bei Skouros ein wenig telefonisch über sie zu recherchieren – schließlich war Zickler nun da und würde ihr sicherlich nicht von der Seite weichen, wie es aussah. Darum kündigte Zakos nach dem Frühstück an, nach Naxos-Stadt zu fahren, um Zahnbürsten und ein paar andere Kleinigkeiten zu kaufen.

Der Münchner Kollege hatte es sich mittlerweile gemütlich gemacht und seine Jeans gegen »etwas Luftiges« ausgetauscht – eine, wie Zakos fand, potthässliche senffarbene Shorts. Aus den Seitenfächern seines weißblaugestreiften Umhängerucksacks – mit Vereinszeichen des Lokalverbandes 1860 und kleinem Löwen-Maskottchen aus Plüsch am Reißverschluss, denn Albrecht war glühender Fan des Münchner Lokalvereins – holte er schließlich ein paar flaschengrüne Billig-Flipflops. Zickler war Eitelkeit fremd, sein

Urlaubslook war dementsprechend schauerlich, fand Zakos – noch schlimmer als seine übliche Montur aus schlabberigen Jeans und unförmigen Kurzarm-Karohemden. Aber jedenfalls schien er sich wohl zu fühlen und kündigte strahlend an, im Haus nach »Geheimverstecken« zu suchen. Für ihn war die ganze Sache offenbar eine Art Erlebnisurlaub, er war bestens gelaunt.

Zakos weniger. Er fühlte sich einfach verkatert. Und er musste mit seinem Vater telefonieren, doch bereits der Gedanke daran belastete ihn. Er mochte sich den enttäuschten Ton in dessen Stimme nicht vorstellen, wenn er verkündete, dass es immer noch nichts Neues gab.

Er trabte durch die sengende Hitze an die Hauptstraße und sah den Bus gerade abfahren. Nun gut, er hätte ohnehin noch kein Ticket gehabt, sagte er sich. In einem kleinen, fast leeren Kiosk erstand er Bustickets und erfuhr, dass der nächste Bus erst in 35 Minuten kommen würde. Einen Moment erwog er, irgendwo etwas trinken zu gehen, aber die nächste Taverne erschien ihm zu weit entfernt – wahrscheinlich würde er dann auch noch den darauffolgenden Bus verpassen.

Genug Zeit, um zu telefonieren, immerhin. Zakos hockte sich an der Haltestelle auf eine Bank im Schatten und rief Konstantinos' Nummer an. Doch noch bevor dieser abheben konnte, drückte Zakos auf den Knopf und unterbrach die Verbindung. Das packte er jetzt nicht, dazu war er einfach zu kaputt. Darum beließ er es bei einer SMS mit dem Inhalt »Noch nichts rausgefunden – später mehr«. Dann schrieb er noch die Worte »Mach dir keine Sorgen – alles wird gut!« dazu und schickte die Nachricht ab.

Nun hatte er immer noch gut dreißig Minuten zu überbrücken. Er könnte Skouros anrufen, wie geplant, aber auch dazu konnte er sich noch nicht aufraffen.

Da hörte er Geräusche, Stimmen: Aus der Gasse, aus der er selbst vorhin getreten war, marschierte eine kleine Familie zur Straße, Vater, Mutter und Kind. Gut möglich, dass es dieselbe Familie war, die er bereits gestern gesehen hatte, am Nachmittag. Es waren ein junger Mann mit dunkelblondem Bart, der ein etwa dreijähriges kleines Mädchen auf seine Schultern gesetzt hatte, außerdem eine dunkelhaarige Frau, die einen Sarong und Birkenstocks trug. Sie hatte eine Badetasche in einen Buggy gelegt, den sie nun mit einigen Schwierigkeiten schob – mittlerweile hatten die drei den Dünenweg Richtung Strand erreicht, doch die Räder des Gefährts machten auf dem sandigen Untergrund nicht richtig mit. Da setzte der Vater die Kleine ab und hob den Buggy an, und die Frau nahm das Mädchen an die Hand. So stapften sie plaudernd und lachend durch den weichen goldgelben Sand, ihrem Strandtag entgegen, bis sie hinter der Düne aus Zakos' Sichtfeld verschwunden waren.

Er blieb zurück, mit einem so wehen Ziehen in der Brust, dass ihm beinahe die Tränen kamen. Der Anblick des fremden Trios hatte ihn urplötzlich aufgewühlt, er fühlte sich unendlich einsam, fern von seinem eigenen Sohn und entfremdet von all dem, was einmal seine eigene kleine Familie gewesen war – Sarah, Elias und er. Dieser Verbund existierte nicht mehr. Stattdessen war nun Thilo mit Elias und Sarah ans Meer gefahren, sie waren zwei Tage nach der Taufe nach Mallorca aufgebrochen, wie Zakos wusste. Elias war bestimmt schon ganz braun.

Zakos vermisste ihn schrecklich, so sehr, dass es ihm fast den Atem nahm, er vermisste sogar Sarah, obwohl er es ja gewesen war, von dem die Trennung ausgegangen war, und obwohl ihm all die Probleme und der Stress mit ihr durchaus noch präsent waren. Doch es hatte eine Zeit in seinem Leben gegeben, in der er geglaubt hatte, er würde sein ganzes Leben mit Sarah verbringen. Er wollte verwirklichen, was seine Eltern nicht geschafft hatten – Familienleben, Stabilität, Zugehörigkeitsgefühl. Das war stets seine innere Sehnsucht gewesen. Doch letztlich war er mit seiner kleinen Familie viel schneller gescheitert als Konstantinos und Anita, seine eigenen Eltern. Sie hatten sich getrennt, als er ein Jugendlicher gewesen war, Sarah und er hatten es noch nicht mal bis zum zweiten Lebensjahr von Elias geschafft.

Er blickte auf seine Armbanduhr: noch immer über zwanzig Minuten, bis der verdammte Bus da sein würde. Die Warterei marterte ihn, denn nun war die innere Traurigkeit, die irgendwo immer in ihm vorhanden war, nicht zu unterdrücken.

Einen Moment überlegte er, zurück ins Haus zu gehen, zu Marina und Zickler, um nicht allein zu sein, doch was sollte er als Erklärung angeben – dass er die Einsamkeit an dieser verfluchten Haltestelle plötzlich nicht mehr aushielt? Es war lächerlich! Stattdessen tippte er Sarahs Nummer. Sie meldete sich bereits nach dem allerersten Ton.

»Hallo, schön, dass du anrufst!«, sagte sie. Sie klang freundlich, so wie schon lange nicht mehr, jedenfalls ihm gegenüber nicht. »Geht's dir gut? Gibt's was Neues wegen Dora?«

»Nicht so richtig!«, sagte er. Seine Stimme war plötzlich heiser, wie eingerostet, und er hatte Angst, er würde klingen wie jemand, der am Vorabend zu viel Alkohol konsumiert hatte – was ja auch tatsächlich der Fall war.

»Ist – ist Elias da?«, stammelte er. »Geht's ihm gut?«

Sie lachte. »Natürlich ist er da – oder dachtest du, ein Zweijähriger geht neuerdings allein auf den Spielplatz zu seinen kleinen Freunden? Nein, nein, er ist hier, er spielt mit seinen Legos, und es geht ihm hervorragend. Wir gehen gleich raus. Er liebt es zu baden! Thilo hat ihm so ein kleines Boot gekauft, eigentlich ist es eine Art Schwimmring in Bootsform – damit bekommt man ihn fast nicht mehr aus dem Wasser. Der Urlaub tut ihm wahnsinnig gut, er schläft nachts durch, und er isst Riesenportionen. Ich glaube, er wächst jeden Tag einen halben Zentimeter. Du wirst ihn nicht wiedererkennen!«

»Das befürchte ich auch!«, sagte Zakos mit schiefem Lächeln.

»Weißt du was, am besten rufst du mich gleich noch mal auf meiner Skype-Nummer an – dann könnt ihr euch sehen!«, schlug Sarah dann vor, und schließlich war Zakos' Sohn vor ihm auf dem kleinen Display zu erkennen. Er trug nur eine Windel und ein gelbes Hemdchen und stapelte bunte Bausteine. Dann gab Sarah ihm das Handy selbst in die Hand.

Zuerst hielt der Kleine das Gerät viel zu nah an sein Gesicht und blickte verständnislos hinein, aber plötzlich erkannte er Nick. »Papa! Paaapaaa!«, sagte Elias. Und begann, aus Leibeskräften zu schreien. Dann war plötzlich nur noch Dunkelheit zu sehen – Elias hatte das Handy fallengelassen.

»Elias – alles gut! Beruhig dich doch, mein Schatz!«, sagte Zakos ein ums andere Mal. Doch da brach die Verbindung ab.

Im Bus rief er endlich Skouros an und berichtete, dass er mittlerweile auf Naxos recherchierte – gemeinsam mit Marina Beou von der Kathimerini, der Vertrauten von Pappas.

Der Kollege war nicht begeistert.

»Ausgerechnet mit einer Journalistin – das halte ich für keine gute Idee!«, krittelte er.

Zakos wurde sofort hellhörig.

»Das ist eigentlich mit ein Grund, warum ich anrufe«, sagte er. »Kennen Sie Marina Beou? Liegt was gegen sie vor?«

»Das habe ich nicht gesagt. Die Kathimerini ist jedenfalls eine seriöse Tageszeitung, kein Revolverblatt«, sagte Skouros. »Aber Presse bleibt Presse. Diese Marina Beou erschleicht vielleicht Ihr Vertrauen, und ehe Sie es sich versehen, stehen Sie in ihrem Blatt. Und das alles fällt dann letztlich auf die Athener Polizei zurück. Sehen Sie zu, dass Sie sie schnellstmöglich loswerden! Wenn sie etwas will, soll sie den offiziellen Weg einschlagen und unsere Öffentlichkeitsabteilung kontaktieren, so wie das üblich ist!«

»Da gibt es nur ein Problem«, schmunzelte Zakos. »Marina weiß gar nicht, welchen Beruf ich ausübe. Sie bringt mich in keiner Weise mit der Polizei in Verbindung. Sie glaubt, Dora Zakos' Stiefsohn sei IT-Experte. Im Gegenteil – es ist eher so, dass sie mir hilft, und nicht andersrum.«

Skouris lachte hell auf. »Ein Polizist, der sich inkognito bei einer Journalistin einschleicht – das ist gut! Vertauschte Rollen! Mir scheint, in Ihnen hat sie ihren Meister gefunden«, meinte er. »Wenn Sie aber etwas herausfinden, müssen Sie uns das natürlich sofort wissen lassen.«

»Selbstredend«, sagte Zakos und versuchte, seine Stimme besonders fest klingen zu lassen. Er hatte ein schlechtes Gewissen, denn in Wahrheit hatte er erst mal nicht vor, Skouros etwas über das Häuschen zu verraten, in dem Pappas sich versteckt hatte. Noch nicht.

»Wenn Sie schon mal auf Naxos sind, können Sie auch gern bei unserer Kollegin Lela Kondojannis vorbeischauen, da gibt es Neuigkeiten«, fuhr Skouros fort. »Ich rufe sie gleich an und kündige Ihren Besuch an. Allerdings müssen Sie mir versprechen, die Beou nicht mitzunehmen.«

»Das versteht sich von selbst!«, brummte Zakos. »Um welche Neuigkeiten handelt es sich denn?«

»Das werden Sie schon sehen«, sagte er. »Und schöne Grüße von Chärr Baumgartner, Ihrem Chef!«

»Sie haben also Erkundigungen über mich eingezogen«, bemerkte Zakos ein wenig kühl. Es war schon merkwürdig: Er selbst traute Marina nicht, aber dass jemand ihm nicht trauen könnte – darauf wäre er nicht gekommen.

»Es ist anders, als Sie denken«, beeilte sich Skouros aufzuklären. »Es ging um einen alten Fall in den Neunzigern, bei dem eine neue Spur aufgetaucht ist, die nach München führt. Darüber musste ich mit Chärr Baumgartner telefonieren. Da erzählte ich natürlich von unserem Kontakt. Er sagt, er wünscht Ihnen Glück – und er hofft, dass Sie die Angelegenheit bis zum Ende Ihres Urlaubs gelöst haben, denn er will keinesfalls auf Sie verzichten. Er hält große Stücke auf Sie!«

Nun musste Zakos doch lachen. Typisch Heinrich, dass er zuallererst an seine eigene Abteilung dachte.

Bei Lela Kondojannis in der Polizeiinspektion in Naxos-Stadt erlebte er dann eine positive Überraschung – sie erwartete ihn mit den Obduktionsergebnissen von Pappas. Offenbar hatte das Gespräch mit Baumgartner bei Skouros doch mehr bewirkt, als er am Telefon hatte zugeben wollen.

»Eigentlich bin ich selbst ganz überrascht, dass uns diese Akte bereits übermittelt wurde«, gab Kondojannis zu und hielt ihm die gefaxten Seiten mit ihrer schmalen Hand hin, an der lange, falsche Fingernägel prangten. Sie war um die dreißig und trug Uniform, wirkte aber ansonsten mit ihren dunkel aufgemalten Augenbrauen und der dicken Make-up-Schicht im Gesicht eher wie eine Kosmetikerin denn wie eine Polizeibeamtin.

»Normalerweise müssen wir darum wochenlang kämpfen, auch wenn ein Fall sich bei uns ereignet hat – einfach wegen der Arroganz der Athener«, fuhr sie fort. »Die nehmen uns hier meistens gar nicht ernst.«

»Tja – Kommissar Skouros scheint offenbar ein total korrekter Typ zu sein«, kommentierte Zakos. Er meinte es ehrlich.

Dann fiel ihm etwas ganz anderes ein. »Es gibt nur ein Problem: Können Sie mir sagen, was in der Akte steht? Ich bin leider nicht in Griechenland aufgewachsen, meine Lesekenntnisse sind ziemlich beschränkt …«

Sie lächelte und entblößte dabei eine perfekte weiße Zahnreihe, an deren linkem Eckzahn ein eingearbeiteter kleiner Glitzerstein blitzte.

»Macht nichts! Ich kann dafür kein Wort Deutsch!« Sie lachte freundlich. »Aber nun zu dem Bericht, ich fasse mal die wichtigsten Punkte zusammen: Todeszeitpunkt scheint Freitag oder Samstag vergangener Woche gewesen zu sein – genauer ist das wohl wegen des Verwesungsgrades nicht zu sagen, es hat derzeit ja sogar bei uns auf den Kykladen tagsüber über 35 Grad.«

»Wieso ›sogar‹?«, wunderte sich Zakos.

»Normalerweise herrscht fast immer ein erfrischender

Wind«, klärte sie ihn auf. Das ist ja das Besondere bei uns! In früheren Zeiten war es genau dieser Wind, der die Inseln arm machte, weil er die Erdkrume wegtrug und unserer Landwirtschaft schadete, weil hier praktisch nur Hülsenfrüchte wuchsen.«

Zakos verstand. »Und heute macht der Wind sie reich, weil die Touristen das angenehme Klima genießen, und aus den Hülsenfrüchten wird in den Restaurants Fava für sie gekocht.« Fava war ein Gericht aus gelben Linsen, eine Spezialität der Inseln, die sogar er kannte.

Sie nickte. »Das mit der Fava stimmt«, sagte sie. »Das mit dem Reichtum weniger. Die Saison wird immer kürzer, dieses Jahr ging's erst im Juli so richtig los, kein Mensch weiß, warum. Zum Glück bin ich bei der Polizei, wir haben das ganze Jahr über Saison!«

»Wie wahr«, nickte Zakos. »Eine Frage hätte ich noch: Wie wurde er überhaupt umgebracht?«

»Erschossen, aus großer Nähe von hinten ins Herz!«, antwortete sie.

»Also auf der Flucht?«, fragte Zakos.

»Nein, im Liegen – so komisch das klingt«, sagte sie. »Er war nämlich wahrscheinlich betäubt. Er wurde in betäubtem Zustand ein Stück den Weg entlanggezerrt, vielleicht an den Füßen. Dann wurde er erschossen.«

»Stopp, noch mal«, stutzte Zakos. »Der Mörder hat Panajotis Pappas zuerst betäubt. Und dann umgebracht?!«

Sie nickte. »Merkwürdig, ich weiß, aber so muss es wohl gewesen sein. Es konnte zwar kein entsprechendes Mittel nachgewiesen werden, aber das Labor steht auch noch aus – und vielleicht hat sich das bereits im Körper abgebaut. Das ist ja häufig so.«

Zakos nickte. Einige der gängigen Mittel, mit denen Vergewaltiger oder Räuber ihre Opfer gefügig machten, waren nur wenige Stunden nachweisbar.

»Pappas hatte allerdings Verletzungen und Schürfwunden, unter anderem im Gesicht, die davon zeugen, dass er noch am Leben, aber nicht bei Besinnung war, als man ihn den Feldweg entlangzog. Das war in einem Wäldchen an der Straße nach Filoti, dort, wo er später von einem Bauern gefunden wurde. Pappas hatte eindeutig nicht versucht, sich zu wehren oder sich zu schützen, als er auf diese Weise transportiert wurde. Er versteifte sich auch nicht, und seine Hände oder Fingernägel zeigen kaum Spuren der Erde oder des Untergrundes, die nachweisbar gewesen wären, wenn er sich gegen das Fortzerren gewehrt hätte.«

»Vielleicht war er ohnmächtig – ein Schlag auf den Kopf, oder so!«

»Laut Bericht gab es aber keine Kopfverletzung, kein Hämatom, und gefesselt war er auch nicht. Nein, die Kollegen haben dem Umstand, dass er betäubt gewesen sein muss, eine ganze Seite gewidmet, sehen Sie hier.« Sie blätterte und wies mit dem langen Fingernagel auf ein Blatt.

»Es gibt keinen Zweifel: Er war betäubt!«

Nach dem Besuch in der Polizeistation beschloss Zakos, sich erst mal die Beine zu vertreten und nachzudenken. Die Art, wie Pappas erledigt worden war, erschien ihm merkwürdig. Normalerweise beinhalteten Morde, die von der Mafia oder vergleichbaren kriminellen Vereinigungen durchgeführt wurden, ein strafendes Element: Das Opfer sollte wissen, dass es für sein Verhalten zahlen musste, für das, was es getan hatte. Es sollte seine letzten Minuten oder Sekunden in Angst verbringen. Bei einem betäubten Opfer allerdings war dies wohl kaum der Fall – Pappas hatte wahrscheinlich gar nichts von seiner beabsichtigten Ermordung mitbekommen, er war von einer Bewusstlosigkeit in den Tod übergewechselt. Die Frage war: Warum waren die Täter so verfahren? War etwas Bestimmtes vorgefallen? Waren sie etwa gestört worden? Was war passiert?

Vielleicht sollte der ohnmächtige Pappas an einen bestimmten Ort transportiert werden. Wahrscheinlich an einen Ort, an dem man ungestört vorgehen konnte. Um ihn dort festzuhalten? Um ihn zu ermorden, sobald er aus der Ohnmacht erwacht wäre? Aber wer oder was hatte die Täter überrascht?

Noch eine Sache machte Zakos stutzig: Als er im Radio gehört hatte, dass Pappas in einem Wald aufgefunden worden war, hatte er automatisch geglaubt, dass man lediglich seine Leiche dorthin gebracht habe. Doch der Fundort war identisch mit dem Tatort. Er fand das merkwürdig. Sicherlich gab es x Orte auf Naxos, an denen man diskreter hätte vorgehen können, sagte sich Zakos: verlassene Lagerhallen, Boote, mit denen man auf die offene See hätte hinausfahren können, verlassene alte Bauernhäuser und Scheunen oder Bauruinen. Orte, an denen die Gefahr, überrascht zu werden, gegen null ging.

Auf ihn wirkte dieses Vorgehen wenig professionell und keinesfalls nach organisierter Kriminalität. Aber vielleicht war das auch gar nicht der Fall? Und wenn nicht – was bedeutete das? Gut möglich, dass Pappas noch andere Feinde gehabt hatte außer Markopoulos, sein Blog hatte sich ja nicht nur mit dem Reeder und dessen Machenschaften beschäftigt, sondern mit allerlei anderen Vorfällen – Korruptionsaffären,

Steuerhinterziehung, Vetternwirtschaft. Vielleicht nutzten die tatsächlichen Täter die aktuellen Umstände, damit der Verdacht auf die Markopoulos-Leute fiele.

Ein einziges Detail allerdings stützte die Theorie, dass dieselben Täter hinter dem Mord standen wie im Fall Sokratis Charalambidis: Der Fakt, dass beide Morde in etwa um denselben Zeitpunkt begangen worden waren; Pappas' Todeszeitpunkt war auf vergangenen Freitag oder Samstag festgelegt worden, Charalambidis war am Samstag umgebracht worden – das konnte durchaus auf ein gleichzeitiges Vorgehen hinweisen, darauf, dass die Täter ein Zeichen hatten setzen wollen, weil sie nicht gewillt waren zu dulden, wenn jemand sich gegen sie erhob.

Allmählich hatte Zakos den Ort durchquert und war am Ende angelangt, dort, wo sich das berühmte Tempeltor von Naxos, das antike Wahrzeichen des Ortes, auf einem felsigen Hügel gegen den Himmel erhob. Er fühlte sich schon wieder ziemlich durchgeschwitzt – von der berühmten kühlen Brise der Kykladen war heute nicht viel zu spüren. Trotz der Temperaturen hatten sich diverse Grüppchen von Touristen hier versammelt, um die Sehenswürdigkeit zu besichtigen, unter anderem eine Gruppe älterer Asiatinnen, die sich mit bunten Regenschirmen gegen die Sonne schützten. Es war ein irgendwie skurriler Anblick, wie aus einer längst vergangenen Zeit, aber Zakos nahm die Frauen kaum wahr und kehrte um, um wieder den Weg zurück ans andere Ende des Ortes zu nehmen.

Von der Traurigkeit, die ihn erst kurz zuvor an der Bushaltestelle überfallen hatte, spürte Zakos nun nichts mehr – er war ganz im Bann des Falles und überlegte, wie er nun weiter vorgehen sollte. Vielleicht wäre es gut, Ausschau nach einer

Autovermietung zu halten und zum Tatort zu fahren – Lela Kondojannis würde ihm bestimmt den genauen Ort nennen, wenn er sie danach fragte. Zwar war nicht zu erwarten, dass sich am Tatort irgendwelche Hinweise fanden – die griechische Polizei hatte sicherlich gründlich gearbeitet. Aber es war ihm dennoch wichtig, den Ort mit eigenen Augen zu besichtigen. Von ihm aus auch in Begleitung von Marina. Er musste ihr ja nicht alle Details aus den Obduktionsergebnissen preisgeben, und mehr hatte er Skouros ohnehin nicht versprochen. Der Athener ließ sich schließlich auch nicht in die Karten schauen, also warum sollte Zakos sich dazu verpflichtet fühlen, sagte er sich.

Doch wie sollte er ihr glaubhaft erklären, woher er überhaupt wusste, an welchem Ort Pappas aufgefunden worden war? Dass die Polizei ihm dies einfach so verraten hätte – das glaubte ihm Marina garantiert niemals. Nein, die einfachste Lösung wäre es sicherlich, allein zu fahren. Aber zuerst wollte er, wie geplant, ein paar Toilettengegenstände kaufen – und Flipflops. In den Turnschuhen hielt er es bei der Hitze kaum noch aus.

Er hatte gerade bezahlt, als sein Handy läutete. Zickler.

»Wo bist du?«, fragte er, ohne einen Gruß. Seine Stimme klang aufgeregt.

»Ich mach Souvenir-Shopping in Naxos-Stadt«, witzelte Zakos und überlegte fieberhaft, wie er die lange Abwesenheit erklären sollte – sicher befand sich Marina bei Zickler, oder jedenfalls in seiner Nähe. Aber Ali fragte gar nicht weiter nach.

»Dann bleib, wo du bist!«, antwortete er. »Wir treffen uns in zwanzig Minuten an der Bushaltestelle am Hafen. Unsere Fähre geht in dreißig Minuten!«

»Genauer gesagt: in fünfundzwanzig!«, vernahm Zakos im Hintergrund Marinas Stimme.

»Was ist denn los …?«, fragte Zakos, doch da endete die Verbindung bereits.

Bald darauf hielt ein Taxi vor Zakos, aus dem Zickler und Marina sprangen, ausgerüstet mit Zicklers Reisegepäck: Er trug seine alte, abgegriffene Reisetasche in der Hand, Marina hatte den blauweißen Sechziger-Rucksack umgehängt.

»Eureka!«, rief Zickler aus, als er Zakos sah, und reckte ihm stolz einen weißen Zettel entgegen, eine Schiffsfahrkarte. »Hab einfach den ganzen Hausmüll durchgesehen, den der Kerl in diesem Zimmer gehortet hatte.« Mit Kerl meinte er wohl Pappas.

»Der hat alles im Haus behalten, wahrscheinlich, damit niemand bemerkt, dass da jemand wohnt. Oder vielleicht war er auch einfach faul. Egal. Jedenfalls haben wir dieses Ticket gefunden.«

»Schinoussa! Da hätte ich auch selbst draufkommen können!«, sagte Marina etwas kryptisch. »Aber jetzt Beeilung!«, und schon rannte sie los, dass der kleine Plüschlöwe hinten an Zicklers Rucksack auf und ab hüpfte, und die beiden Männer hasteten hinterher.

Den Ausspruch »Eureka« kannte Zakos, »Schinoussa« jedoch hörte er zum ersten Mal. Es handelte sich allerdings nicht um ein geflügeltes Wort, sondern um den Namen einer kleinen Insel. Sie wurde von Naxos aus angefahren, von einer weißgestrichenen alten Fähre der Small Cyclades Lines, die sie als die letzten Fahrgäste in der Schlange bestiegen – kurz bevor die etwas rostige Gangway hochgezogen wurde.

»Ticket? Ticket?«, empfing sie ein unrasierter älterer Mann, der aussah wie ein Bruder von Antony Quinn in der Rolle des Alexis Sorbas.

»No tickets«, antwortete Zickler und machte ein bedauerndes Gesicht.

»Then you chaff to swim!«, sagte der Alte. Aber er grinste dazu und riss drei Zettelchen aus einem kleinen Block, die so aussahen wie das, was Zickler im Müll in dem Häuschen auf Naxos gefunden hattc, entwertete sie dann, indem er sie bis zur Mitte einriss, und nahm das Fahrgeld entgegen. Daraufhin erklommen sie eine steile Treppe aufs Oberdeck, wo sie einen Platz im Schatten einer Markise ergatterten und erst mal ausschnauften.

Eine Weile gondelte die kleine Fähre entlang der langen Dünenküste von Naxos, in deren Nähe sie die Nacht verbracht hatten. Zickler stand auf, stellte sich an die Reling und seufzte.

»Was für ein super Sandstrand!«, sagte er. »Und ich hab keine Minute davon genießen können! So eine Verschwendung!«

»Sagt der Mann, dem es gerade im Urlaub zu langweilig war«, erklärte Zakos Marina. »Er war nämlich auf Kreta beim Kitesurfen, aber das hat ihm keinen Spaß gemacht!«

»Kommt eben immer auf die Begleitung an«, sagte Zickler und blickte Marina vielsagend an. »Mit manchen Leuten wird's einem, glaub ich, nie fad!«

»Fad? Was ist das?«, fragte Marina, die offenbar mit Zicklers bayerischem Idiom Schwierigkeiten hatte.

»Fad – das ist das Gegenteil von pikant!«, antwortete Zickler und betonte dabei jede Silbe ganz besonders. Er war deswegen nicht unbedingt leichter zu verstehen, aber schließlich kapierte Marina doch, was er meinte.

»Ach so – pikantiko sagen wir in hier in Griechenland auch!«, nickte sie.

»Genau!«, sagte Zickler und blickte Marina verträumt an. »Ich find grad alles pikantiko, Marrrina.« MARRINA! Zakos hätte fast laut herausgelacht. Das klang ja, als wären sie in einem Sketch von Gerhard Polt gelandet. Aber dann fiel ihm plötzlich wieder etwas ein, das wichtiger war als Albrechts Balzerei.

»Marina, was meintest du vorhin, als du sagtest: Du hättest dir denken können, dass Pappas auf Schinoussa war?«, fragte er. »Er war schon einmal hier«, antwortete sie – auf Deutsch, damit auch Zickler alles mitbekam. »Es muss etwa zähn Jahre her sein, einä seiner ersten Reportagen für unsere Zeitung. Seinerzeit wurden chier in einem Haus auf dieser Insel geraubte Kunstschätze gefunden. Sähr wertvolle Ikonen. Panos hat die Sache zwar nicht aufgedeckt – das war die Polizei –, abär er reiste eine Woche chierher, um das Umfeld zu beschreiben, in dem das alläs stattgefunden hatte. Es war sehr faszinierend für ihn – diese ruhige kleine Insäl im Nichts, auf der Kunstwerke lagen, die Millionen wert waren. Er sprach mit dän Fischern, mit den Cafäbesitzern und so weiter. Alle waren natürlich völlig ahnungslos, und Panos fing diese sondärbare Stimmung ein. Es war ein sähr schöner Artikel!«

»Und warum hast du nichts erzählt?!« Zakos war etwas aufgebracht. »Dann wären wir doch gleich hierhergekommen!«

»Dann chätten wir auch nach Paros fahren müssen, wo er ebenfalls vor ein paar Jahren an dem Mord an der Vierzehnjährigen recherchiert hatte. Und nach Syros, und nach Mykonos, und ich weiß nicht, wohin noch alles«, sagte sie. »Panajotis war ziemlich aktiv! Ohne das Ticket aus dem Müll wäre ich nicht darauf gekommen, dass er hier war!«

»In se middl off nowear!«, sagte Zickler, nachdem sie an der Betonmole von Schinoussa die Fähre verlassen hatten. »Das Ende der Welt! Hier gibt's nix!«

Das entsprach nicht ganz der Wahrheit – einen kurzen Moment lang hatten sich ein paar Kleinbusse sehen lassen, die in Windeseile die etwa zwanzig Urlauber, die mit ihnen die Fähre verlassen hatten, aufgeladen hatten und von dannen gefahren waren, eine große, neu gepflastert wirkende Straße über den Berg. Nur ein schmaler braungebrannter Mann mit Dreitagebart, der noch Zimmer anzubieten hatte, hatte sie angesprochen und ihnen einen Prospekt in einer abgegriffenen Klarsichtfolie entgegengestreckt. Die darauf abgebildeten Zimmer wirkten selbst auf den Fotos trostlos, und sie hatten ohnehin noch keine konkreten Pläne, also winkten sie ab, und er trabte in das einzige Restaurant nahe der Mole und verschwand.

»Ihr denkt, wir sind hier am Ende der Wält – aber Schinoussa ist ein Jetset-Chotspot«, wandte sich Marina an Zickler und Zakos. »Zumindest vor drei Jahren war es einer – damals richtete der Reeder Dinos Martinos hier eine Luxushochzeit für seinen Sohn aus. Es haben über fünfhundert Källner und Bedienstete hier gearbeitet! Manchen Leuten ist nichts zu teuer. Jädenfalls muss das eine Traumhochzeit gewesen sein!«

»Hast du darüber berichtet – oder Pappas vielleicht?«, fragte Zakos neugierig, aber Marina winkte ab.

»Nein, nein! Für so etwas sind die Klatschreporter zuständig!« Es klang ein wenig überheblich.

»Kurzer Einwand«, meldete sich Zickler. »Vielleicht können wir unser Kaffeekränzchen ins Lokal in den Schatten verlegen, bevor mich hier in der Hitze der Schlag trifft. Ich hab einen Wahnsinns-Durscht!«

Wenn Zickler von »Durscht« sprach, dann wollte er ein Bier, das kannte Zakos bereits. Ali nahm in München fast nur zwei Sorten von Getränken zu sich, Kaffee und Augustiner. Nur an Tagen, an denen er verkatert war, verzichtete er auf den Kaffee, den er bei der Arbeit normalerweise den ganzen Tag aus einer großen Tasse mit 1860-Aufdruck in sich hineinschüttete, und trank stattdessen schon zum Frühstück Spezi.

Und tatsächlich bestellte er sich ein Amstel und stürzte das erste Glas davon fast auf einen Schluck herunter.

»Trink halt erst mal Wasser gegen den Durst, sonst fällst du hier noch um! Hier ist es heißer als bei uns, da steigt einem das Zeug ganz schön in den Kopf!«, brummte Zakos, der keine Lust hatte, sich mit einem angetrunkenen Kollegen rumzuschlagen.

»Ja, Mama!«, sagte Zickler. »Später. Aber jetzt mal ganz was anderes: Nach was suchen wir hier eigentlich?!«

»Wenn wir das so genau wüssten!«, seufzte Marina. »Beweise eben. Vielleicht Unterlagen oder ein Handy, auf dem Panos alles abgespeichert hatte. Vielleicht eine externe Festplatte. Irgendetwas, woraus hervorgeht, wer Panos' Informanten bei Markopoulos waren, solche Dinge.«

»Vielleicht hat er auch gar nichts versteckt. Vielleicht hat er was gesucht!«, wandte Zakos ein.

Marina zuckte mit den Achseln.

»Vielleicht. Schwer zu sagen. Jedenfalls war er hier, und wahrscheinlich nicht nur, um die Landschaft zu genießen.«

»Welche Landschaft?«, meinte Zickler. »Ich sehe hier nur Steinbrocken und eine Asphaltstraße. Aber egal. Wo wollen wir anfangen zu suchen?«

»In der Villa der Kunsträuber«, sagte Marina wie aus der Pistole geschossen. Sie hatte auf der Fähre den alten Artikel von Pappas über Schinoussa aus der Datenbank der Kathimerini auf ihrem Handy überflogen. »Offenbar gehörte sie zwei Männern. Sie waren selbst keine Räuber, aber sie haben mit gestohlener Ware gehandelt und sie hier vor Ort versteckt. Aber nur einem der beiden konnte nachgewiesen werden, dass er damit was zu tun hatte, und er ging ins Gefängnis. Aber das muss ja nicht heißen, dass der andere wirklich unschuldig war. Und vielleicht hat er immer noch mit unlauteren Geschäften zu tun.«

»Selbst wenn – dann bestimmt nicht mehr von hier aus«, gab Zakos zu bedenken. »Das wäre doch dämlich, an einem solchen Ort, an dem ja schon mal gestohlene Objekte von der Polizei gefunden wurden.«

»Vielleicht ist das sogar ein ganz besonders sicherer Ort, weil alle so denken wie du. Deswägen sollten wir unbedingt dort hingehen«, erwiderte Marina. »Odär chabt ihr eine bessere Idee?«

»Nein, Marrrina, wir machen das«, säuselte Zickler, und Zakos musste sich Mühe geben, nicht die Augen zu verdrehen.

»Na also, dann versuche ich mal herauszufinden, wo dieses Chaus von den Kunsthählern sich befindet«, sagte Marina.

Es gab ein paar Touristen im Lokal und eine sehr junge Kellnerin, die damals vor zehn Jahren wahrscheinlich noch die Schulbank gedrückt hatte, doch hinten im Raum saß der

Mann vom Hafen und spielte mit einem anderen Mann Tavli. Marina ging hinüber und setzte sich zu ihm an den Tisch, und eine Weile konnten Zakos und Zickler beobachten, wie die beiden sich unterhielten und wie der Stoppelbart mit der Hand nach draußen Richtung Berg zeigte, bevor er weitererzählte.

»Sag mal, Nick, jetzt, wo wir unter uns sind …«, sagte Ali. Zakos ahnte bereits, was kommen würde. »Ihr zwei Hübschen wart ja gestern Nacht ganz allein in dem romantischen Häusel. Und da wollt ich wissen, ob ihr … na, du weißt schon!«

Zakos schüttelte den Kopf. »Nein, aber …«

»Stopp, ich bin noch nicht fertig!«, fiel Zickler ihm ins Wort. »Ich wollte auch noch wissen, ob du auch ganz sicher keine … keinerlei Ansprüche erhebst … du weißt schon …« Er grinste, ein wenig dümmlich, wie Zakos fand.

»Ja! Ich weiß schon! Ist ja nicht zu übersehen, dass du sie gut findest. Aber trotzdem, lass es sein!«, warnte Zakos. »Wir sind hier schließlich bei der Arbeit, und so was gibt grundsätzlich immer nur Ärger und Stress.«

»*Ich* bin nicht bei der Arbeit!«, entgegnete Zickler gelassen und goss sich den Rest des Bieres in sein Glas. »Ich bin im Urlaub! Du, und ich hab das Gefühl, der Urlaub wird jetzt erst richtig schön! Ich glaub sogar, mich hat's erwischt!«

»Mei o mei, Zickler! Ihr habt euch doch gerade erst vor ein paar Stunden das erste Mal gesehen. Du kennst sie doch noch gar nicht!«

»Ich bin halt ein spontaner Mensch!«, erwiderte der andere. »Aber jetzt pssst – sie kommt!«

»Ihr guckt so komisch – ist etwas passiert?«, fragte Marina, als sie den Tisch erreicht hatte.

»Jaaa«, machte Zickler und räusperte sich verlegen. »Ich hab gesehen, wie der Mann Richtung Berg gezeigt hat. Das bedeutet nun wohl, dass wir da rauf müssen, oder?«, er sah sie treuherzig an.

»Oh ja!«, lachte Marina. »Nach oben, und auf der anderän Saite wieder nach unten!«

»Das hab ich befürchtet!«, sagte Zickler, aber er lächelte sie dazu strahlend an.

Kapitel 8

Es war gar nicht so schlimm, denn nun hatte tatsächlich die berühmte Brise eingesetzt, und als sie die Hügelkuppe erreicht hatten und einen Blick über die Insel bekamen, stieß Zickler einen anerkennenden Pfiff aus.

»Alle Achtung!«, sagte er dann. »Das ist ja das reinste Paradies – Wahnsinn. Jetzt verstehe ich, warum die Leute hier Urlaub machen. Von da unten war das nämlich nicht ganz nachvollziehbar.«

Von hier aus erstreckte sich der Blick auf das höherliegende Dörfchen, bestehend aus weißgekalkten würfelförmigen Häuschen sowie die Sandbucht unter ihnen, in der so einiges los war: Das Geräusch der Badenden schallte bis zu ihnen herauf, ein verheißungsvolles Lärmen und Lachen. Es klang so verlockend, dass Zickler sich am liebsten ebenfalls in das türkisfarbene Wasser stürzen wollte, als sie unten angekommen waren.

»Nur ganz kurz!«, sagte er. »Ihr werdet sehen, danach fühlen wir uns viel besser und können viel klarer denken, und dann …« Er verstummte, weil Zakos ihm einen strengen Blick zuwarf.

»Es gibt jetzt Wichtigeres, als schwimmen zu gehen!«, sagte er.

Zickler schmollte.

»Das hier scheint das Haus zu sein«, sagte er schließlich.

Daran gab es keinen Zweifel, denn es war das einzige Haus am Strand. Die Mauer verlief über den Sand und grenzte an die Straße und den Berg. Von ihrem Standort aus am Wasser erkannten sie nur das Dach des Gebäudes im Inneren des Grundstücks, umgeben von Palmen. Dadurch wirkte das Anwesen von weitem wie eine kleine Oase. Außen herum gab es, ein paar Feigen und Olivenbäume einmal ausgenommen, nur Steine, Gestrüpp und von der Sonne honigbraun gedörrte Felder, die von Steinmauern umgeben waren.

Der Eingang des Hauses lag an der Straßenseite – ein hohes Tor aus glattem dunkelgrauen Eisen, oben von Stacheln gesäumt. Daneben auf der Mauer war unübersehbar eine große Kamera angebracht.

»Das ist ja die reinste Trutzburg«, sagte Zickler. »Hier gibt's noch nicht mal irgendwo einen Klingelknopf! Wie erfahren die Bewohner, wenn Besuch da ist?«

»Per Handy, wie sonst?!«, sagte Marina. »Ich finde übrigens, dass die Leute da vorne uns komisch ansehen – oder bilde ich mir das ein?«

Vom Strand her bewegte sich ein Grüppchen Badegäste in ihre Richtung, zwei Frauen, eine junge und eine grauhaarige, und zwei Männer, ebenfalls ein junger und ein bereits älterer.

»Ja, klar, so wie wir hier neben dem Eingang herumlungern«, brummte Zakos. »Da muss ja jeder denken, wir wären Einbrecher!«

»Dabei sind wir doch nur ganz normale Tagesausflügler, die sich die Insel anschauen«, sagte Marina ironisch. Mittlerweile hatten die Badegäste vom Strand sie erreicht, und sie wandte sich an sie: »Hallo, wären Sie so nett, ein Foto von uns zu machen? Von hier ist der Blick auf den Strand so hübsch!«

Die Leute nickten freundlich, man wechselte ein paar Worte, dann nahm die jüngere Frau das Handy von Marina entgegen, um dem Wunsch nachzukommen, und schließlich trabte das Grüppchen weiter, während die Zurückbleibenden so taten, als würde sie die Aussicht genießen. Immerhin wirkten sie auf diese Weise nicht mehr verdächtig, aber weiter kamen sie dennoch nicht.

»Ich klopfe jetzt einfach mal an – vielleicht hört man uns und lässt uns rein, und wir befragen die Bewohner einfach. Beziehungsweise ihr befragt sie, ich kann ja kein Griechisch«, sagte Zickler. »Wir können uns ja einfach als Polizisten ausgeben, zum Beispiel!« Er kicherte.

Zakos wollte etwas erwidern, ließ es aber dann doch sein. Schließlich trommelte Zickler mit den Fäusten ans Eisentor. Das Geräusch, das er verursachte, klang ziemlich dumpf. Zu dumpf, um im Haus gehört zu werden.

Eine Weile standen sie nur herum, lauschten dem Zirpen der Zikaden und ließen sich die Sonne auf den Kopf scheinen. »Vielleicht gehen wir mal um die Grundstücksmauer herum«, schlug Zakos schließlich vor. Sie gingen die Straße entlang, bogen dann am Ende der Mauer ab und schlugen sich durch das mannshohe Gestrüpp neben einem Felsvorsprung, und Zakos ärgerte sich, dass er auf dieser Reise eigentlich immer die falschen Schuhe trug: Nun waren es die neuen Flipflops, mit denen er die Füße auf diesem Untergrund besonders vorsichtig setzen musste. Dahinter kam eine freie Stelle, die von kniehohem vertrockneten Gras und Thymian bewachsen war, und noch etwas weiter hinten stand ein stattlicher Feigenbaum. Sein Stamm war glatt und astlos, doch weiter oben öffnete sich eine Krone mit dicken Ästen, die bis in das Grundstück reichten.

»Schon wieder Eureka!«, sagte Zickler, und Zakos hoffte, dass dies nicht sein neuester Lieblingsspruch würde. »Da klettern wir jetzt ganz bequem rein!«

»Bequäm? Wie soll das gehen?«, stöhnte Marina. »Ich kann niemals hoch auf diesen Baum! Dazu bin ich zu klein!«

Sie schaffte es schließlich doch, denn Zakos, der seine Schlappen dazu kurzerhand auszog, kletterte vorneweg und reichte ihr die Hand, und Zickler half ihr mit einer Räuberleiter. Dann hievten sie noch Zicklers Taschen ins dichte Astwerk und hängten sie dort auf, damit sie nicht von weitem zu sehen waren und sie nicht verraten konnten. Sicher war sicher.

Aus dem Astwerk der Feige balancierten die drei schließlich auf die Mauer und ließen sich auf das Grundstück fallen, Es tat an den Füßen kaum weh, denn der Boden war sandig und weich, und nur Marina stieß einen unterdrückten Fluch aus, denn sie war in eine der überreifen Feigen gesprungen, die verstreut am Boden lagen. Das süße Fruchtfleisch quoll seitlich an ihren Sandalen herauf wie Marmelade. Sie versuchte, die Masse mit einem herumliegenden Stöckchen zu entfernen, was nur teilweise gelang, daher zog sie die Schuhe schließlich aus und tapste ebenfalls barfuß zum Haus, die beiden anderen hinter ihr her.

Von draußen hatten sie nur das Dach des Gebäudes erkennen können, nun entpuppte es sich als stattliche Natursteinvilla mit weißgekalkten Fensterabsätzen und türkisfarbenen Fensterläden sowie einer gigantischen Terrasse unter einer Holzpagode. Nirgends waren Gartenmöbel oder auch nur ein zum Trocknen ausgebreitetes Badehandtuch zu sehen.

»Sieht aus, als wäre niemand zu Hause«, raunte Zakos und blickte sich um. »Oder die Bewohner sind so ordentlich, dass sie jedes Mal alles komplett wegsperren, wenn sie ausgehen.«

»Aber seht mal: da oben!«, flüsterte Marina und wies mit dem Finger auf einen grauen kleinen Kasten mit roter Lampe darauf, der neben der Eingangstür an der Wand hing. »Eine Alarmanlage!«

»Schmarrn, alles bloß Fake!«, sagte Zickler mit triumphierendem Unterton. »Ist mir schon am Eingang bei der Videoüberwachung aufgefallen. Die ist meiner Meinung nach ebenfalls nicht angeschlossen! Und außerdem ist hier sowieso kein Schwein!«

»Vielleicht ist der Besitzer tatsächlich nicht da, aber es gibt sicher jemanden, der sich regelmäßig um das Anwesen kümmert«, sagte Marina. »Auf der Terrasse ist kein Staub oder Sand zu sehen, kein Schmutz, nichts. Und chier, die Blumen: ganz frisch!«

Sie hatte recht, tatsächlich machten die Geranien in den großen Terrakottatöpfen an den Ecken der Terrasse alles andere als einen vertrockneten Eindruck.

»Jedenfalls kann jeden Moment jemand kommen, deswegen sollten wir uns beeilen!«

Es war leichter gesagt als getan: Hier gab es keinen nachlässig versteckten Schlüssel wie in dem Häuschen auf Naxos, jedenfalls konnten sie keinen finden, obwohl sie mit den Händen in alle Ritzen unterhalb des Schindeldachs fuhren, hinter den ausladenden Blumentöpfen stöberten und so einige Eidechsen aufscheuchten. Schließlich durchsuchten sie einen kleinen Schuppen an der Rückseite des Hauses, in dem Teakholzliegen und Rattanmöbel lagerten – ebenso erfolglos. Zu guter Letzt riss Zickler einen langen Eisenstab, der zum Herunterkurbeln einer Markise diente, herunter und hebelte damit einen der Fensterläden heraus, bevor Zakos die dazugehörige Fensterscheibe mit einem leeren Tontopf aus dem Schuppen einwarf und sich dabei über sich selbst wunderte und darüber, wie umstandslos er und Zickler den Pfad der Legalität verlassen hatten. Aber es war ja für einen guten Zweck, sagte er sich, schließlich wollten sie zwei Mordfälle aufklären.

Da wurde er auch schon von Zicklers anerkennendem Pfiff aus seinen Gedanken gerissen. Er galt der Einrichtung des Hauses. Hier war wohl ein versierter Inneneinrichter zugange gewesen – der offene Wohnraum war eine luxuriös wirkende Mischung aus modernen Möbeln und traditionellen griechischen Einrichtungsgegenständen, aufgelockert durch ein paar Gags im Sechziger-Jahre-Stil wie einem eiförmigen Kunststoffsessel oder einer vergoldeten Porzellanfigur in Form einer riesigen Ananas. Die beherrschenden Farben waren Weiß und Schwarz, Farbtupfer bildeten die Bilder an den Wänden, ausnahmslos moderne Kunst auf großen Leinwänden.

»Wow«, sagte Zickler und ging auf und ab, als befände er sich in einem Museum. »Kennst du diese Bilder, Marrrina?«

»Ich bin keine Kunstkennerin«, antwortete sie. »Aber ich denke, das maiste sind Arbeiten von jungen griechischen Künstlern. Da, das ist von Wassilis Karakatsanis, den kenne ich. Der ist ein junger Star in der Kunstszene. Und diese Bilder von den Affen hier kommen mir auch bekannt vor.« Sie trat näher heran, um die Signatur zu lesen. »Anastasis Stratakis. Chabe ich schon mal gehört!«

»Ist das Raubgut hier an der Wand? Millionenwerte?«, fragte Zickler aufgeregt.

»Nein, nein, sicher nicht!«, sagte Marina. »Ich bin, wie gesagt, keine Expertin, aber ich glaube, diese Bilder kosten pro Stück vielleicht ein oder höchstens zwei Tausender – wenn überhaupt. Liebhaberstücke für echte Kunstkenner, aber nicht attraktiv für Kunstdiebe, weil die Klientel dafür nur klein ist.«

Ganz andere Werke fanden sie schließlich im größeren der drei Schlafzimmer vor. Es handelte sich um eine Sammlung schöner alter Ikonen, manche mit Glasrahmen versehen und an die Wände gehängt, andere aufgereiht an einem Regal und einem Sims.

»Die sehen schon teurer aus«, sagte Marina. »Ich fotografiere sicherheitshalber mal. Dann können wir später in Ruhe überprüfen, ob polizeilich gesuchte Stücke darunter sind.«

Schließlich betraten sie das Büro, das von einem gigantischen Messingschreibtisch mit Glasplatte dominiert wurde sowie einem Safe, der sich dahinter befand, eingelassen in die Wand. Er stand offen, sperrangelweit, als habe jemand beschlossen, er gehöre ordentlich durchgelüftet. Daneben am Boden lehnte ein alter, dunkler Ölschinken, eine etwas kitschige Schäferszene mit Knaben – offenbar das Bild, das normalerweise über dem Safe an der Wand hing, um diesen zu verbergen.

»Und was sagt uns das?«, fragte Zakos.

»Kaine Ahnung!«, erwiderte Marina und seufzte.

»Ja, leider. Es sagt uns nichts«, bestätigte Zakos. »Wir wissen nicht, was hier mal versteckt war, ob etwas versteckt war, ob Pappas etwas gefunden hat und ob er überhaupt hier im Haus war. Und dafür haben wir jetzt einen Einbruch verübt!« Er war frustriert.

Sie guckten noch eine Weile in die Schubladen im Arbeitszimmer und in die Schränke, die allerdings bis auf ein paar Sonnenhüte und einen einsamen Regenmantel vollkommen leer waren, und Zickler steckte sogar die Nase in die Küchenschränke und den abgeschalteten Kühlschrank, dann beschlossen sie, aufzugeben und zu gehen.

Im Garten lehnten sie den herausgerissenen Fensterladen am Fenster an, damit ihr Besuch nicht schon von außen auf den ersten Blick auffiel, dann halfen sie Marina wieder auf die Mauer und schließlich in das Geäst des Feigenbaums. Zicklers Taschen hingen noch unversehrt darin. Er ließ sie vorsichtig auf die Erde sinken, schließlich stiegen sie herunter und begaben sich auf die Straße, als sei nichts geschehen.

»Und jetzt? Was machen wir jetzt?«, fragte Marina.

»Rumfragen!«, sagte Zakos. »Hast du eigentlich ein Bild von Pappas auf deinem Handy?«

»Eines? Ich chabe Dutzende!«, sagte Marina.

Sie wählte eines aus, auf dem er in einem Café saß und ernst blickte. Marina sagte, es treffe ihn gut. »So hat er meistens ausgesehen – ein in sich gekehrter Mensch, der sich chauptsächlich für seine Arbeit interessierte.«

»Ja, ja«, sagte Zakos schnell. Die Leier kannte er bereits, und er hatte keine Lust, sich erneut anzuhören, wie sehr Pappas für seinen Beruf gelebt hatte.

Sie stiegen den Hügel wieder hinauf und bogen schließlich in das kleine weiße Dörfchen ab, das sich uneinsehbar vom Meer ausbreitete, und Zickler war mal wieder vollkommen begeistert.

»Ein Traum – wie aus einem Fotokalender!«, schwärmte er. »Drum sollten wir uns jetzt mal eine Unterkunft suchen, wo ich meine Sachen unterstellen kann. Damit wir wissen, wo wir heute Abend bleiben und so, und dann könnten wir mal kurz Pause einlegen und …«

»Bist du schon so erschöpft?«, reagierte Zakos genervt. »Kreta war dir zu langweilig, aber hier wird schon nach kürzester Zeit geschwächelt!«

»Mit Schwächeln hat das nix zu tun. Es ist nur so, dass hier alles so schön ist, dass ich mich schwer auf was anderes konzentrieren kann!«, protestierte Zickler und machte eine Armbewegung, die sowohl die Aussicht als auch Marina einschloss. »Darum hätt ich halt einfach höllisch Lust, ins Meer zu springen und dann was Leckeres zu essen, in einer kleinen hübschen Taverne wie der da!« Er zeigte auf ein Lokal mit blauen Stühlen und Tischen in der Gasse vor ihnen. Es herrschte ziemlicher Trubel, fast alle Plätze waren besetzt, und von der Küche und dem Holzkohlengrill drangen köstliche Schwaden von Essensdunst zu ihnen.

»Aber jetzt ist grad was anderes wichtiger als Baden und Essen …« meinte Zakos entnervt. Er fragte sich langsam, ob es tatsächlich so eine gute Idee gewesen war, Zickler herkommen zu lassen. Der Kollege schien in erster Linie auf Spaß aus zu sein, aber danach stand Zakos überhaupt nicht der Sinn.

»Hey, versteh mich doch: Meinem Vater geht's total mies, und ich komme einfach in der Sache nicht weiter!«, erklärte Zakos weiter. »Aber wenn dir das alles zu viel ist, dann sag einfach Bescheid – und ich ziehe das allein durch.«

Zickler zog einen Flunsch. Aber dann lenkte er ein, ein wenig kleinlaut.

»Sorry – ist schon okay!«, sagte er. »Ich lass dich schon nicht im Stich – ich helf dir, deswegen bin ich ja da!«

»Und ich natürlich auch! Wir machen das chier alles gemeinsam!«, sagte Marina und legte Zakos die Hand auf die Schulter.

Zakos nickte beruhigt. Er war froh über ihre Gesellschaft – mehr, als er zugeben konnte.

Kurz darauf marschierten sie alle drei in die Taverne und zeigten das Handyfoto von Pappas bei den Kellnern herum. Keiner von ihnen erkannte den Mann. Eine Weile später hatten sie alle weiteren Restaurants – es waren nur eine Handvoll – abgeklappert, ebenso erfolglos. Also machten sie sich an die Supermärkte, von denen ebenfalls nicht gerade viele hier existierten: Es waren zwei, ein kleiner und ein noch kleinerer.

In Letzterem hatten sie schließlich Glück. Die ältere Frau an der Kasse schob sich einen Moment lang ihre dicke Hornbrille ins kurze graumelierte Haar, dann nickte sie.

»Ja, kommt mir irgendwie bekannt vor. Helfen Sie mir auf die Sprünge?«

Zakos spürte, wie Erregung in ihm aufstieg.

»Das ist Panajotis Pappas, der Journalist!«, sagte Marina.

»Genau!«, sagte sie und wog ein paar prachtvoll aussehende Nektarinen auf der Waage neben ihrer Registrierkasse ab, die ihr eine junge britische Urlauberin entgegengestreckt hatte.

»Der Journalist, den sie ermordet haben. Kam im Fernsehen!« Sie zeigte auf ein kleines Gerät, das genau oberhalb von Zakos, Zickler und Marina an der Wand aufgehängt war und auch jetzt im Moment gerade lief. Dann nahm sie in aller Ruhe eine kleine braune Tüte von einem Stapel neben ihrer Registrierkasse und verpackte die Früchte darin.

»Sie kennt ihn, oder?«, fragte Zickler aufgeregt. Er hatte kein Wort verstanden, aber ihre Mimik richtig gedeutet, und die Frau nickte ihm eifrig zu.

»Yes yes!«, sagte sie. Dann kassierte sie ab und wandte sich wieder an die drei.

»Sein Tod hat mich sehr betroffen gemacht. Er war ja bei uns auf der Insel, als diese Sache passierte mit den Ikonen im Haus unten am Strand, damals – wie lang ist das jetzt her?«

»Zehn Jahre!«, sagte Marina tonlos.

»Die Zeit vergeht so schnell, man fasst es nicht!«, fuhr die Frau fort. »Für mich ist das alles noch wie gestern. Es kamen sehr viele Journalisten damals, auch Fernsehleute, aber als die Polizisten abreisten, fuhren sie ebenfalls wieder. Aber er blieb, als Einziger. Er war eine ganze Weile hier und hat mit vielen Leuten Gespräche geführt.«

»Und natürlich hat später das ganze Dorf den Artikel gelesen!«, meinte Zakos.

»Das können Sie glauben! Das war schon was Besonderes, dass jemand von einer großen Zeitung so einen langen Artikel über unsere Insel verfasste. Natürlich fanden sich nicht alle gut getroffen, im Gegenteil. Manche sagten, der Journalist hätte eine arrogante Sicht auf uns gehabt. Andere waren sauer, weil sie lange Gespräche mit ihm geführt hatten, und dann kamen davon nur zwei Sätze in der Geschichte vor. Oder gar keiner. Na ja. Der Artikel hing lange Zeit im Kafenion an der Pinnwand. Jetzt sind dort die Berichte über die Reedershochzeit aufgehängt, Sie wissen schon.«

Sie zog eine Schublade unter der Theke auf und fischte aus einem Päckchen eine lange, dünne Zigarette, steckte sie an und inhalierte tief.

»Panajotis Pappas, Kathimerini – den Namen vergesse ich nie!«, sagte sie schließlich.

»Er war jetzt wieder da, vor kurzem, in diesem Sommer!«, erklärte Marina, und ihre Stimme klang ein wenig schrill. »Haben Sie ihn gesehen? Oder kennen Sie jemanden, der mit ihm Kontakt hatte?«

»Nicht, dass ich wüsste«, sagte die ältere Frau. »Nein, das kann ich mir nicht vorstellen!«

»Denken Sie nach!«, bat Marina, nun so eindringlich, dass Zakos ihr einen beunruhigten Blick zuwarf. »Es muss ihn doch jemand bemerkt haben!«

Die andere schüttelte den Kopf.

»Denken Sie doch nach!« insistierte Marina. Sie hatte plötzlich vor Aufregung hektische rote Flecken auf den Wangen, und Zakos warf ihr erneut einen besorgten Blick zu.

Auch die ältere Frau bedachte sie mit einem verwunderten Blick. Dann berührte sie sie mit der Hand am Arm. Es wirkte mütterlich.

»Wissen Sie, was wir jetzt machen?«, sagte sie zu ihr wie zu einem Kind. »Ich sage Ihnen, wo Sie Stelios finden! Stelios war früher Verwalter in der Villa, er hat den Journalisten damals herumgeführt. Vielleicht weiß der was!«

Und so gelangten sie wieder an den Ausgangspunkt ihrer Inselreise: Stelios war der stoppelbärtige Tavlispieler am Hafen, der ihnen die Prospekte mit den Zimmern gezeigt hatte. Er hatte seinen Platz am Restauranttisch mittlerweile aufgegeben und saß nebenan in einem kleinen Mopedverleih an einem Holzschreibtisch, wo er ein etwas staubiges schwarzes

Notebook bearbeitete. Neben ihm rotierte ein Tischventilator, der sich in einem Halbkreis bewegte und alle dreißig Sekunden in seine Richtung pustete, so dass sein Haar sich blähte. Er schien es nicht zu bemerken.

»Doch noch Interesse an den Zimmern – dachte ich's mir!«, sagte er, als er sie erkannte. »Ich wette, sonst ist sowieso auf der ganzen Insel nichts mehr frei. Aber keine Sorge, die Zimmer sind besser, als sie auf den Bildern aussehen. Die Besitzerin sollte mal neue machen lassen, das habe ich ihr schon öfter gesagt!«

»Sie sind gar nicht der Besitzer?« entfuhr es Zakos, und der Mann schüttelte den Kopf.

»Nein, sie gehören einer Freundin, ich kümmere mich nur darum. Ich bin ja sowieso hier unten, ich vermiete Mopeds, wie Sie sehen, und drei Quads. Und wenn ihr eine Rundfahrt mit dem Ausflugsboot rund um die Insel machen wollt, könnt ihr euch ebenfalls an mich wenden!« Er zeigte auf ein Plakat, das an der Wand hing, darauf waren Fotos von einem Ausflugsboot und einigen pittoresken Buchten.

»Also, wie sieht's aus: Die Zimmer sind oben am Berg, und wenn ihr sie nehmt, bekommt ihr einen Spezialpreis für die Vermietung von einem Moped. Oder natürlich einem Quad, aber die erst wieder in frühestens drei Tagen. Sind alle unterwegs, die sind sehr beliebt …«

»Sie kannten Panajotis Pappas!«, fiel ihm Marina ins Wort. Sie wirkte immer noch sehr angespannt. Man konnte sehen, wie ihr die Sache an die Nerven ging.

»Den Zeitungsmann, ja klar!«, sagte er. »Ich habe gehört, was passiert ist! Schrecklich! Schrecklich! Hoffentlich kriegen sie die Täter. Im Fernsehen hieß es, der Mord stünde in Zusammenhang mit seiner Arbeit. Er hat sich anscheinend nicht nur Freunde gemacht – so sagten sie es jedenfalls in den Nachrichten.«

Marina nickte ungeduldig. »Er war hier, kurz vor seinem Tod. Haben Sie ihn getroffen?«

»Er war nicht hier!«, widersprach Stelios mit Bestimmtheit. »Er war nur ein einziges Mal hier, als er diesen Artikel schrieb. Ich habe ihn damals herumgeführt. Wir haben viel Zeit miteinander verbracht, ich hab ihm alles über die Villa erzählt. Ich war damals ja Verwalter bei den Besitzern dort.«

»Was waren das eigentlich für Leute?«, interessierte Zakos sich.

»Genau das hat Panos auch gefragt!«, antwortete der andere. »Ehrlich gesagt: Ich weiß es auch nicht. Sie waren nicht von hier, sondern stammten aus Athen. Sie waren ziemlich verschlossen, man kam nicht recht ins Gespräch mit ihnen, ich jedenfalls nicht, und auch sonst niemand von uns. Ich habe mich bei ihnen im Frühjahr um die Bäume gekümmert und ums Haus. Und ich habe alles für den Sommer hergerichtet. Sie kamen immer nur im Frühsommer und im Frühherbst, sonst war es ihnen zu voll. Thanasis und Jorgos, zwei Brüder. Beziehungsweise, eigentlich Schwestern, alle beide – ihr versteht schon …«

Er kicherte über seinen eigenen Witz, und Marina ließ einen genervten Laut von sich, den Stelios allerdings ignorierte.

»Sind mit einer Kosmetikfirma zu Geld gekommen, Naturprodukte und so. Na ja, Thanasis ging schließlich ins Gefängnis, und ich weiß nicht, ob er da nicht immer noch ist. Und Jorgos habe ich auch lange nicht mehr gesehen, angeblich ist er krank. Aber Genaueres weiß ich nicht. Ich kümmere mich ja nicht mehr ums Haus, das macht jetzt jemand aus Athen, der regelmäßig extra anreist. Aber warum wollt ihr das wissen?«

»Ich bin eine Freundin von Panos, ich arbeite auch bei der Zeitung«, sagte Marina. »Wir haben Informationen, dass er vor seinem Tod hier war. Wir haben sogar einen Beweis dafür!«

Sie kramte in ihrer Handtasche und zog das Ticket hervor, das Zickler am Vormittag im Hausmüll gefunden hatte.

»Sehen Sie – es steht Schinoussa drauf!«

»Ja, aber das heißt ja nichts! Das steht auf jedem Ticket!«

Zakos und Marina starrten ihn nur an, und Zickler, der natürlich wieder nichts verstand, blickte verwirrt zwischen ihnen hin und her und fragte: »Was ist jetzt passiert?« Sie beachteten ihn nicht.

»Schinoussa ist einfach die erste Station von vieren. Nach Schinoussa kommt Iraklia, dann Koufounissia, dann Amorgos. Steht alles auf der anderen Seite des Tickets, auf der, die abgerissen wurde. Oder dachtet ihr, die lassen für jede einzelne Insel ein eigenes Papierchen drucken?!?«

»Soll das heißen – Pappas war vielleicht auf einer anderen Insel?!«, fragte Zakos verblüfft, während er mit der Hand seine eigene Fährenfahrkarte aus der Hosentasche zog und sie inspizierte. Tatsache, der Mann hatte recht – es schien sich um ein einheitliches Ticket zu handeln. »Wir sind hier also ganz falsch?«

»So würde ich das nicht sagen – unsere Insel ist definitiv immer eine Reise wert«, meinte Stelios. »Panos allerdings war in diesem Sommer garantiert nicht hier. Ich bin immer am Hafen und sehe, wer ankommt! Der Journalist war nicht dabei – das wüsste ich!«

»Aha«, schnaubte Marina. Ihre Nervosität war mittlerweile einer echten Gereiztheit gewichen. »Es kommt also nie vor, dass Sie fortgehen oder dass Sie eine Bootstour machen? Hier steht doch, Sie bieten Tagestouren an, oder stimmt das nicht?« Sie wies auf ein Schild mit den Fotos von den Buchten.

»Stimmt, genau, Madam! Aber erstens würde ich trotzdem erfahren, ob er da ist, und zwar spätestens abends im Kafenion.« Er klang nun ebenfalls gereizt. »Wir sind nämlich ein kleines Dorf, da hätte ich es garantiert gehört, wenn der Journalist, der mal eine Woche lang mein Gast war, wieder da ist, denn irgendwer hätte es mir erzählt. Und außerdem finden die Bootstouren meistens erst nach 11 Uhr 30 statt, die Fähre kommt aber schon früher an. Also hätte ich Panos garantiert gesehen. Es sei denn, er wäre auf dem Meer gewandelt. Oder unter dem Meer, auf unterirdischem Wege. Aber das geht ja nicht!«

Er wandte sich wieder seinem Laptop zu und erklärte damit die Diskussion für beendet, und sie trabten ein wenig kleinlaut hinaus.

»War der Typ sauer? Was hat er denn gesagt?«, bestürmte Zickler sie.

Zakos zuckte mit den Schultern und blickte Marina mit zusammengezogenen Augenbrauen an. Er mochte die Art nicht, wie sie den Mann angegangen war. Für eine Journalistin nicht gerade einfühlsam, fand er.

»Ach, das war einfach nur ein Idiot!«, wandte Marina sich Zickler zu. »Quatscht Blödsinn, dass er jeden sieht und alles weiß, außer ein Inselbesucher käme aus einem unterirdischen Gang unter dem Meer. Ein Wichtigtuär! Tja – jedenfalls war alles umsonst. Ich gehä und frage im Lokal, wann die nächste Fähre nach Naxos fährt.«

Ein paar Minuten später kam sie wieder aus der Taverne und hatte drei Wasserflaschen bei sich. Doch ihr Gesicht wirkte missmutig: An diesem Tag gab es keine Fähre mehr.

»Jetzt müssen wir wohl diese Zimmer bei dem Idioten nähmen. Wir kommen nicht weg«, sagte sie und verteilte die Flaschen. Zickler setzte seine an und trank sie in einem Zug bis zur Hälfte leer.

»Das tut gut! Ohne dich, Marrrina, wäre ich wahrscheinlich verdurstet«, sagte er schließlich, als handle es sich bei purem Wasser nun doch plötzlich um sein Lieblingsgetränk, und Zakos spürte, wie nun auch in ihm eine Welle der Gereiztheit hochstieg – die plumpe Flirterei seines Kollegen ging ihm auf die Nerven. Alles ging ihm auf die Nerven. Er war durchgeschwitzt und von der Hitze regelrecht benommen, schließlich war er schon seit dem Morgen unterwegs. Nun schien die Sonne schon schräger, das Licht war nicht mehr ganz so grell, aber sie hatten immer noch nicht das Geringste herausgefunden! Seit er nach Griechenland gekommen war, drehte er sich im Kreise, es war alles umsonst. Er wusste nur nicht, wie er es seinem Vater beibringen sollte, dass er keinen Millimeter weiterkam. Und nun saßen sie auch noch hier auf dieser entlegenen Mini-Insel fest. Es war zum Auswachsen!

Er holte sein Handy hervor und guckte auf das Display. Vier Anrufe. Sie stammten alle von Konstantinos. Allein der Gedanke, ihn zurückzurufen, überforderte ihn.

»So einen Gang unter dem Meer gibt's übrigens wirklich«, plapperte Zickler, der als Einziger von ihnen noch einigermaßen gute Laune hatte. »Hab ich gelesen, im Internet im Kykladenforum. Oder war's in einem Reiseführer? Jedenfalls gestern Nacht auf der Fähre. Der Eingang ist in Naxos, aber kein Mensch weiß, wo!«

Zakos lachte spöttisch auf. »Ja! Klar! Weil's Schmarrn ist! So einen spektakulären Eingang zu einem Tunnel unter dem Meer gibt's nicht, so was wäre doch bekannt!« Er nahm noch einen großen Schluck von seinem Wasser.

»Ja, ja. Das ist mir schon klar«, sagte Zickler. »Aber den Ausgang, den kennt man schon. Wobei, vielleicht ist es auch andersherum: Vielleicht ist das der Eingang, und das Ende des Gangs auf Naxos ist der Ausgang. Ist wohl eine Frage der Betrachtung!«

Zakos wandte sich seinem Freund zu und sah ihn voll an. »Ali, wovon redest du eigentlich!?«

»Na, von der Höhle auf Iraklia, von der ich gestern gelesen habe. Ganz zufällig, lustig, oder? Iraklia klingt so ähnlich wie Heraklion, aber Heraklion ist die Hauptstadt von Kreta, wo ich grad war. Und Iraklia ist eine kleine Insel hier in der Gegend, da, wo diese Höhle ist. Eine Höhle mit Stalagmiten und Stalagtiten. Erst ist sie groß, und dann wird sie immer schmäler und schmäler, ein Tunnel, durch den man nur gebückt hindurch kann. Führt unter dem Meer entlang, stellt euch vor, wahrscheinlich bis nach Naxos. Abgefahren, nicht wahr?«

»Und warum weiß dann niemand, wo in Naxos der Tunnel endet?«

»Gute Frage. Ich denk mir mal, wahrscheinlich hat sich noch nie einer getraut, so weit reinzugehen«, sagte Ali. »Aber trotzdem interessant, oder?«

Zakos nickte. »Sachen gibt's«, sagte er. »Marina, wo ist eigentlich Iraklia?«

Sie schaute ihn an wie von ganz weit her, und er erkannte, wie mitgenommen sie war. Eine Weile hatte sie sich ganz gut im Griff gehabt, aber nun schien ihre Kraft wieder zu schwinden. Zakos musste an ihren Krampf denken, dieses sonderbare Zittern, das sie in Athen nach dem Besuch bei Louisa gehabt hatte, und dass sie am gestrigen Abend die Unmengen an Wein in sich hineingeschüttet hatte. Sie kam ihm vor wie jemand am Rande eines Nervenzusammenbruchs, deswegen war es jetzt wichtig, dass sie sich wirklich endlich mal zum Essen irgendwo hinsetzten und sich erholten. Dann könnten sie auch ihre weitere Vorgehensweise planen und schließlich nach einer Unterbringung für die Nacht suchen. Zur Not eben bei der Bekannten von diesem Stelios, auch wenn die Zimmer nicht so einladend waren – es war ja nur für eine Nacht.

»Da!«, sagte Marina, als er gar nicht mehr mit einer Antwort gerechnet hatte, und streckte den Arm aus. Vor ihnen lagen im Meer ein paar Inseln, zuerst ein felsiger, unbewohnter Hügel im Meer, dahinter, etwas weiter weg, weitere Bergkuppen. »Das drüben ist, glaube ich, Iraklia. Es ist jedenfalls die nächste Fährstation.«

»Ach was!«, sagte Zakos. »Direkt gegenüber? Das ist ja komisch, nicht wahr?«

»Was ist daran komisch?«, wunderte Marina sich.

»Ich weiß auch nicht«, sagte Zakos. »Mir kommt's jedenfalls komisch vor!« Er drehte sich um, zu Stelios' kleinem Mopedverleih. Der Mann saß immer noch am Schreibtisch, den Blick unverwandt auf den Bildschirm geheftet.

»Ich glaub, ich hab was vergessen«, sagte Zakos. »Ich bin gleich zurück!«

Kapitel 9

Marina beugte sich über den niedrigen Bootsrand, fuhr mit dem Arm tief in das glatte Wasser und lächelte ihnen zu. Das kleine Ausflugsbötchen tuckerte langsam voran, es war nur ein umgebautes Fischerboot aus Holz, mit einer kleinen Kabine und einer Plane über der Vorderfläche und den schmalen Holzsitzreihen entlang der Reling. Dennoch war ein leichter Fahrtwind zu verspüren, der sie wieder munter machte.

Es hatte Zakos kein großes Überredungstalent gekostet, Stelios dazu zu bewegen, sie nach Iraklia zu bringen – was zweifellos daran lag, dass er bereit war, das Doppelte des normalen Tarifs für eine Privatfahrt zu bezahlen. Es war ihm egal – er hätte es keine Minute länger tatenlos auf Schinoussa ausgehalten.

Zuerst war es nur ein vages Gefühl, das ihn zurück zu dem Mann in das kleine Kabuff am Hafen geführt hatte, vielleicht Intuition. Wenn es hier auf der Nachbarinsel eine geheimnisvolle Höhle gab, konnte es doch sein, dass Stelios und Pappas darüber gesprochen hatten, dachte er. Die Ahnung entpuppte sich als Volltreffer.

Stelios blickte Zakos verwundert an, dann bejahte er.

»Klar haben wir darüber gesprochen, ich erinnere mich, obwohl es schon so lange her ist!«, sagte er. »Man muss sich vorstellen, dass wir damals alle ziemlich geschockt waren über das, was passiert war – gestohlene Ikonen, die überall gesucht wurden, hier bei uns! Und all die Polizei! Wir waren stündlich in den Nachrichten. Es war der Gesprächsstoff Nummer eins – wahrscheinlich in ganz Griechenland!«

»Es war ja auch genial, die Ikonen hier zu verstecken, nicht wahr?«, sagte Zakos.

»Nun ja – ganz so genial dann doch nicht. Sonst wären sie ja nicht gefunden worden!«, gab der andere zu bedenken. »Der Fehler war, sie im eigenen Haus aufzubewahren. Dabei gäbe es auf den Inseln noch bessere Orte. Panos und ich unterhielten uns einen Abend beim Essen darüber, was eine Alternative gewesen wäre. Eine Idee wäre zum Beispiel ein altes Boot, das irgendwo vertäut in einem ruhigen kleinen Hafen liegt. Oder eine alte Zisterne – wenn man die Sachen gut verpacken würde …«

»Und da erzählten Sie ihm von der Höhle, nicht wahr?«

Stelios nickte.

»Er hatte noch nie davon gehört. Dabei hat sie schon einen gewissen Bekanntheitsgrad. Die Höhle ist dem heiligen Johannes gewidmet; im Inneren gibt es eine kleine Kapelle, und einmal im Jahr, Ende August, pilgern sogar eine Menge Menschen hin, dann findet dort eine Messe statt. Aber selbst an diesem Tag wären die Ikonen dort niemandem aufgefallen!«

Zakos verstand nicht, warum, und blickte ihn fragend an.

»Na, da gibt's sowieso Ikonen«, lachte er. »Die Höhle ist ja eine Kapelle. Da fallen ein paar Bildchen mehr oder weniger gar nicht auf!«

Die Einfahrt zur Mole von Iraklia war ein schmaler Fjord im karstigen Felsen, der in einer kleinen Sandbucht mündete. Um diese Uhrzeit lag sie fast verlassen da. Nur ein sehr junges Liebespärchen döste ineinander verschlungen auf einem Badelaken im Schatten, und zwei rundliche ältere Frauen standen bis zu den Knien im Seichten und unterhielten sich. Das Wasser lag spiegelglatt da und reflektierte glänzend den spätnachmittäglichen Himmel.

Zickler schlüpfte aus den Schuhen und sprang herum, dass das Plüschmaskottchen an seinem Rucksack nur so tanzte.

»Das ist ja wie im Himmel hier!«, schwärmte er. »Jetzt gehen wir baden – keine Widerrede!«

Zakos stimmte zu. Es würde sowieso bald Abend werden – zu dunkel zum Wandern. Die Höhle musste bis morgen warten. Außerdem hatte auch er das Bedürfnis reinzuspringen.

Das Wasser war erstaunlich frisch, aber es tat einfach gut, sich zu bewegen und zu spüren, wie die Rückenmuskulatur sich lockerte. Zuerst schwammen sie nebeneinanderher, dann gewann Zakos Abstand und kraulte ein ziemliches Stück raus bis zum Ende des kleinen Fjords und dann wieder zurück zur Mole, wo ein Pulk Jugendlicher jetzt jauchzend im Salto oder als Wasserbombe hineinsprang, dass es nur so hochspritzte. Als er müde wurde, pflügte er gemütlich durchs Wasser den Weg zurück zum Strand, entlang der vertäuten Fischerboote und kleinen Segelschiffe, die sich ganz sanft im Meer wiegten.

Ali und Marina lagen bereits auf Zicklers großem blauweißen Badehandtuch auf dem Sand. Als er zu ihnen stieß, richteten sie sich auf, lächelten und rückten zusammen, so dass alle drei ganz eng aneinanderliegen konnten.

Es war wunderbar, sich auszustrecken, überhaupt war es ein Moment, an dem eigentlich alles stimmte, ging es Zakos durch den Kopf. Die Gereiztheit, die sie noch vor kurzem verspürt hatten, war plötzlich vollkommen von ihnen gewichen, ebenso war die Anstengung des Tages kaum noch zu spüren – der Fahrtwind auf dem Boot und das Meeresbad hatten sie erfrischt. Plötzlich konnte Zakos seine Umgebung wieder genießen: Die Sonne, die nun schon sehr niedrig stand, warf glitzernde Lichter auf das Wasser, das sich mit leisen, beruhigenden Geräuschen am Strand kräuselte.

Marina hatte in ihrer Unterwäsche gebadet, grau mit cremefarbener Spitze. Ihre nackten Arme und Beine fühlten sich angenehm an seiner Seite an, weich und gleichzeitig straff. Zakos schloss die Augen und nahm wahr, wie Zickler, der am anderen Ende des Badetuches lag, zufrieden vor sich hin summte. Es klang beruhigend, und Zakos durchströmte ein Gefühl von Wärme und Dankbarkeit, einfach, weil Zickler da war, weil beide da waren, der Kollege und Marina, und Zakos nicht allein dastand mit seiner Suche und seinem Problem. Einen Moment lang fühlte er sich schlecht, als ihm wieder einfiel, wie entnervt er noch vor kurzem von den beiden gewesen war, aber dann sagte er sich, dass dies wohl auf Gegenseitigkeit beruht und einfach nur am Stress gelegen hatte, am frustrierten Herumlaufen in der Sommerhitze. Bedeutungslos. Kurz darauf war er eingedöst.

Zakos erwachte, weil Marinas langes Haar ihn im Gesicht

kitzelte. Als er die Augen aufschlug, sah er, dass sie sich lächelnd über ihn beugte. Er atmete den Duft ihrer Haut ein, nach Meer und Sonne und einem angenehm herben Parfum, und einen Moment lang fragte er sich, was in aller Welt ihn eigentlich gestern davon abgehalten hatte, sie zurückzuküssen und die Nacht mit ihr zu verbringen. Er berührte ihr Haar und lächelte sie an, und fast hätte er sich aufgerichtet und ihre vollen Lippen geküsst. Aber da bemerkte er auch schon Zickler, der sich bereits komplett angezogen in Shorts und T-Shirt neben ihm aufbaute.

»Ich brauch jetzt wirklich auf der Stelle was zu essen, sonst fall ich um – wie sieht's bei euch aus?«

»Ich bin schon umgefallen«, antwortete Marina. »Ich kann fast nicht mehr aufstähän. Wir gehen ins erste Lokal, das wir sehen, denn weiter kann ich nicht gähen.« Aber sie lachte – tatsächlich wirkte sie gar nicht mehr so angegriffen wie drüben auf Schinoussa.

Sie mussten nicht lange nach einer Taverne suchen, es gab eine gleich oberhalb des Strandes. Es ging bereits auf den Abend zu, und die drei waren die ersten Gäste. Sie bestellten Kalamari und Salat mit Feta, Fava, Keftedes mit Kartoffeln und Zitronenhuhn, stellten alles in die Mitte und stürzten sich zu dritt darauf, dazu tranken sie Weißwein, der von der Insel stammte, wie der junge Wirt, der einen abenteuerlichen Bart und ein verschmitztes Grinsen in Gesicht trug, versicherte.

Als die Teller bereits leer gegessen waren, tunkte Zickler sogar noch die Sauce aus dem Salat und genoss die letzten Fetakrümel, dazu machte er Geräusche, als hätte er nie besser gegessen.

»Mmh, mmmmh – davon hab ich geträumt!«, schwärmte

er. »Das ist das Griechenland, wie ich's mir gewünscht hab. Endlich bin ich live dabei – und nicht nur per Skype aus dem Büro!«

»Wieso per Skype aus dem Büro?«, wunderte sich Marina.

»Einfach so, weil ich in letzter Zeit oft hier war«, stammelte Zakos. »Da haben wir eben oft auf diese Weise kommuniziert!«

Tatsächlich hatte Zickler ihm am Computer bei seinen Ermittlungen geholfen – voller Neid, weil er nie auswärts ermitteln durfte. Aber jetzt war er bei ihm, auch wenn dies genau genommen gar kein offizieller Fall war und seine Anwesenheit Zickler Urlaubstage kostete. Es schien ihm nichts auszumachen, was Zakos ihm hoch anrechnete. Überhaupt hatte sich nach dem leckeren Essen und dem Wein seine dankbare Regung Marina und Zickler gegenüber noch verstärkt. Er griff über den Tisch und drückte jedem von ihnen fest die Hand.

»Hey, eines wollte ich noch sagen: tausend Dank, dass ihr da seid und mir helft! Allein wäre es total öde – und wahrscheinlich würde ich auch gar nichts rausfinden!« Das war zwar nicht ganz wahr – Zakos kam durchaus ganz gut ohne Verstärkung zurecht. Doch seine freundschaftlichen Gefühle trugen ihn ein wenig fort.

Marina drückte die Hand zurück, dann beugte sie sich zu ihm und küsste ihn auf die Wange.

»Ist mir eine Freude. Ich bin ja nicht nur hier wegen dem Artikel, den ich schreiben will. Es geht doch hauptsächlich um die Menschen, die in die Sache involviert waren, um Panos und um Dora! Wir sind es ihnen schuldig!«

»Genau! Darauf trinken wir einen Ouzo!«, rief Zickler. »Waiter, tree ouzo please.«

»Vangelis«, antwortete der andere.

»Alis«, sagte Zickler und lachte selbst über die von ihm soeben erdachte Variante seines Spitznamens. »Sänk you for se super food! I love calamari!«

»Good, yes! From here!«, sagte Vangelis und zeigte mit dem Finger hinunter zur Hafenmole.

»Rielly?« staunte Zickler. »Fresh from se sea?«

»No, frozen – we catch it in winter, and then you eat it in summer«, sagte der Mann und ging, um den Schnaps zu holen.

Er kehrte statt mit drei mit vier Gläschen zurück und setzte sich kurz zu ihnen. Er schien jede Menge Zeit zu haben. Der Abendbetrieb hatte immer noch nicht recht begonnen, nur zwei weitere Tische waren besetzt, an denen ein junger Angestellter gerade die Speisekarten austeilte und die Getränkebestellungen entgegennahm.

»This island has a lot of gifts«, erklärte Vangelis. »Not only calamari, but for example oregano and thyme. We harvest all our oregano for the Restaurant here, in spring. And we grow our own chorta – look, over there. Want some?« Er zeigte mit dem Daumen nach nebenan in einen kleinen Garten zu einer großen Staude mit dicken Blättern.

Zickler wirkte einen Moment verunsichert.

»Du, das ist aber kein Gras, oder?«, wandte er sich an Zakos.

»No, no!«, sagte Vangelis, der offenbar verstanden hatte, lachend. »It's like spinach. Very good with fish!«

Zakos wollte sich fast ausschütten vor Lachen – so geschockt hatte Zickler ausgesehen. Im Grunde seines Herzens war er ziemlich bürgerlich, und eine Marihuanastaude hätte ihn vollkommen aus dem Konzept gebracht – selbst auf einer so entlegenen Insel im Ausland, wo er offiziell gar nicht als Polizist unterwegs war. Und schon gar nicht vom Drogendezernat!

Marina hatte Zicklers Verwirrung nicht recht mitbekommen, weil sie mit ihrem Handy beschäftigt war – sie hatte zwischenzeitlich das Bild von Panos hervorgescrollt und streckte es Vangelis entgegen.

»Kennst du zufällig diesen Mann – war er vielleicht mal hier?«, fragt sie.

»Ja, der Typ war hier auf der Insel«, nickte der. »Saß da hinten am Tisch, weil dort das WLAN am besten ist!«

»Bist du sicher?«, fragte Marina aufgeregt.

»Klar! So viele Urlauber haben wir hier nicht, da kann man sich die Gesichter schon merken. War ganz allein unterwegs, das ist selten hier bei uns. Aber er sagte, er wollte mal so richtig ausspannen und seine Ruhe haben!«

»Ihr habt euch unterhalten!«, fragte Marina aufgeregt. »Was hat er noch erzählt? Was hat er getan?«

»Keine Ahnung«, gab Vangelis an. »So viel haben wir auch nicht geredet. Er mochte die Calamari ebenfalls. Jedenfalls habt ihr ihn verpasst. Ich habe ihn schon eine Weile nicht mehr gesehen, ist wohl längst abgereist. Wart ihr mit ihm verabredet, oder warum fragt ihr eigentlich?«

»Ja, wir waren verabredet«, sagte Marina mit sonderbarem Unterton und blickte ins Leere, und Zakos hatte Angst, sie würde anfangen zu weinen. Aber sie fing sich wieder.

»Wo können wir hier übernachten?«, wandte sie sich an Vangelis.

»Oben im Poseidon ist immer was frei. Die haben eine Menge Zimmer, ist aber sehr einfach. Ich glaube, euer Freund hat auch dort gewohnt.«

Das Poseidon war eine Pension am Ende einer von weißen Kykladenhäuschen gesäumten, steil ansteigenden Straße. Es lag in einem üppigen Garten und besaß eine große Terrasse, die sich rund um das Haus zog, und es gab tatsächlich noch einige freie Zimmer. Sie gingen nach hinten hinaus, wo ein unverputzter Schuppen den Blick auf den Berg versperrte, und verfügten jeweils nur über ein schlichtes Bett, einen Kühlschrank und ein Mini-Bad. Die Besitzerin, eine schwarzhaarige Frau um die 45, erinnerte sich ebenfalls an Panos. Sie sagte, er habe nicht vorreserviert, sondern sei ebenso wie sie ganz spontan bei ihr aufgekreuzt – und nach drei Nächten wieder verschwunden.

Zakos wanderte sofort in die Dusche. Als er später auf die Terrasse trat, saßen die beiden anderen bereits draußen auf einer der weißgekalkten Stufen, die durch den Garten nach unten führten, und fütterten eine junge Katze. Dabei kicherten sie und gaben entzückte Laute von sich. Wie Kinder, dachte Zakos – obwohl Marina, die nasses Haar hatte und nur ein weißes Handtuch um den Körper geschlungen trug, genau genommen etwas zu kurvig war für ein Kind.

Plötzlich fiel ihm der vertraute Geruch auf, der die beiden umgab. Er stammte von den roten Fleischbröckchen, die sie verfütterten.

»Was ist das denn?«, wunderte er sich.

»Bifis«, sagte Zickler, mit gewissem Stolz in der Stimme. »Ohne die verreise ich nie. Schließlich weiß man nicht, was kommt.«

»Ali, du spinnst!«, sagte Zakos. Aber er lachte dabei.

»Ich kann noch nicht schlafen«, meinte Marina schließlich, als die Katze satt war. »Wie wär's mit einem Glas Wein, chättet ihr Lust?«

»Klar, Marrrina, dann geh ich mal und hol uns was«, sagte Zickler.

»Nein, ich gehe, das ist besser«, sagte Zakos. »Dann kann ich mich gleich erkundigen, wie man zur Höhle kommt.«

»Das macht bestimmt Sinn!«, sagte Zickler, und dann, als Zakos schon unterhalb der Terrasse war: »Und bring nicht zu wenig Wein mit!«

Noch vor sieben Uhr morgens wurde Zakos durch das Schreien eines Esels geweckt. Es war warm im Raum, er hatte vergessen, das Fenster vor der Markise zu öffnen, was wohl seiner Müdigkeit geschuldet war – oder den beiden letzten Gläsern, die er mit Zickler und Marina noch auf der Terrasse getrunken hatte, bevor ihm nahezu die Augen zugefallen waren und er sich Richtung Zimmer verabschiedet hatte. Aber nun fühlte er sich frisch und ausgeruht.

Er tapste barfuß hinaus, schlich leise über den Flur und setzte sich schließlich raus auf die Terrasse, auf der sie den vergangenen Abend hatten ausklingen lassen. Mit den Augen suchte er das kleine Tal unterhalb des Hauses nach dem Esel ab, der seine Ruhe gestört hatte.

Es dauerte eine Weile: Zuerst wanderte sein Blick über weiße Häuschen und eine kleine Kirche mit türkisfarben getünchtem Kuppeldach. Etwas weiter oben am Berg sah er ein kleines Hühnerhaus, auch entdeckte er ein paar weiße rechteckige Bienenstöcke. Es gab Olivenbäume mit silbrigen Blättern, einige Feigenbäume und ein paar Pinien, doch je weiter er nach oben blickte, umso karstiger und trockener wurde die Landschaft. Und da war auch der Esel, ein schwarzes kleines Tier, dem man einen derartig durchdringenden Ton, wie er ihn zustande brachte, kaum zutrauen mochte.

Da kam Zickler, in Boxershorts und mit zerrauftem Haar.

»Schön hier, gell?«, sagte er. »Obwohl man des Meer gar nicht sieht und obwohl alles so vertrocknet ist. Aber trotzdem toll, irgendwie. Und riech mal! Das riecht so gut hier. Ich glaub, das ist Thymian!« Er lächelte ganz beseelt.

Zakos nickte. »Wo kommst du denn plötzlich her?«, fragte er dann. »Ich dachte, dein Zimmer liegt links, nicht …« Erst jetzt kapierte Zakos. »Oh no!«, stöhnte er auf.

In Zicklers Blick lag ein etwas schelmischer Ausdruck.

»Oh yes«, sagte er leise und lächelte.

»Ach Mensch, das kann doch jetzt nicht die Möglichkeit sein!«, regte sich Zakos auf, lauter als gewollt. »Wir hatten doch vereinbart, dass das Blödsinn ist!«

»Nicht, dass ich wüsste«, sagte Zickler gelassen. »Und außerdem habe ich dich gestern sogar extra gefragt.«

»Ja, und was hab ich gesagt?!«

»Na, dass zwischen euch nix läuft!«

»Ja, aber ich hab auch gesagt, dass zwischen euch ebenfalls am besten nix laufen sollte!«, schimpfte Zakos.

»Und wieso bitte nicht?« Der spitzbübische Ausdruck war nun aus Zicklers Gesicht gewichen. Stattdessen sah er ärgerlich aus. »Wo ist denn überhaupt das Problem, kannst du mir das mal sagen?«

»Das Problem ist, dass ich's komisch find, dass sie mit dir rummacht. Total komisch, weil am Anfang …« Da hatte sie es bei ihm, bei Zakos, versucht – erst einen Abend davor. Beinahe wäre es Zakos rausgerutscht. Doch im letzten Moment bremste er sich. Der Kollege musste ja nicht unbedingt erfahren, dass er bei Marina erst die Nummer zwei gewesen war.

Zakos dachte an die Nacht auf Naxos zurück. Marina war ganz schön offensiv gewesen. Aber offenbar war es ihr dabei gar nicht recht um ihn gegangen. Vielleicht ging es ihr auch gar nicht wirklich um Zickler. Konnte es sein, dass sie sich bei ihnen lediglich einschmeicheln wollte? Oder war er nur eifersüchtig, weil sie sich so umgehend anders orientiert hatte? So ganz wusste er es selbst nicht.

»Ach so, das ist jetzt also komisch«, sagte Ali. »Wenn ich mal was mit einer schönen Frau wie der Marrrina anfange, dann ist das natürlich total komisch! Du denkst wohl, du bist der Einzige, der bei den Frauen ankommt!«

»Wieso, was soll das denn jetzt?«, sagte Zakos verwundert.

»Na, weil du bist ja der allseits beliebte Weiberheld, und du kannst dir wohl gar nicht vorstellen, dass auch ein anderer eine abkriegt!«

»Wo bin ich denn ein Weiberheld?!« Nun fing Zakos an, sich wirklich zu ärgern. »Ich, ausgerechnet! Falls ich dich daran erinnern darf, ich hab seit über einem Jahr nicht mal mehr eine Beziehung! So viel zum Thema Weiberheld. Nein, ich arbeite immer nur, kümmere mich an den Wochenenden um Elias und hock ansonsten in diesem beschissenen Apartment in Neuperlach – allein. Da war noch kein einziges Mal eine Frau, noch nicht mal der allerkleinste Flirt, weil ich dazu weder Zeit noch Lust hab!«

»Ach ja, von wegen! Wer's glaubt, wird selig«, machte Zickler höhnisch. »Und außerdem meinte ich München gar nicht. Sondern die Sache in Griechenland, die mit der Polizistin von der kleinen Insel, der Fani. Da waren dir die Ermittlungen auch egal, und die Sarah war dir auch ganz egal, du hast trotzdem mit der …«

»Lass Fani aus dem Spiel!«, sagte Zakos gefährlich ruhig. »Das war was ganz anderes!« Er ärgerte sich, dass er Zickler überhaupt jemals von ihr erzählt hatte.

Es war ein paar Wochen nach der Trennung von Sarah gewesen, er war nicht besonders gut drauf gewesen und hatte eine Weile versucht, seinen Frust durch eine gehörige Menge Bier zu betäuben, und Zickler hatte ihm beigestanden und aus Solidarität so einiges mitgetrunken.

An einem solchen Abend hatte Zakos ihm die ganze Geschichte mit Fani erzählt. Dass er sie ausgerechnet jetzt als Argument gegen ihn einsetzte, fand Zakos allerdings unfair.

»Ja, von wegen was anderes«, fuhr Zickler aufgebracht fort. »Das kann ja jeder sagen!«

»Was kann jäder sagen?«, flötete plötzlich eine weibliche Stimme hinter ihnen: Marina.

Sie trug ebenfalls Boxershorts, die offenbar Albrecht gehörten, und hatte eines seiner karierten Kurzarmhemden vor der Brust zusammengeknotet. Es stand ihr in jedem Fall besser als ihm.

»Marrrina!« Plötzlich bekam Zicklers Stimme einen ganz anderen Unterton. »Gut geschlafen?«

»Wundärbar!«, sagte sie und zauberte einen lasziven Ausdruck in ihr Gesicht. Zakos hatte genug.

»Ich mach mich fertig!«, sagte er knapp. »Wir müssen bald los, sonst wird es zu heiß.«

Es war noch nicht mal acht, trotzdem stach die Sonne bereits unangenehm vom Himmel. Zakos hatte am Vorabend in einem kleinen Laden unten in der Hafenbucht eine Karte von der Insel erstanden und sich den Weg zeigen lassen, außerdem hatte er den Rat des Mannes dort befolgt und ein ganzes Paket Plastikwasserflaschen gekauft – für jeden von ihnen zwei. Jetzt musste er sich allerdings bremsen, die Erste davon nicht gleich auf ihrem ersten Zwischenstopp beim Chorio, dem alten Dorf oben am Berg, komplett hinunterzukippen. Die Straße hierher war steil gewesen, sein T-Shirt klebte schon an seinem Rücken.

Hier oben war es sehr ruhig, kaum ein Mensch war zu sehen, doch das Dorf war nicht vollkommen verlassen: Die Häuschen waren größtenteils renoviert, mit bunten Geranien und Jasmin in den Gärten. Außer den Wohnhäusern gab es sogar eine kleine Schmuckgalerie, die nun aber geschlossen war, und eine Bäckerei, wo sie Croissants und gekühlten Kaffee aus einem Kühlschrank erstanden und im schattigen Vorhof frühstückten.

»So, und wo ist jetzt diese Höhle?«, fragte Marina anschließend. »Ich bin jetzt schon müdä.«

Doch sie hatten erst einen Bruchteil des Weges geschafft. Ab jetzt wurde es richtig beschwerlich, denn sie mussten die geteerte Straße verlassen und sich auf einem Trampelpfad durch Gestrüpp, steile Vorsprünge und staubige rote Erdhügel durchschlagen.

Am meisten hatte Zickler zu kämpfen. Er war die Hitze nicht so gewöhnt, außerdem machte ihm das kleine Speckpolster rum um seinen Bauch ein wenig zu schaffen. Sein Gesicht war so rot angelaufen, dass Zakos sich fast Sorgen um ihn machte. Marina hielt sich dagegen, trotz ihrer Klagen, vergleichsweise ganz gut.

Zu Beginn ihrer Wanderung hatten Marina und Zickler sich noch angeregt unterhalten, über Belanglosigkeiten, wie etwa, welchen Kaffee sie beide am liebsten tranken und welche Gerichte sie als Kinder nicht gemocht hatten. Zickler fiel nur ein einziges ein, Saures Züngerl, das es heute ohnehin in München fast nirgends mehr zu bestellen gab, wie er berichtete, und Marina sagte, sie sei froh darüber. Das minimiere ihr Risiko, einmal bei einem Deutschland-Besuch so etwas Abstoßendes wie gekochte Lunge serviert zu bekommen. Woraufhin Zickler begann, ihr aufzuzählen, was sie in München stattdessen unbedingt essen sollte, ganz als würde so eine Reise zu ihm direkt bevorstehen, und Zakos gab sich Mühe, die beiden zu überholen und möglichst weit vorauszugehen. Das Gerede strapazierte ihn so, dass er das Gefühl bekam, er müsse schreien, wenn er noch lange zuhörte. Als er sich einmal umdrehte, hielten die beiden sogar Händchen, wie verliebte Teenies. Dabei war es für so etwas eindeutig zu heiß, fand Zakos.

Nach einer Weile allerdings verstummten die beiden, denn der Anstieg wurde viel zu anstrengend, um zu plaudern. Es war steil, und es gab keinen Unterstand, keinen Schatten, auch kein Lüftchen. Zakos spürte das Blut in seinen Ohren rauschen. Seine Haare waren nass, der Schweiß lief ihm die Schläfen hinab, das T-Shirt hatte dunkle Flecken unter den Armen und unter dem Hals, während seine Füße in den roten Chucks sich glitschig anfühlten, trotz der Socken – oder vielleicht auch deswegen. Doch als er irgendwann das Gefühl hatte, er könne nicht mehr, als würden die Beine und der Kreislauf jeden Moment versagen, erfrischte sie plötzlich ein leichter Wind. Sie erklommen eine Felsnase und erblickten eine kleine verschwiegene Bucht mit einem silbrigen Sandstreifen zwischen den Felsen, und Zickler seufzte tief und sagte: »Da wär ich jetzt gern!« Aber er trabte dennoch tapfer weiter voran.

Kurz darauf sahen sie einen hohen Torbogen im Fels, wie von Menschenhand hineingeschlagen.

Der tatsächliche Eingang zur Höhle darunter war sehr niedrig und wenig einladend. Einen Moment standen sie nur da, verschnauften und stärkten sich aus ihren Wasserflaschen. Marina schüttete außerdem eine Handvoll Wasser in ihre Hand und rieb sich den Hals damit ab, so dass ein ordentlicher Schwung über ihr T-Shirt lief und Zakos fast eine bissige Bemerkung gemacht hätte, dass das hier doch kein Wet-T-Shirt-Contest sei. Aber dann besann er sich und schwieg.

Sie mussten sich auf die Knie niederlassen, um den niedrigen Einstiegsbereich zu passieren, und Zakos, der vorangerobbt war, war das unheimlicher, als er den anderen eingestehen wollte – er fand den Gedanken, ins ungewisse Dunkel zu gehen, äußerst unangenehm. Aber dann, nach etwa zwei Metern, erhob sich die Decke über ihm. Vorsichtig holte er sein Handy aus der Hosentasche – er wollte nicht riskieren, es in unüberblickbaren Untergrund fallen zu lassen – leuchtete vor sich und dann nach oben. Es war hoch genug, um vorsichtig aufzustehen.

Er befand sich in einem hohen Raum. Jetzt erst nahm er den Geruch hier war, und umgehend wurde ihm schlecht: Weihrauch! Gemischt mit einem Odem von dumpfer Luft und Feuchtigkeit.

Da steckte schon Zickler seinen Kopf aus der Öffnung, aus der Zakos soeben gekommen war.

»Cool!«, sagte er und rappelte sich auf. »Ist ja wie bei Indiana Jones!«

Marina, die nun ebenfalls die Höhle betreten hatte, lachte.

»Choffentlich nicht!«, sagte sie. »Ich erinnäre mich nur an

eine Szene mit sehr sehr vielen Schlangen. Wenn hier eine Schlange ist, laufe ich schreiend davon!«

Es gab keine Schlangen, und tatsächlich war die Höhle etwa nur so groß wie eine kleine Kirche, und ebenso ruhig und friedlich. Spektakulär waren eher die Gesteinsformen an den Wänden, die in dem diffusen Licht sonderbare Schatten warfen, Umrisse wie aus alten Märchen und Mythen.

Erst nach einer Weile entdeckten sie den kleinen, in Stein gehauenen Altar am Boden. Darauf ein paar dicke heruntergebrannte Kerzen, die üppige Tropfenformationen gebildet hatten, sowie einige Öllichter, außerdem eine ganze Reihe von Feuerzeugen. Zakos entzündete alle Kerzen und die Öllampen. Der Geruch nach frisch erhitztem Wachs vertrieb den Weihrauchdunst so weit, dass es für ihn hier drinnen erträglicher wurde.

Die Ikonen lehnten dahinter direkt am nackten Fels, sieben Stück: Zwei davon waren lediglich billige Farbfotografien in schlichten Holzrahmen, doch bei den anderen fünf handelte es sich um bemalte Holzunterlagen.

»Das ist sie! Ich erkenne sie wieder!«, sagte Marina aufgeregt und nahm eine Ikone in die Hand, ein Marienbildnis, soweit man dies bei dem Licht erkennen konnte.

»Die habe ich im Internet gesehen – ganz sicher!«, sagte sie. »Die ist berühmt – die Madonna trägt einen schwarzen Umhang, das gibt es selten.«

»Wir nehmen sie mit, wir nehmen am besten alle mit«, sagte Zickler und nahm seinen weißblauen Rucksack ab. »Wir sollten die Dinger ganz in Ruhe im Tageslicht anschauen.« Er legte eine nach der anderen vorsichtig hinein. Bei der Letzten stutzte er.

»Schaut mal! Da ist was!«, wandte er sich an Zakos. »Ist das etwa – ein Schtick?«

Er entfernte vorsichtig das kunststoffüberzogene Teil, das mit Tesa an die Rückenwand der Ikone geklebt war. Tatsächlich: Es war ein USB-Stick.

Kapitel 10

Der Rückweg fiel viel kürzer aus, was an der allgemeinen Hochstimmung lag: Die drei lachten und hüpften herum, und Zakos konnte gar nicht mehr verstehen, warum er noch kurz davor erfüllt war von Ärger über die Annäherung zwischen Ali und Marina. Das war nun ganz vorbei, im allgemeinen Hochgefühl umarmte er sie beide und wirbelte Marina herum, und sie küsste ihn und Ali immer wieder auf die Wangen und fuhr ihnen durchs Haar, und alle drei waren ausgelassen wie Kinder. Einmal rannte Zickler eine steinige Anhöhe derart schnell hinunter, dass er auf dem Schotter ausrutschte und sich das Knie ein wenig aufschlug, aber nicht mal das konnte seine gute Laune bremsen. Einzig, dass er die Höhle nicht noch länger hatte erforschen können, hatte Albrecht zuerst ein wenig betrübt. Doch als Zakos sagte, das müsse er auf einen anderen Zeitpunkt verschieben, der USB-Stick sei jetzt wichtiger, hatte Zickler tapfer genickt und nur ein paar Fotos im angrenzenden Höhlenraum gemacht, wo es imposante Stalagmiten und Stalaktiten zu bestaunen gab. Es war feucht hier hinten, so dass Pappas wohl kaum noch weitere Dinge hier versteckt hatte, daher waren sie anschließend sofort nach unten aufgebrochen.

In der Pension angekommen, wollte Zakos die Dateien auf dem Stick sofort sichten, und Zickler holte seinen Laptop aus der Reisetasche. Sie setzten sich auf der Terrasse an einen Tisch, an dem man den besten WLAN-Zugang besaß.

Die Enttäuschung folgte sofort: Die Dateien schienen verschlüsselt zu sein. Sie konnten lediglich erkennen, dass etwas darauf gespeichert war, aber nicht, was. Die einzelnen Einheiten waren nicht zu öffnen.

»So ein Mist!«, maulte Zickler. »Ich war schon so gespannt. Aber jetzt sind wir so schlau wie zuvor. Wir wissen nicht mal, ob das alles überhaupt mit der Sache zu tun hat. Vielleicht ist der Schtick gar nicht von dem Typen!«

»Dieser Typ chatte einen Namen. Er hieß Panajotis«, sagte Marina etwas indigniert. »Und außerdem ist das alles bestimmt von ihm. Das wäre sonst ein komischer Zufall, wenn jemand ganz anderes die Ikonen besessen chätte, sie mit einem Computerstick versehen chätte und sie dann dort versteckt chätte.«

»Schon klar. Aber ich frag mich schon, wie das alles wohl abgelaufen ist«, wandte sich Ali an Zakos.

»Ich stelle es mir so vor: Pappas wusste, dass man ihm nach dem Leben trachtete. Das war ja auch der Grund, warum er sich auf Naxos versteckte«, mutmaßte Zakos. »Aber er konnte schlecht ewig versteckt bleiben, deswegen suchte er nach einer Absicherung, einer Lebensversicherung. Deswegen speicherte er alles über seine Informanten. Wahrscheinlich sind da alle möglichen Hinweise auf Machenschaften der Markopoulos-Gruppe drauf, und vielleicht, wer noch darin verwickelt ist.«

»Aber was wollte er mit den Ikonen?«, wunderte sich Zickler.

»Vielleicht sind die auch so eine Art Lebensversicherung – so wie in kriminellen Kreisen geraubte Kunstgegenstände als Sicherheit herangezogen werden, könnte Pappas doch versucht haben, sich mit diesen Ikonen Sicherheit für sich und seine Familie zu erkaufen«, spekulierte Zakos. »Er hatte irgendwie erfahren, wo sie sich befanden, brachte sie an sich und wollte sie für seine Zwecke nutzen. Was meinst du, Marina?«

»Klingt logisch. Er konnte ja schlecht mit den Sachen zur Bank und einen Safe einrichten, nicht wahr?«, fragte sie. »Darum kam er hierher. Aber es hat ihm letztlich alles nichts genützt. Er ist trotzdem tot!«

Sie starrte in den Computer, mit einem Blick, der klarmachte, dass sie den Bildschirm gerade gar nicht wahrnahm. Zickler legte eine Hand auf ihre Schulter und drückte sie, und Marina blickte mit Tränen in den Augen zu ihm auf.

Noch vor ein paar Stunden hätte dieser Anblick der beiden Zakos genervt. Aber nun verstand er gar nicht mehr, was ihn daran gestört hatte. Vielleicht war er wirklich eifersüchtig gewesen – nicht so sehr aus Interesse an Marina, sondern aus purer Einsamkeit und Frustration, wie er sich nun eingestand. Doch nun hatte er plötzlich gar kein Problem mehr damit. War es nicht eigentlich schön, dass Ali verknallt war? Und dass er da war für Marina und ihr helfen konnte, mit dem Verlust ihres guten Freundes Pappas fertigzuwerden, der sie nach wie vor so schwer zu belasten schien?

Jetzt, wo sie den Stick gefunden hatten und ihre Mühen belohnt worden waren, konnte er sich für den Freund freuen.

Und noch etwas war gut: Endlich konnte er seinem Vater positiven Bericht erstatten! Was machte es da schon, dass sie die Informationen selbst noch nicht lesen konnten – Takis Skouros würde ihnen zweifellos bald berichten, was darauf enthalten war.

»Jedenfalls rufe ich jetzt sofort Skouros an!«, sagte Zakos. »Wir übergeben die Sache der Athener Polizei. Am besten, wir schicken ihnen sofort die verschlüsselte Datei.«

Er holte sein Handy heraus und ließ sich verbinden.

»Gute Arbeit, Chärr Kommissär!«, lobte Skouros, als er ihm alles berichtet hatte. Er klang überrascht, aber auch sehr anerkennend. »Ich weiß zwar nicht, wie Sie das gemacht haben – aber man muss auch nicht alles wissen! Schicken Sie mir die Dateien sofort zu, ich bin gespannt. Die Mailadresse lautet …«

»Stopp, Stopp – ehrlich gesagt, kann ich mit einer griechischen Adresse gar nichts anfangen«, erwiderte Zakos. »Aber ich gebe Sie weiter, an Frau Beou.«

»Ah, Frau Beou ist auch noch immer mit von der Partie! Na, das war ja irgendwie klar …«, sagte Skouros, aber er lachte dabei. Dann übernahm Marina das Telefon, und sie lauschten, wie sie mit dem Polizisten auf Griechisch plauderte und lachte und sich schließlich die Adresse auf einem Zettel aus ihrer Handtasche notierte.

Zickler lauschte derweilen fasziniert

»Wenn sie Griechisch spricht, könnte ich stundenlang zuhören!«, seufzte er und blickte Marina verträumt an. »Dann klingt ihre Stimme irgendwie weicher, findest du nicht?«

»Ja, schon, aber trotzdem fände ich's besser, du steigerst dich da nicht allzu sehr rein«, sagte Zakos leise. Nun meldete sich auch eine gewisse Sorge, Zickler könnte enttäuscht werden. »Morgen sind wir alle wieder in Athen, und dann …«

»Stopp, stopp, stopp – an morgen wird jetzt nicht gedacht«, unterbrach ihn Ali. »Wir denken jetzt mal nur an heute. Heute nämlich gehen wir feiern! Das haben wir uns so was von verdient!«

Zakos öffnete die Augen und sah rot. Er war in Griechenland, in Vassos Zimmer mit der rosenroten Wand, und sein Gesicht schmerzte. Doch er konnte es nicht berühren, er konnte den Arm nicht bewegen …

Als er das nächste Mal aufwachte, war vor seinen Augen immer noch alles rot, doch jetzt war es auch unangenehm heiß und sehr hell. Das Gesicht tat immer noch weh, genauer die rechte Seite seines Gesichts, mit der er auf den bordeauxfarbenen Kacheln am Fußboden lag. Außerdem schmerzte sein rechter Arm, der unter dem Gewicht seines Körpers sonderbar verdreht war. Es kostete ihn Kraft und Mühe, sich aus dieser Position hochzurappeln. Dann saß er da, auf dem harten roten Boden, rieb sich den Arm und die kribbelnde Hand und versuchte, sich zu besinnen, wo er sich überhaupt befand. Es dauerte eine Weile, bis es so weit war, dann wusste er es wieder. Iraklia. Das Hotelzimmer. Doch irgendetwas stimmte nicht.

Es war das Licht. Grell wie ein Messerstich. Die Markise war nicht zugezogen gewesen. Er fragte sich, wie spät es war, konnte aber sein Handy nirgends sehen. Schließlich gelang es ihm aufzustehen, wobei ein stechender Schmerz seinen Kopf durchfuhr.

Zakos tappte zum Fenster und blickte hinaus. Die Sonne

stand viel zu hoch, es musste Mittag sein. Die Fähre war sicher seit Stunden weg.

Im nächsten Moment hastete er über den Gang und klopfte an Zicklers Tür. Zickler antwortete nicht, also drückte Zakos die Klinke und fand das Zimmer unversperrt vor.

Sein Freund lag angekleidet im Bett und schnarchte vor sich hin. Die Luft roch verbraucht. Hier drinnen war es schattiger, denn der Raum ging auf eine andere Seite hinaus als die von Zakos, doch das Fenster war komplett verschlossen.

Zuallererst musste Zakos Luft reinlassen, sonst würde ihm schlecht werden. Er öffnete das Fenster und klapperte dabei mit den Läden, doch der andere wachte immer noch nicht auf. Er schüttelte ihn vergeblich am Arm. Dann schüttelte er ihn noch fester.

»Wasser!«, sagte Zickler nach einer Weile und tastete mit der Hand zum Nachtkästchen – vergeblich, denn eine Wasserflasche stand hier nicht. Dann rappelte er sich auf, stammelte die Worte »Boah, mein Kopf« und taumelte ins Bad, wo er sich am Becken Wasser ins Gesicht und über den Kopf schaufelte. Schließlich zog er eines der weißen Handtücher neben der Dusche von der Halterung, trocknete sich das Gesicht und legte das Handtuch um den Hals.

»Was ist mit deinem Gesicht passiert?!«, fragte er.

Zakos fuhr mit der Hand an seine Wange und spürte wieder den Schmerz. Aber das kümmerte ihn nun nicht.

»Albrecht, wir haben verpennt!«, sagte er. »Wo ist dein Handy? Ich find meines nicht!«

Zickler schien immer noch nicht ganz bei sich zu sein.

»Haben wir so viel getankt?«, stöhnte er. »Ich weiß nix mehr! Wo waren wir überhaupt?!«

»Unten am Hafen, bei diesem Typen mit dem Bart.«

»Stimmt! Der mit dem Ouzo! Da haben wir's aber offenbar ganz schön übertrieben!«

»Nee!«, sagte Zakos mit sonderbarem Gesichtsausdruck. »Haben wir nicht. Das mit dem Ouzo war vorgestern, als wir ankamen. Gestern haben wir keinen Ouzo getrunken. Wir waren so fertig nach der Wanderung und hatten so einen Durst. Ich hab Wasser bestellt und eine Cola, das weiß ich noch, und du hast ein paar Fanta getrunken, weil du so ausgetrocknet warst, hast du gesagt.«

»Stimmt! Aber später auf der Terrasse«, sagte Zickler. »Da haben wir gefeiert!«

»Wir haben ein paar Bier hierher raufgetragen. Aber keinen Schnaps, oder so. Soviel ich weiß, jedenfalls.«

Zakos stellte sich hinter Zickler ans Waschbecken und blickte in den Spiegel. Die Haut am Jochbein unterhalb des rechten Auges war ein wenig aufgeplatzt, und die komplette Seite war geschwollen. Wenn er eine Schlägerei gehabt hätte, müsste er sich doch erinnern!

»Sag mal, Ali – kann es sein, dass ich einen Unfall hatte oder so was?«, fragte Zakos seinen Freund. »Oder haben wir uns vielleicht sogar geschlagen?«

»Ach, geh – wir schlagen uns doch nicht!«

»Nein, normalerweise nicht, aber vielleicht sind wir betrunken aneinandergeraten«, meinte Zakos. »Ich hab jedenfalls eins aufs Auge bekommen.«

»Ich war's nicht! Wenn ich zuschlag, dann gscheit!«, entgegnete Zickler und betrachtete seine Pranken, die tatsächlich eine stattliche Größe besaßen. »Drum kann ich's nicht gewesen sein. Aber ehrlich gesagt: Beschwören kann ich's nicht! Ich weiß nix mehr!«

»Ein Filmriss nach so ein paar kleinen Bier – kommt mir komisch vor«, sagte Zakos. »Und wo ist eigentlich Marina?«

Der andere guckte ihn groß an.

»Ja, wo ist die überhaupt?«, sagte er.

Marina war verschwunden, die Ikonen mit ihr und Zicklers Computer ebenfalls. Der weißblaue Rucksack lag als leere Hülle in ihrem Zimmer unter dem Bett.

»Verdammte Scheiße!«, schrie Zakos. »Ich bin ein Idiot!«

Zickler guckte immer noch verwundert. Er schien es nicht zu kapieren.

»Meinst du, ihr ist was passiert?«, fragte er besorgt.

»Nein, Ali, verdammt, der ist nix passiert!«, brauste Zakos auf. »Uns ist was passiert! Die hat uns reingelegt!«

Zickler starrte ihn an.

»Schmarrn!«, sagte er dann. »Wie kommst du denn auf so was?! Die ist vielleicht entführt worden! Die haben diesen Blogger doch auch umgebracht … Oh, mein Gott!« Er packte Zakos am Arm.

»Nick, vielleicht ist sie tot!«, sagte er.

»Quatsch«, sagte Zakos. »Wieso sind wir dann noch am Leben?«

»Keine Ahnung. Klar ist bloß, dass hier nicht alles mit rechten Dingen zugeht«, sagte Zickler. »Denk doch mal nach: Wir haben beide einen Blackout – aber wir haben's anscheinend gar nicht krachen lassen. Also hat uns vielleicht jemand so ein Betäubungsgas in die Zimmer gepumpt, wie bei Einbrüchen in Villen oder so …«

»Jetzt geht die Fantasie aber mit dir durch«, schimpfte Zakos.

»… oder wir haben eine Portion K.-o.-Tropfen abbekommen, irgend so was«, fuhr Zickler aufgeregt fort. »Wir müssen die Kollegen informieren! Wir müssen Marina suchen lassen!«

»K.-o.-Tropfen. Moment mal!«, sagte Zakos und fuhr sich durchs Haar. »Ich muss nachdenken!« Natürlich, Zickler hatte vielleicht recht. Es war gut möglich, dass sie etwas verabreicht bekommen hatten – vielleicht hatte er sich seine Gesichtsverletzung zugezogen, weil er betäubt auf den Kachelboden gestürzt war.

Pappas war ebenfalls betäubt gewesen, bevor er ermordet wurde. Das wusste Zickler noch gar nicht. Zakos hatte bisher nie die Zeit gefunden, ihn unter vier Augen zu sprechen und ihm von den Obduktionsergebnissen zu erzählen. Doch was hatte das zu bedeuten?! Zakos konnte noch nicht klar denken. Aber es dämmerte ihm, dass diese beiden Vorfälle zusammenhingen.

»Ali, es gibt da was, das weißt du noch gar nicht!«, begann Zakos, doch Zickler fuhr ihm ins Wort.

»Wo ist eigentlich der Schtick?«, fragte er.

Der Stick war weg! Zakos durchfuhr es trotz der Hitze eiskalt. Er hatte in seiner Hosentasche gesteckt, das wusste er ganz genau. Aber er war nicht mehr da. Die Taschen waren leer. Er stülpte sogar den Stoff nach draußen, aber darin befand sich – nichts.

Im nächsten Moment war er in seinem Zimmer und suchte auf dem Boden. Vielleicht war der Stick ihm ja im Schlaf aus der Hosentasche gerutscht. Der Boden allerdings war bis auf Zakos' hingeworfene Flipflops aus dem Laden in Naxos leer, und auch unter dem Bett lag nichts. Zakos suchte auf dem kleinen Schreibtisch, er suchte im Bad, er riss sogar die Laken vom Bett ab und sah unter der Matratze nach. Nichts.

»Scheiße, Scheiße, Scheiße!« Schon wieder schrie er, völlig außer sich. Sein Herz raste wie verrückt. »Wir müssen sofort in Athen anrufen! Gib mir endlich dein Handy!«

Zickler fuhr mit der Hand in seine Gesäßtasche, dann blickte er Zakos mit sonderbarem Blick an.

»Auch weg«, sagte er mit tonloser Stimme und wurde blass. Er schien allmählich zu verstehen.

Sie erreichten Skouros schließlich mit dem Festnetzanschluss ihrer Pension, nachdem sie von vier unterschiedlichen Stellen durchgestellt worden waren.

»Wo zum Teufel sind Sie?!«, rief der Athener statt einer Begrüßung. »Wir versuchen seit Ewigkeiten, Sie zu erreichen!«

»Es war … ich bin …«, stammelte Zakos. Weiter kam er nicht, weil seine Griechischkenntnisse in der Aufregung versagten. Aber Skouros wartete ohnehin nicht auf seinen Kommentar.

»Wir warten hier seit gestern auf die verschlüsselten Dateien!«, sagte er. »Ich habe extra einen Experten dafür aus einer anderen Abteilung abgezogen, aber die Dateien kamen nicht an!«

Zakos hatte ein Gefühl, als zöge ihm jemand die Beine weg.

»Und nun versuche ich schon den ganzen Vormittag, Sie auf Ihrem Handy zu erreichen. Aber das ist tot! Ich habe bereits ein Polizeiboot von Naxos zu Ihnen nach Iraklia geschickt, um nach Ihnen zu sehen. Das erübrigt sich dann, Gott sei Dank. Was war denn los?! Alles endaxi?«

Statt einer Antwort kam nur ein Krächzen aus Zakos' Kehle. Es war nicht einfach für ihn, Skouros darüber aufzuklären, was passiert war – dass Marina mit den Ikonen und, noch viel wichtiger, den Informationen über alle Berge war. Schließlich räusperte er sich lange und umständlich, dann begann er noch mal: »Ich möchte Sie bitten, eine Fahndung herauszugeben«, sagte er. »Und zwar nach Marina Beou. Sie hat die Insel heute mit der Morgenfähre verlassen und ist mittlerweile vielleicht in Athen. Sie hatten recht, ihr ist nicht zu trauen!« Dann legte er schnell auf. Für einen Kommentar von Skouros hatte er in seiner Verfassung nun keinen Nerv. Er wusste – er würde sich dem noch früh genug aussetzen müssen.

Dann wandte er sich an Zickler. »Sie hat die Dateien nicht an die Polizei geschickt. Sondern höchstwahrscheinlich in ihre Redaktion!« Zakos' Stimme klang matt.

Zickler starrte ihn mit offenem Mund an.

»Natürlich«, sagte er schließlich, und dann, mit ziemlich jämmerlicher Stimme. »Ich bin ein Depp!«

Zakos seufzte.

»Ich bin auch ein Depp, Ali, denk dir nichts!«

Eine Weile saßen sie nun so da, blickten in die sonnenbeschienene Landschaft und lauschten dem Esel, der das Tal wieder mit seinem durchdringenden Geschrei beschallte. Ansonsten herrschte Ruhe, kein Mensch war zu sehen, die wenigen Badegäste der Insel befanden sich nun am Strand. Der Blick auf die geschwungenen Hügel mit den schwarzgrünen Kräuterbüschen, den silbrigen Olivenbäumen und der kleinen Kirche mit dem türkisfarbenen Kuppeldach vor ihnen hätte idyllisch sein können, aber sie hatten beide jetzt keinen Sinn für die Schönheit der Gegend. Zakos fühte sich einfach nur leer und ausgepumpt vom Stress der vergangenen Tage, der letztlich zu gar nichts geführt hatte – außer dazu, sich von einer skrupellosen Journalistin ausbeuten zu lassen. Allerdings war das offenbar nur seine Auffassung – Ali schien davon immer noch nicht wirklich überzeugt zu sein.

»Dass sie uns linkt, um an Material für einen Artikel zu kommen – okay. Aber dass sie uns ausknockt – so mies kann sie doch gar nicht sein! Es muss eine andere Erklärung geben! Es gilt immer noch: im Zweifel für den Angeklagten!«, insistierte Ali. »Außerdem sind die Dateien ja auf dem Löwen.«

Zakos sah ihn groß an.

»Wovon redest du überhaupt?«

»Au, sorry, ich hätt's auch früher sagen können – aber ich hab gar nicht mehr drangedacht. Ich kann immer noch nicht klar denken«, erklärte Zickler. »Als die Marina gestern aufm Klo war, und ich saß so da, vor dem Computer, da lag mein Rucksack auch noch aufm Tisch. Da hast du grad mit deinem Vater telefoniert, glaub ich.«

»Und dann?!« Zakos schrie schon wieder. »Ali, komm auf den Punkt, lass dir nicht alles aus der Nase ziehen!«

»Mei, es hat halt ewig gedauert, bis sie zurückkam – wie Frauen so sind. Und da hab ich kurz alles auf den Löwen gezogen, sicherheitshalber halt. Du weißt ja, Computerzeug ist schnell mal weg, abgestürzt oder so. Da ist's immer gut, wenn man ein Backup hat, gell? Und das hab ich dann eben gemacht. Der Löwe ist nämlich ein Schtick, man braucht bloß den Kopf abzureißen. Das war mal ein Werbegeschenk …«

»Aber – du kannst doch die griechischen Hyroglyphen gar nicht lesen!«, sagte Zakos.

»Kann ich nicht, nein!«, sagte Zickler. »Musste ich aber auch nicht. Weil, das Rüberziehen ging auch so, mit Copy and Paste. Ja, und danach hab ich ganz vergessen, euch das zu erzählen. Das tut mir jetzt echt total leid!«

»Das macht nix, Albrecht! Ich liebe dich auch!«, rief Zakos. »Jetzt hoff ich nur, dein Löwe hängt noch am Rucksack dran.«

Eine Minute später zogen sie den weißblauen Rucksack unter Marinas Bett hervor. Das Löwen-Maskottchen befand sich immer noch am Reißverschluss.

Kapitel 11

Es war nach fünf Uhr am folgenden Nachmittag, als Zakos und Zickler in der Wohnung von Konstantinos in Kastela eintrafen. Sie fühlten sich nach wie vor wie gerädert. Zakos war mittlerweile vollends überzeugt, dass der Grund für diese extreme Erschöpfung in der Gabe irgendeiner betäubenden Substanz lag. Zickler und er hatten die Fahrt dösend auf den Polstern in der Business-Class der Fähre verbracht, auf die Zakos sie in einem jähen Bedürfnis nach Komfort gebucht hatte, und hatten nur das Nötigste miteinander kommuniziert. Ali nahm die Sache mit Marina sichtlich mit, und Zakos war ebenfalls angespannt. Er musste sich mit Skouros auseinandersetzen, sobald er da war, das war klar, und es würde kaum angenehm werden. Sie hatten zwar die Datei auf dem Stick mit Hilfe der Pensionswirtin doch noch nach Athen senden können. Aber dennoch war die Sache ein Alptraum – sicherlich hatte die Angelegenheit mittlerweile weite Kreise gezogen, und die Infos, die Marina sich angeeignet hatte, bestimmten bereits alle Nachrichten. Außerdem hatten sie sich die Ikonen, die sie gefunden hatten, wieder abluchsen lassen – ziemlich peinlich! Zakos wagte es gar nicht, die TV-Nachrichten an Bord zu verfolgen. Er wollte noch ein wenig Kraft sammeln, bevor er sich Skouros' Vorwürfen stellen musste.

Zuallererst nahmen sie ein Taxi nach Kastela. Doch als Zakos die Tür zur Wohnung des Vaters aufsperrte, kam ihm fröhliches Stimmengewirr entgegen, und kurz darauf gab es eine Überraschung: Dora stand vor ihm, strahlend und offenbar bestens gelaunt. Sie trug hohe Sandalen mit Korksohlen zu einem teuer wirkenden Leinenkleid und hatte starkes Make-up aufgelegt. In der Hand hielt sie die gläserne Kaffeekanne aus dem Automaten in der Küche.

»Du – welche Überraschung!«, rief Zakos.

»Ja, nicht wahr?«, sagte sie und küsste ihn auf beide Wangen, bevor sie Zickler mit ihrer freien Hand die seine drückte. »Ihr kommt gerade richtig zum Dessert. Kommissar Skouros erwartet euch bereits auf der Terrasse!«

Nicht nur der Athener Kommissar hatte sich eingefunden, sondern ein regelrechtes Begrüßungskomitee: Konstantinos sprang auf und eilte seinem Sohn mit ausgestreckten Armen entgegen, außerdem war Christos, Doras Kompagnon anwesend, der auf der Hollywoodschaukel Platz genommen hatte und jetzt sein Cola-Light-Glas auf dem Tischchen vor sich abstellte. Er klatschte Zakos und Zickler mit über dem Kopf erhobenen Händen Beifall. Auch Skouros sowie seine Mitarbeiterin Adrianni, die kräftige, weißblond gefärbte Frau, die Zakos bereits aus dem Kommissariat kannte, grüßten herzlich. Die beiden standen auf und drückten Zakos und Zickler die Hand, und Zakos, der nun gar nicht mehr wusste, was er sagen sollte, sagte – nichts.

Kurz darauf fanden er und Albrecht sich auf der Rattansitzgruppe wieder, einen Baklava mit Vanilleeis, Kaffee und ein hohes Glas mit Wasser und Eiswürfeln vor sich.

»Dass Dora eine herausragende Anwältin ist, war ja bekannt, aber dass sie sich als eine so hervorragende Gastgeberin entpuppt, ist eine angenehme Überraschung«, wandte sich Skouros an sie. »Leider kommen Sie zu spät für den Kalbsbraten mit Artischocken – ein Gedicht! Wie haben Sie das so gut hinbekommen, liebe Dora?«

»Sie schmeicheln mir!«, dankte sie lächelnd. »Aber die Wahrheit ist: gar nicht. Das war Rita, unsere Haushälterin. Ich habe mich, seit ich wieder hier bin, nur ein wenig erholt!«

Sie blickte auf ihre Fingernägel, die dunkelrot lackiert waren.

»Aber wie kommt es, dass du so plötzlich entlassen wurdest?«, wunderte sich Zakos.

»Das fragen Sie noch?«, antwortete Skouros an Doras statt und brach in ein dröhnendes Lachen aus. »Das nenne ich Understatement! Nein, bitte nicht so bescheiden – Sie haben doch selbst den Anlass dazu gegeben, durch die Informationen, die Sie uns zugesandt haben! Sobald sie entschlüsselt waren, konnten wir reagieren. Was ehrlich gesagt relativ schnell vonstattenging, denn Pappas war offenbar auf dem Gebiet Verschlüsselung kein großer Experte.«

»Die Mörder von Charalambidis sind überführt, dank der verschlüsselten Datei«, bestätigte nun auch Dora. »Du hast mich also aus dem Gefängnis gerettet! Herzlichen Dank dafür!«

»Das verstehe ich nicht!«, staunte Zakos. »Das würde ja bedeuten, dass Pappas den Mörder des Staatsanwalts bereits kannte. Aber das ist unmöglich! Als er den Stick versteckte, war Charalambidis doch noch am Leben!«

»Das entspricht mit an Sicherheit grenzender Wahrscheinlichkeit den Tatsachen«, erklärte Skouros. »Allerdings handelte es sich bei der Tat, der der Staatsanwalt zum Opfer fiel, um einen Mord mit Ankündigung. Aber dazu muss ich etwas ausholen.«

Er führte die Tasse mit dem Kaffee zum Mund und nahm einen großen Schluck, dann fuhr er fort.

»Erinnern Sie sich noch an unseren Besuch im Hause Markopoulos in Kifissia?«, fragte er.

»Nun, dort haben wir beide die Mörder bereits getroffen. Es handelt sich um Mitglieder des Wachdienstes, der für die private Sicherheit des engsten Familienkreises zuständig war. Ein Trupp von insgesamt acht Leuten. Darunter gab es zwei Männer, die auch für Sonderaufgaben eingesetzt wurden – Sie verstehen!«

Zakos nickte.

»Einer davon, Gregoris Mouzas, saß schon zwischen 1989 und 1996 wegen Totschlags ein. Im Unternehmen waren er und sein Spießgeselle unter dem Oberbegriff Team Mouzas bekannt und berüchtigt. Wenn es hieß, eine Angelegenheit wäre ein Fall für das Team Mouzas, war klar, was das zu bedeuten hatte! Und in den Files, die Sie uns gesendet haben, steht vermerkt, der Staatsanwalt sei ein Fall für das Team Mouzas!«

»Wie zynisch!«, sagte Zakos, und Skouros nickte.

»Absolut. Wir wissen nicht, ob Pappas noch versucht hat, Charalambidis zu warnen. Wenn, dann offensichtlich ohne Erfolg. Fakt ist allerdings – und das ist das Bittere an der ganzen Sache –, dass Pappas da noch nicht wusste, dass auch er Opfer der Mouzas-Truppe werden würde. Wir haben Mouzas heute in seiner Wohnung in Pangrati aus dem Mittagsschlaf geholt, aber er verweigert die Aussage, ebenso wie seine Kollegen – wir haben das komplette Sicherheitsteam inhaftiert. Irgendeiner wird reden, das garantiere ich!« Plötzlich zeichnete sich ein grimmiger Zug in seinem Gesicht ab, den Zakos so noch nicht an ihm kannte.

»Aber woher wussten die Markopoulos-Leute, dass Dora mit ihm zusammenarbeitet?«, wunderte sich Zakos.

»Ich denke, sie haben ihn beschattet«, ergriff Dora das Wort. »Sie beobachteten offenbar unsere Treffen – und machten sich einen Reim darauf. Und schließlich haben sie auch mich beschattet, da bin ich mir ganz sicher! Dann leisteten sie sich den perfiden Spaß, uns beide zu erledigen: Sie töteten Sokratis mit der Statue, die sie aus meinem Büro entwendet hatten. Danach lockten sie mich per SMS in Sokratis' Büro, als er bereits tot und die anonym informierte Polizei auf dem Weg dorthin war. Alles sollte auf mich als Täterin hinweisen. Das war ein echter Schock, wie ihr euch sicher denken könnt. Aber ich will mich nicht beklagen! Ich lebe, ich bin gesund – aber Sokratis musste mit seinem Leben bezahlen.«

»Das ist natürlich tragisch – aber er hat dich gefährdet, und das finde ich unverzeihlich. Was musste er dich in diese Sache reinziehen!«, gab Konstantinos zu bedenken.

Dora nahm beschwichtigend seine Hand.

»Er war doch auch nur ein Opfer«, erklärte Dora. »Und verzweifelt. Zunächst wollten sie ihn mit Geld ködern, doch als er ablehnte, setzte man ihn unter Druck. Sie sagten, wenn er nicht mitspielt, dann tun sie seiner Familie etwas an. Seine Kinder sind bereits erwachsen und leben beide in den USA, und Sokratis glaubte, sie seien nicht in Gefahr. Doch seine Frau konnte er nicht in Sicherheit bringen. Angeliki – ich kannte sie, er war schon seit seiner Jugend mit ihr zusammen – litt an Pankreaskrebs. Er wollte, dass sie zu Hause bleiben kann, in ihrem Umfeld. Sie hatte bereits viele Jahre gegen die Krankheit angekämpft, aber letztlich war nichts mehr zu machen. Sie starb Ende Juni. Kurz darauf bat er mich, ihm behilflich zu sein. Und den Rest kennt ihr!«

»Aber woher wusste Pappas all das? Bezog er seine Informationen etwa auch von Sokratis?«, wunderte sich Zakos.

Skouros schüttelte den Kopf.

»Sein Informant hieß Kimon Papadakis«, erklärte er. »Auch ihn haben wir kennengelernt, an jenem Abend«, fügte Skouros hinzu. »Der arrogante junge Mensch, der uns ins Arbeitszimmer geführt hat.«

»Der? Ich fasse es nicht!«, meinte Zakos. Nichtsahnend hatte er schon kurz nach seiner Ankunft alle wichtigen Protagonisten in diesem mörderischen Spiel getroffen – es war sonderbar. »Was hatte er davon?«

»Darüber können wir derzeit nur spekulieren – insbesondere, weil es sich bei Papadakis um ein Mitglied der Familie handelt. Seine Mutter war eine Cousine von Markopoulos, der junge Kimon ist nach ihrem Tod bei dem Reeder und seiner Frau aufgewachsen. Der Alte muss ihn für hundertprozentig vertrauenswürdig gehalten haben – da kann man mal sehen, nicht wahr?«

»Vielleicht suchte dieser Kimon einen Weg in die Legalität?«, meinte Zakos.

»Von wegen!«, spottete Skouros. »Wir haben eher den Verdacht, dass er von einer anderen Organisation bezahlt wurde, um Markopoulos zu schaden und ihn in ein schlechtes Licht zu rücken, und dieser Plan ist ja auch voll und ganz aufgegangen!«

»Und was passiert nun? Haben Sie Markopoulos festgenommen? Und wo ist dieser Kimon?«

»Verschwunden, bedauerlicherweise. Auch Markopoulos

hat in aller Frühe das Land verlassen, mit Frau und Kind, und zwar Richtung Mexiko«, erklärte Skouros. Angeblich eine von langer Hand geplante Reise zu einem Wohnheim für Behinderte in der Nähe von Oxaka, das die Stiftung unterstützen sollte, aber das ist natürlich nur ein Vorwand.«

Adrianni nickte. »Tatsächlich sollte Markopoulos heute in einem Wirtschaftsforum als Redner auftreten. Diese Sache wurde erst im letzten Moment abgesagt. Und die First-Class-Flüge nach Mexico City wurden auch erst heute früh gebucht, so etwas lässt sich natürlich leicht nachweisen.«

»Halt, stopp, wan moment please!« Zickler, der bis dahin mit verständnislosem Gesichtsausdruck von einem zum anderen geblickt hatte, war aufgestanden. Er wirkte erregt.

»Sag ihnen, ich versteh kein Wort von dem Gequatsche«, wandte er sich an Zakos. »I don't andaständ Greek!«

Er zeigte mit dem rechten Finger auf sein rechtes Ohr, als handle es sich bei seinem Verständnisproblem um eine Schwerhörigkeit und nicht um eine Sprachbarriere.

»But I want to know samsing. Why are you not mäd?«

Skouros blickte ihn verständnislos an. »Mad?« wiederholte er. »Why should we be mad?«

»Na – because of Marina and se newspaper. Se Kathimerini!«

»Was meint der Kollege?«, wunderte sich Skouros. »Ich verstehe nicht, was er will!«

Zakos verstand dagegen genau. Ali trieb die gleiche Angst um wie ihn, die Angst vor der Skandalgeschichte in den Medien.

»Where is Marrrina?«, drängte Zickler. »What happend?«

»Wir fahnden nach ihr«, sagte Skouros zu Zakos und bedeutete ihm zu übersetzen.

»Aber es fehlt jede Spur von ihr, leider.«

»Und was sagt die Redaktion?«, fragte Zakos. »Werden sie den Abdruck der Datei noch stoppen? Oder ist schon alles an die Öffentlichkeit gegangen? Wie sind die Reaktionen?«

Skouros blickte ihn sonderbar an.

»Bei der Kathimerini weiß man von nichts«, antwortete er.

»Ach, kommen Sie – das glaube ich denen nicht!« sagte Zakos. »Wahrscheinlich ist die Sache bereits im Druck, und man will es Ihnen nur nicht preisgeben!«

»Es ist aber so. Ich habe mit Koutsowilis gesprochen, dem Chefredakteur. Er hatte keine Ahnung von irgendwas, ganz ehrlich.«

»Marina hat nichts geschickt?«

»Nein«, sagte Skouros. »Und er meinte, selbst wenn sie behauptet hätte, sie habe solche Infos – er hätte es ihr kaum geglaubt! Sie war gar nicht mehr bei der Kathimerini angestellt.«

»Das kann nicht sein!«, sagte Zakos. »Ich hab sie doch dort getroffen! Ich habe in der Redaktion mit Kollegen von ihr gesprochen, und die sagten, Pappas und sie waren ein Team!«

»Das mag ja sein, aber das war wohl in der Vergangenheit so«, antwortete Skouros. »Diese Zeiten waren schon lange vorbei. Der Chefredakteur jedenfalls erklärte mir, sie wäre mittlerweile nur noch sporadisch dort tätig. Sie hatte Probleme mit Alkohol. Außerdem hat sie offenbar eine Weile in der Psychiatrie verbracht, irgendetwas läuft bei ihr nicht ganz rund.«

Er machte mit seinem Zeigefinger eine kreisende Bewegung an seiner Schläfe.

»Jedenfalls scheint sie nicht gerade diejenige zu sein, die Aufdeckungsgeschichten liefert, wie er mir zu verstehen gab – sie bearbeitete Artikel im Lokalteil, ab und zu.«

Zakos war baff.

»Aber die Fahndung nach ihr läuft. Wir wollen natürlich erfahren, welche Rolle sie in diesem Spiel spielte. Wobei ich glaube, sie war höchstens am Rande involviert«, fuhr Skouros fort. »Und dann ist da natürlich noch der Raub dieser Ikonen – doch dafür sind wir nicht zuständig.«

»Sie hat die Datei nicht an euch weitergeschickt – das ist Fakt«, insistierte Zakos.

»Ja. So sieht es aus«, sagte Skouros. »Aber vielleicht handelt es sich da nur um einen Irrtum. Vielleicht hat sie irgendwas falsch gemacht. Frauen und Computer – Sie verstehen schon!«

»Taki! Das fasse ich jetzt nicht!«, empörte sich Adrianni. »Bei uns in der Abteilung ist er derjenige, der sich am Rechner nicht auskennt! Er diktiert seine E-Mails der Sekretärin!«

»Das hat andere Gründe«, erwiderte Skouros versonnen, und Adrianni stöhnte ärgerlich auf und verdrehte die Augen.

»Trotzdem müssen Sie Marina finden!«, sagte Zakos. »Sie verbirgt irgendwas. Sie ist einfach verschwunden, und sie hat uns …«

Plötzlich war er unsicher, ob er über die K.-o.-Tropfen berichten sollte. Was war, genau betrachtet, schon passiert? Sie waren benebelt aufgewacht, ihre Handys waren verschwunden. Sie konnten nichts beweisen.

»Wie gesagt – es wird nach ihr gefahndet«, sagte Skouros. »Aber das ist kein Fall mehr für die Mordkommission, sondern für die Kollegen, die für den Kunstraub zuständig sind.«

Zakos war noch dabei, Zickler das vorangegangene Gespräch zu übersetzen, als Skouros' Handy läutete. Er lauschte eine Weile, dann ließ er ein langes »Waaas?« ab.

»Unfassbar! Wir beeilen uns!«, sagte er schließlich und legte auf.

»Adrianni! Meine Chärren!«, er meinte Nick und Albrecht. »Die Arbeit ruft: Es hat einen äußerst sonderbaren Vorfall gegeben. Begleiten Sie mich – man wartet auf uns!«

Eine Dreiviertelstunde später standen Zakos und Zickler mit den griechischen Kollegen an Bord eines Polizeiboots, das sie an einer dämmrigen Mole bei Skaramangas im Nordwesten von Piräus aufgenommen hatte, und preschten über das schwarze Wasser einem noch unsichtbaren Ziel zu. Außer ihnen waren noch weitere Polizisten an Bord – vier uniformierte Mitglieder der Hafenpolizei, drei Kollegen des Spurensicherungskommandos und ein Kriminalbeamter aus Skouros' Abteilung, den Zakos noch nicht kannte; Pavlos, ein jüngerer rothaariger Mann mit Sommersprossen, farblosen Wimpern und festem Händedruck, der sie auf den aktuellen Stand brachte.

»Dank der Datei wissen wir, dass es sich bei der Schifffahrtsgesellschaft Pangrasia Lines um eine Gesellschaft der Markopoulos GmbH handelt. Und wie es der Zufall will, ist gestern Abend einer ihrer Frachter hier angekommen, die Marillion 2.« Pavlos musste seine Informationen herausschreien – sie befanden sich auf dem vom Fahrtwind nur wenig geschützten Hinterdeck des Polizeiboots. Das Getöse und die Gischt waren spektakulär, und Zakos hatte das Gefühl, erstmals seit Iraklia wieder richtig klar im Kopf zu werden.

»Der Frachter ist in zwei Tagen zur Löschung am Containerhafen Perama gebucht, doch im Moment ist er hier in der Bucht von Elefsina zwischengeparkt. Da dachten wir, dies wäre ein perfekter Moment für einen kleinen Überraschungsbesuch. Doch dann waren wir die Überraschten!«

»Wieso?«, wunderte Zakos sich.

»Wir wollten uns gerade auf den Weg machen, als über die Hafenpolizei die Nachricht von dem havarierten Schiff einging – die Marillion 2! Sie trieb unkontrolliert durch die Bucht. Mittlerweile hängt sie nun an der Nordseite von Salamina am Riff fest. Offenbar ist kein Mensch mehr an Bord, die Vögelchen sind ausgeflogen! Die müssen fluchtartig das Schiff verlassen haben, es war nicht mal ordungsgemäß festgemacht, deswegen ist es wohl abgetrieben. Ein Riesenglück, dass es unter diesen Umständen nicht zu einem Unfall gekommen ist – allein schon wegen dem Treibstoff, der sich dann vielleicht ausgebreitet hätte!«

»So eine Schweinerei!«, rief Adrianni aus. »Ich wüsste gern, was dahintersteckt.«

Es war bereits dunkel, als sie die Umrisse des gigantischen Frachtschiffs vor sich auftauchen sahen – nur ganz oben auf der Brücke flackerte Licht. Zwei Polizeiboote – beide kleiner als jenes, in dem sie sich befanden – kursierten drum herum und suchten das Wasser mit Suchscheinwerfern ab. Immer wenn der Lichtstrahl auf den Stahl des Schiffes traf, erkannte man in dessen Lichtkegel kurz die Farbe seines Anstrichs dunkelrot. Dann lag es wieder schwarz da wie ein gigantischer Scherenschnitt.

Ihr Boot drosselte die Geschwindigkeit und näherte sich ganz leise dem Koloss vor ihnen. »Ein Geisterschiff!«, murmelte Zickler, und Zakos fröstelte. Die Szenerie war gespenstisch, als würden sich jeden Moment unheimliche Piraten über die Reling schwingen. Doch dann trat ganz oben plötzlich ein Mann ins Licht und rief ihnen etwas zu.

»Waaas? Wir verstehen nicht!«, brüllte Skouros ihm entgegen.

»Links, links!«, schrie der Mann und wies mit dem Arm auf die hintere Schiffsseite.

Mit leise tuckerndem Motor fuhr das Polizeiboot ganz langsam am Schiffsrumpf entlang nach hinten, neben sich eine einschüchternd hohe Wand aus massivem Stahl, und Zakos hoffte, der havarierte Ozeanriese sei mittlerweile ordentlich festgemacht worden – und beruhigte sich erst, als er im Licht ihres Bootes erkennen konnte, dass sich eine straffe Ankerkette aus den Buglöchern in die Tiefe der Bucht spannte. Schließlich, als sie das Heck erreicht hatten, erkannten sie, was der Mann gemeint hatte: eine Metalltreppe, heruntergelassen bis zur Wasseroberfläche.

Nacheinander erklommen sie die Vorrichtung, bis sie das Unterdeck des Schiffs erreichten, und sofort schlug ihnen ein penetranter Geruch von schwerem Treiböl entgegen, in den sich noch ein anderer, ebenso abstoßender Geruch mischte, wie von verschmortem Plastik. Hinter den Kollegen und den Lichtkegeln ihrer Taschenlampen erklommen Zakos und Zickler schießlich endlose Eisentreppen immer weiter nach oben, bis sie den Mann, der ihnen zugerufen hatte, erreichten.

Er war nicht allein, es war ein kleiner Trupp, der sie erwartete, junge, scherzende und lachende Polizisten, die ihnen reihum die Hände drückten und sie mit Namen bombardierten, die Zakos im selben Moment wieder vergaß.

Zakos blickte sich um, mit leisem Schaudern: Das leere Schiff wirkte so heruntergekommen und abgetakelt, als treibe es bereits seit Jahren unbemannt übers Meer. Es war, als befände man sich hier oben in einer ganz anderen Welt, einem eigenen Kosmos aus Rost und Schmutz: Die Gischt hatte alle Haltegriffe mit klebriger Substanz überzogen, die Eisenwände waren von Ruß und Abgasen geschwärzt, das konnte man sogar im diffusen Licht erkennen. Und selbst an diesem überall sonst so brütend warmen Sommerabend blies hier oben Wind, als herrschte an Bord ein ganz eigenes Klima, außerdem war ein unablässiges Quietschen und Ächzen zu vernehmen.

Zakos blickte sich um zu Zickler und schüttelte den Kopf. »Verrückt hier, oder?«

Der andere nickte. »Man könnte fast meinen, der alte Kasten bricht gleich auseinander«, raunte Zickler, als flöße ihm der Frachter Angst ein. Die nun glimmenden Lichter der Häuser und Straßenlaternen des beschaulichen kleinen Dörfchens gegenüber auf Salamina, ganz nah am Ufer, wirkten wie aus einer unerreichbar fernen Welt.

»Wir haben alles ordnungsgemäß festgemacht«, hörte er den Bericht des Mannes, der sie in Empfang genommen hatte. »Auf der Brücke gibt es übrigens eine Überraschung – kommen Sie mit!« Er selbst ging voraus ins stockfinstere Innere, und sie trabten hinterher wie eine sonderbare Reisetruppe auf Besichtigungstour.

»Hier möchte man nicht verlorengehen«, sagte einer der Uniformierten mit betont jovialer Stimme und rief einem anderen etwas zu:«Wie sieht's aus, Giorgos, Lust, Verstecken zu spielen?«

»Halt die Klappe, Idiot!«, zischte der Angesprochene durch die Zähne, und die anderen lachten übertrieben laut gegen die gespenstische Stimmung an.

Aber es war nicht nur die Dunkelheit, die unbehaglich war, auch verstärkte sich hier der eklige Geruch des verschmorten Kunststoffs, den Zakos schon draußen bemerkt hatte, und nun war noch etwas anderes wahrnehmbar: der Gestank von Rauch und irgendetwas Chemischem.

»Jetzt Vorsicht: Am besten, jeder nimmt sein T-Shirt vor die Nase!«, sagte ein Mann und stieß eine Eisentür auf. Nun erkannten sie, woher der Gestank kam: Alles war schwarz und verkohlt – die Auswirkungen eines Brandes, der sich aber auf diesen einzelnen Raum zu beschränken schien. Warum er sich nicht ausbreiten konnte, wurde ebenfalls auf einen Blick deutlich – man sah noch Überreste eines Löschpulvers aus einem Spender und sogar den Feuerlöscher selbst, achtlos hingeworfen mitten in den Raum.

Wieder draußen, mussten sie erst mal einen Moment verschnaufen und Sauerstoff in ihre Lungen lassen, und während die Hafenpolizisten weiter die verwaisten Gänge und Kojen inspizierten, standen sie mit Skouros und Pavlos an der Reling. Skouros hatte sich einen Zigarillo angezündet, auch Pavlos rauchte und hatte seine Schachtel rumgehen lassen, aber Zakos war froh, dass er dieser Sucht nicht mehr frönte: Der Rauchgestank im Schiff hatte ihm gereicht, ihm war übel genug.

Eine Weile herrschte Schweigen, dann meldete sich Skouros zu Wort.

»Ein von Menschen verlassenes Schiff, ein Brand – ich verstehe nicht, was das alles soll? Was war hier los?«

»Ich wette, das Feuer wurde absichtlich und ganz gezielt gelegt. Wegen der Buchhaltung!«, platzte Pavlos heraus. »Offenbar sollte verwischt werden, wer hier arbeitete. Deswegen wurden sogar die Computer abgefackelt!«

»Aber die Leute mussten doch noch irgendwo anders gemeldet sein«, wandte Zakos ein. »Man braucht doch sicher einen Haufen Menschen, um so ein riesiges Schiff in Bewegung zu setzen. Irgendwo muss festgehalten sein, wer hier angestellt war.«

»Ja. In Palau!«, lachte Pavlos auf.

Zakos blickte ihn verständnislos an.

»Na, das ist das Land, wo unser hübscher Kreuzer hier gemeldet war – er fuhr unter der Fahne von Palau und genießt deswegen einen Steuervorteil. Aber ich denke, Steuern zu zahlen hatte hier garantiert sowieso niemand vor!«

In diesem Moment kam ein Trupp der Kollegen wieder aus dem Inneren des Schiffs, scherzend und laut. Es klang, als kämen sie aus einem Sportstadion.

»Jungs, was ist los?!«, fragte Pavlos nach.

»Mikis hier hat nur einen Witz gemacht«, antwortete einer, ein kleiner, pummeliger Mann mit Vollbart. »Er sagte, nur gut, dass die Typen den Brand hier gelöscht haben, sonst hätte die ganze Stadt Lungenkrebs gekriegt. Oder ein Raucherbein!«

Einer der Männer prustete sofort wieder los, und der Vollbärtige stimmte ein, doch dann riss er sich zusammen und klärte sie auf:«Der ganze Frachtraum ist voller Marlboro!«

Kapitel 12

Es dauerte eine Ewigkeit, bis sie wieder von dem verlassenen Schmugglerschiff herunterkonnten. Mittlerweile hatte ihre körperliche Erschöpfung wieder Oberhand gewonnen, so dass sie sich eine Weile in eine windstille Ecke auf den harten Boden gesetzt und gedöst hatten. Als sie viel später endlich in Kastela im Bett lagen, war die Müdigkeit aber dummerweise wieder verschwunden. Zakos wälzte sich einige Zeit herum, dann gab er es auf, zog sich etwas über und ging durch die dunkle Wohnung nach draußen auf die Terrasse.

Zickler war ebenfalls bereits hier. Er war in T-Shirt und Boxershorts, hatte eine kleine Wasserflasche in der Hand, lehnte ganz außen an der Terrasse und nickte ihm zu.

»Ich seh schon, da findest auch keinen Schlaf!«, sagte er.

Zakos stellte sich dazu. »Du hast es erfasst!«, gab er zu. »Denkst du immer noch über Marina nach?«

Zickler nickte. Ich kapier's und kapier's einfach nicht – die Sache geht mir nicht in den Kopf!«, stöhnte er.

»Hm, verstehe«, meinte Zakos. »Aber wahrscheinlich müssen wir uns einfach an den Gedanken gewöhnen, dass es ihr die ganze Zeit nur um die wertvollen Ikonen gegangen ist.«

»Aber das glaube ich nicht! Wieso denn? Wozu brauchte sie die Dinger, sie hatte doch sowieso genug Geld!«

»Hatte sie?«, fragte Zakos und zog die Brauen hoch. Ihm war das vollkommen neu.

»Ja, das hat sie mal erzählt in unserer ersten … irgendwann halt. Sie ist mit ihrer Familie zwar total über Kreuz, seit Jahren kein Kontakt, weil die sie schon als kleines Kind in Internate in der Schweiz und sonst wo auf der Welt abgeschoben hatten. Aber sie bekam jedes Jahr einen Riesenbetrag von denen – mehr als ein einzelner Mensch ausgeben kann, sagte sie.«

»Und wenn das gar nicht stimmt? Vielleicht hat sie das nur so behauptet«, sagte Zakos. Er wusste, dass der äußere Schein den Menschen in Griechenland oftmals extrem wichtig war, wichtiger, als er es aus Deutschland kannte. »Vielleicht gab sie das nur an, um kein Mitleid zu erregen – weil's doch in ihrer Branche nicht so gut läuft …«

»Glaub ich nicht.« Zickler schüttelte mit Bestimmtheit den Kopf. »Ich mein, du hast sie doch gesehen! Sie hat so was – ich weiß auch nicht, irgendwie was Stilvolles. Und außerdem: Hast du mal ihre Armbanduhr bemerkt? Das war eine echte Patek Philippe!«

»Hm – vielleicht hast du recht«, sagte Zakos nachdenklich. »Ihr Auto war auch nagelneu. Ein Mini Cooper – aber kein normaler, sondern so eine aufgemotzte SUV-Version.«

»Siehst du! Und sie hatte ein Haus mit Dachterrasse direkt am Eingang unterhalb von dem Gelände, wo's zur Akropolis geht – so hat sie das erklärt. Davor ist eine Art Fußgängerzone. Die Wohnung hat wohl einen einzigartigen Blick. Ich kenn mich in Athen ja so gut wie null aus, aber der logische Menschenverstand sagt mir, dass das dort sicher kein Glasscherbenviertel ist.«

Zakos nickte. »Nein, sicher nicht, das hast du richtig erkannt. Also kann Geld als Motiv für den Raub vielleicht ausgeschlossen werden. Aber was war dann der Grund?«

»Irgendwas mit der Karriere?«, meinte Zickler.

»Dann hätte sie die Datei doch ihrer Zeitung verkauft. Hat sie aber nicht!«

»Ja, aber das ist ja nicht die einzige Zeitung in diesem Land, es gibt natürlich noch mehr davon. TV-Sender natürlich auch. Und Marina war doch ihr Job so wichtig, das war eigentlich ihre oberste Priorität, würd ich sagen. Bei der Kathimerini hatte man sie abserviert, das wissen wir ja jetzt. Darum wollte sie vielleicht bei einer anderen Zeitung richtig durchstarten – mit dieser Story!«

»Klingt logisch, hat nur einen Schönheitsfehler«, gab Zakos zu bedenken: »Wenn's so wäre, dann wüssten wir das bereits. Die halten so eine Sache doch nicht Ewigkeiten zurück!«

»Auch wieder wahr. Dann weiß ich's jetzt auch nicht«, meinte Zickler frustriert.

Schweigend blickten sie hinaus in die griechische Nacht. Unter ihnen auf der Straße fuhren hintereinander zwei leere Taxis weg und dann ein Moped mit viel zu lautem Auspuff. Dann wurde es wieder ruhiger. Anders als noch vor ein paar Stunden auf dem düsteren Frachtschiff vor Salamina, wo man die Sterne erkennen konnte, war der Himmel dazu viel zu hell erleuchtet von den Lichtern der Stadt. Selbst von den Schiffen und den vertäuten Segelbooten etwas weiter weg unter ihnen am Meer konnte man vereinzeltes Blinken sehen.

»Langsam bekomm ich wieder einen klaren Kopf – endlich!«, fuhr Zickler schließlich fort. »Und deswegen finde ich noch was ganz komisch, und zwar dass alle plötzlich verschwunden sind. Ist doch nicht normal, oder?«

»Marina ist jedenfalls verschwunden, das ist wahr«, meinte Zakos.

»Nicht nur sie!«, insistierte Zickler. »Alle, die mit der Sache zu tun hatten. Ganz plötzlich. Dieser Reeder und seine Familie nach Mexiko, in einer Art Nacht-und Nebel-Aktion. Der Verräter ist ebenso über alle Berge, kein Mensch weiß, wo der ist – wenn er überhaupt noch lebt. Und sogar das Schiff heute war verlassen! Die komplette Belegschaft oder Mannschaft oder wie auch immer das heißen mag – allesamt futsch!«

»Schon klar. Jemand hat sie frühzeitig gewarnt«, sagte Zakos. »Meinst du, es könnte Marina gewesen sein?«

Zickler nickte. »Sie ist jedenfalls die Einzige, die es gekonnt hätte. Ich frag mich bloß – was hatte sie davon?«

»Wüsste ich auch gern!«, sagte Zakos, und dann: »Komm, Ali, zieh dir was Richtiges an.«

Zickler drehte den Kopf und sah ihn an. »Was hast du vor?«

»Wir suchen sie.«

Konstantinos' Autoschlüssel lag wie stets in einer kleinen Kristallschüssel im Eingangsbereich der Wohnung, der Mercedes war in der Tiefgarage abgestellt. Zuallererst fuhren sie damit zu Marinas Haus, so nah das möglich war: Der breite Fußweg entlang des antiken Tempelgeländes war durch dicke Steinpoller von der Straße getrennt. Schließlich schlängelten sie sich hintenherum über ein paar kleine Seitenstraßen, parkten und gingen zu Fuß weiter.

Von dem Gelände, in dem man zur Akropolis aufsteigen konnte, drang das Geräusch von Zikaden wie aus einem tropischen Park. Gegenüber gab es eine Häuserzeile mit teilweise aufwendig renovierten alten Gebäuden in Pastellfarben. Marinas Haus mit dem Klingelschild M. Beou fanden sie nach einer Weile tatsächlich, es war eines der stattlichsten – zweistöckig, gelb gestrichen mit einer edel wirkenden, dunkelblau lackierten Tür – sowie einer hochmodernen Alarmanlage.

»Hier kommen wir nicht rein, so viel ist klar!«, bemerkte Zakos trocken.

Eine Weile inspizierten sie noch die Rückseite des Hauses, dann gaben sie es auf und fuhren nach Piräus zu der Mietgarage, in der Marina am Tag ihrer überstürzten Abfahrt nach Naxos den Mini abgestellt hatte. Zakos hatte das Skouros gestern von der Fähre aus mitgeteilt, und er wusste, sie hatte den Wagen noch nicht abgeholt. Sicherlich würde sie sich hier nicht blicken lassen, um nicht der Polizei in die Hände zu geraten. Aber vielleicht gab es etwas Interessantes im Handschuhfach oder im Kofferraum.

Doch auch dort kamen sie nicht weiter. Die Einfahrt war um diese Zeit verschlossen und menschenleer.

»Dann eben nicht!«, seufzte Zickler. »Und wohin fahren wir jetzt?«

Es war fast vier, als sie am Redaktionsgebäude ankamen. Sie stellten Konstantinos' Auto zehn Meter entfernt auf der Straße halb auf dem Gehsteig ab, stiegen aus und blickten rüber.

»Ich wüsste zu gern, ob's hier einen Nachtportier gibt«, sagte Zakos. Der Plan war, Marinas Arbeitsplatz unter die Lupe zu nehmen – in den Schubladen zu kramen, Bilder an den Wänden durchzusehen. Vielleicht war irgendwas darunter, das ihnen verriet, wo sie sein konnte – ein Hinweis auf eine Adresse, auf eine Freundin, ein Ferienhaus – irgendwas in dieser Art.

»Also, wo könnte man einsteigen?«, meinte Zickler. »Du warst doch schon mal hier?«

»Einsteigen geht nicht – das schafft nur jemand vom Zirkus«, antwortete Zakos. »Die Büros liegen im obersten Stock.« Er musste grinsen. Es war verrückt, wie der ansonsten so korrekte Zickler hier bereit war, Regeln zu überschreiten. »Außerdem wird alles bewacht!«

Zakos erinnerte sich an seinen ersten Redaktionsbesuch, als er sich unten anmelden musste, um vorgelassen zu werden. Sogar jetzt schien Wachpersonal eingesetzt zu sein: Im schwachen Licht, das nach draußen drang, war schemenhaft der Umriss eines Mannes an der Eingangstheke zu sehen.

»Dann müssen wir uns was einfallen lassen. Was ist der Plan?«, drängelte Zickler. Zakos wollte gerade zu einer Antwort ansetzen, da sah er, dass plötzlich ein großer schwarzer Hund aus dem Inneren des Gebäudes zur offen stehenden Tür des Foyers spazierte – ein Rottweiler.

»Vorsicht, runter«, fauchte Zakos, und sie zogen hinter dem Wagen die Köpfe ein. Besonders sicher fühlten sie sich trotzdem nicht. Am liebsten hätte Zakos nun im Wageninneren gesessen, aber das war sicher nicht so einfach, ohne die Aufmerksamkeit des Hundes auf sich zu ziehen.

Einen Moment lang war nichts zu hören. Schließlich wagte Zakos, vorsichtig den Kopf zu heben und durch die Autofenster hinüberzuspähen.

Der Hund stand immer noch mitten am Eingang, aber

nun hatte er den Kopf nach hinten gedreht und schaute zurück. Richtig bedrohlich wirkte diese Körperhaltung nicht, und Zakos entspannte sich ein wenig. Einen Moment später trat ein weißhaariger Mann neben den Hund, streckte die Arme über dem Kopf aus und gähnte lang und ausgiebig: der Wachmann aus dem Inneren des Foyers.

Er stand nur so da und blickte in die Nacht hinaus. Dann zog er umständlich eine Zigarettenschachtel hervor und entzündete ein Streichholz. Schließlich ging das Duo langsam die Straße entlang, und Zakos erkannte, dass auch der Rottweiler nicht mehr der allerjüngste war – er schlufte nur langsam über das Trottoir und hinkte dabei. Dennoch: Sie hatten sicherlich nicht allzu viel Zeit. Der kleine Grünstreifen, den der alte Mann mit seinem Rottweiler offenbar ansteuerte, war nur etwa fünfzig Meter entfernt.

»Jetzt oder nie!«, raunte Zakos, und dann liefen sie gebückt an den geparkten Autos entlang, überquerten die Straße und waren schon in der Halle.

Zum Glück gab es keinen zweiten Nachtwächter, zumindest war keiner zu sehen. Der Empfang wirkte verwaist, nur eine Tupperbox auf dem Tresen war zu erkennen und davor, am Boden, ein großer Wassernapf.

Zickler stupste Zakos an und zeigte auf den Aufzug. Er besaß ein digitales rotes Display, das das Stockwerk angab, in dem er sich gerade befand. Das Display zeigte eine vier.

Vielleicht war irgendwer, der nach oben gefahren war, danach zu Fuß das Treppenhaus hinuntergelaufen. Oder er war noch da, sie wussten es nicht. Sie mussten leise sein. Und möglichst schnell.

Sie schlichen auf leisen Sohlen zum dunklen Treppenhaus, doch noch ehe sie die erste Stufe erklommen, vernahmen sie ein leises Klicken, da standen sie urplötzlich mitten im grellen Licht. Zakos erstarrte. Dann spürte er, wie Zickler ihn leise am Unterarm packte. Er blickte ihn fragend an.

»Da«, raunte Ali und zeigte an die Wand. Ein Bewegungsmelder! Das Licht ging automatisch an, wenn man ihn passierte.

Eine Weile standen sie stocksteif da und warteten ab. Kein Laut zu hören, keine Schritte, die sich näherten, niemand hatte sie bemerkt. Schließlich machte Zakos seinem Kollegen ein Zeichen, und sie stiegen die Treppen nach oben.

Das Licht funktionierte nur für das erste Stockwerk, im zweiten war es noch dunkel. Doch diesmal wussten sie, wo in etwa die Bewegungsmelder installiert waren, und duckten sich vorsichtig darunter weg. Beim Weitergehen hörte Zakos dann ein klickendes Geräusch. Als er sich umdrehte, war das Licht unter ihnen im Treppenhaus wieder aus, und er atmete auf. Er hatte keine Lust, irgendeinem fleißigen Kollegen des alten Wachmannes vor die Füße zu laufen, der womöglich sogar bewaffnet war. Ganz kurz kam ihm der Gedanke, dass die Redaktion kameraüberwacht sein könnte, aber diese Bedenken schob er umgehend fort. Die Neugier und der Drang, etwas über Marina herauszufinden, waren nun zu groß.

Schließlich hatten sie das vierte Stockwerk erreicht, den Bereich, wo sich das Großraumbüro befand. Leise öffneten sie eine Glastür und betraten den Raum.

Der Tagesanbruch war nun nicht mehr fern, und von hier oben konnte man durch die großen Panoramafenster sehen, wie der Himmel an der Ostseite bereits eine hellere Farbe angenommen hatte. Sogar verhaltenes Vogelgezwitscher nahm Zakos plötzlich wahr. Merkwürdig, er konnte sich plötzlich beim besten Willen nicht daran erinnern, dass er in dieser

Stadt jemals Vogelgezwitscher gehört hatte. Doch nun, wo er für jedes Geräusch sensibilisiert war, fiel es ihm auf. Und noch etwas: leise Stimmen, Lachen, Musik wie aus einem Fernsehgerät.

Konnte das irgendein sonderbarer Klingelton sein, von einem Mobiltelefon, oder war es einfach ein vergessenes Radiogerät? Doch nein, Zakos ahnte, das war es nicht – irgendjemand war hier. Mit ihnen hier in diesem Raum.

Er spürte, wie sein Puls schneller wurde, und versuchte, langsam und kontrolliert zu atmen, während er, von Zickler gefolgt, leise an der Wand entlangschlich, von Arbeitswabe zu Arbeitswabe. Und dann sahen sie sie.

Marina. Sie war es tatsächlich, so richtig hatte Zakos es kaum zu hoffen gewagt. Sie saß auf ihrem Schreibtischstuhl, dort, wo er sie das allererste Mal bereits hatte sitzen sehen, sah einen Film auf dem Bildschirm ihres Computers an, und ihr ebenmäßiges Gesicht wurde von den flackernden Bildern bläulich illuminiert.

Eine Weile standen sie nur so da und betrachteten sie, und Zakos überlegte, was als Nächstes zu tun war, aber da brach es plötzlich aus Zickler heraus: »Marrrina«, sagte er, und dann, wie zu einem Kind: »Was machst du denn da?!«

Wenn sie erschrak, so zeigte sie es nicht. Reglos verharrte sie in ihrer Position und betrachtete nur weiter den Film in ihrem Gerät. Als wären sie gar nicht da. Dann endlich blickte sie zu ihnen auf – und lächelte.

»Die Herren von der Ei Tie!«, sagte sie mit spöttischem Unterton. »Was macht ihr denn hier?«

»Wir haben dich gesucht – du warst plötzlich nicht mehr da«, sagte Zickler so leichthin, als wäre es das Allernormalste der Welt, seine Begleiter zu betäuben und mit wertvollen

Kunstgegenständen das Weite zu suchen. Dabei war die Situation das krasse Gegenteil: Im diffusen Licht des Computers sah Zakos den Umriss einer Waffe auf der hellen Tischplatte – unverkennbar eine Pistole. Und vielleicht bemerkte Marina trotz der Dunkelheit, dass er sie sah, oder sie spürte es. Denn nun senkte sich ihre Hand darauf.

Zakos hörte, wie Zickler scharf einatmete, und Marina vernahm es ebenfalls. Bedrohlich langsam hob sie die Pistole hoch.

»Nun tut mal nicht so überrascht!«, sagte sie. »Es ist sichär nicht das erste Mal, dass ihr so etwas seht. Ich weiß schon lange über euch Bescheid. Ehrlich gäsagt seit dem allerersten Tag!«

»Worüber Bescheid, Marina?«, fragte Zakos. Es war wichtig, mit ihr im Gespräch zu bleiben, das wusste er, sie erzählen zu lassen. Aber es kam auch darauf an, was sie erzählte – in einer Extremsituation konnte jedes Wort, jede Bemerkung, jede Erinnerung die falsche sein. Was hatte Marina wohl vor?

»Na, über dich und deinen Beruf. Computerfachmann! Dass ich nicht lachä. Ich habe dich natürlich sofort gegoogelt, nachdem du hier in der Redaktion warst. Nikos Zakos, Nikolaos Zakos, Nick Zakos, München – ging ganz schnell, und schon warst du da. Sogar mit Bild, in einer Zeitungsnotiz«, sagte sie. »Und unser Freund Ali war auch darauf. Ich bin Journalistin, oder hast du gädacht, ich bin blöd?«

»Nein, ich war der Blöde, entschuldige«, antwortete Zakos. »Du bist Journalistin, und du nimmst deinen Beruf hundertprozentig ernst, jedenfalls hast du das lange Zeit getan. Aber dann ist etwas passiert, habe ich recht?«

»Nein, es ist nichts passiert, und du hast nicht recht!«,

sagte Marina mit genervtem Unterton. »Außerdem geht dich mein Leben gar nichts an!«

»Na hör mal, wir sind's doch«, sagte Zickler, und er schaffte es tatsächlich, den leichten Ton von vorhin beizubehalten, als befänden sie sich wieder in der Taverne auf Iraklia oder auf ihrer Terrasse, wo sie Abende verbracht hatten wie drei Freunde – und nicht hier, in diesem Großraumbüro, in dem Marina die Waffe nun plötzlich auf sie richtete. Denn das war es, was sie nun tat. Sie hielt die Pistole zwar nicht am ausgestreckten Arm, sie hatte sie nur locker gefasst, wie ein Spielzeug. Aber dennoch.

»Wir verstehen uns doch, dachte ich, wir sind Freunde!«, fuhr Albrecht fort. »Na gut, keine platonischen Freunde, du und ich jedenfalls nicht. Aber man kann doch trotzdem befreundet sein, oder nicht?«

Sie antwortete immer noch nicht.

»Sag mal, was schaust du da eigentlich an?«, fuhr Zickler fort. »Darf ich auch mal sehen?«

Wieder diese Pistole. Sie umklammerte sie wie ein sonderbares Accessoire mit schlenkernder Hand. Ob sie überhaupt gesichert war?, fragte sich Zakos. Und warum zum Teufel fuchtelte sie jetzt noch mehr damit herum? Aber dann erkannte er, was sie vorhatte: Sie wechselte die Waffe in die linke Hand, und mit der rechten drehte sie ihnen den Computerbildschirm zu, bevor sie die Pistole wieder mit der anderen umschloss.

»Danke, nett von dir – ach, das bist ja du!«, sagte Zickler.

Tatsächlich, da war Marina, sie spazierte im gleißenden Morgenlicht durch die weißgetünchte Gasse eines Kykladen-Dörfchens, vorbei an Blumenkästen mit Geranien darin, einem noch leeren Caféhaus mit Regiestühlen und runden

Metalltischen. Flankiert wurde sie dabei von zwei Männern, und einen Moment lang glaubte Zakos, es wären sie drei, Ali, Marina und er auf einer der Inseln, die sie besucht hatten. Doch dann fiel ihm sein Irrtum auf – der dunkel gekleidete junge Mann war gar nicht er selbst. Es war Pappas! Er trug hier buschigeres Haar als auf den Fotos, die Zakos von ihm kannte, und sein Gesicht war etwas glatter. Und auch Marina sah anders aus, das Haar war länger als heute, und um die Hüften war sie runder.

Den anderen Mann auf dem Bild kannte Zakos nicht. Er war bereits etwas älter, ein großer Mann mit markanter Nase und hellbraunem Haar.

Eine Weile sahen sie nur zu. Anscheinend handelte es sich um eine Art Reisesendung für einen TV-Sender. Wenn die drei Protagonisten nicht durch die Gegend marschierten, dann sah man sie an markanten landschaftlichen Punkten, wo sie irgendwelche Infos in die Kamera sprachen, oder sie prosteten sich in Tavernen zu.

»Der andere, das ist der Kollege, mit dem ihr beide befreundet wart?«, sagte Zakos schließlich. »Dein früherer Freund?«

»Lefteris.« Ihre Stimme klang wie von weit weg. »Wir wollten zusammen nach Thessaloniki gehen. Zusammen arbeiten. Er sollte Chefredakteur werden, und ich würde ein eigenes Blatt im selben Verlag leiten, ein Wirtschaftsmagazin. Das würde zwar nur alle zwei Monate erscheinen, aber es war dennoch ein Riesenschritt für mich – ich war damals noch so jung! Wir waren gemeinsam zum Vorstellungsgespräch geladen, wir waren ein Powercouple, sagte der Verleger!« Sie lachte auf.

»Wir hatten sogar bereits eine Wohnung ausgesucht …«

»Und was passierte dann?«, fragte Zakos schließlich vorsichtig.

»Nichts Besonderes«, erwiderte sie. »Ich habe mich verliebt, mich einfach für jemand anderen entschieden – so etwas passiert doch jeden Tag, nicht wahr?«

»Pappas!«, riet Zakos.

Plötzlich drang klimpernde griechische Musik aus dem Computer, und das Bild der drei Urlauber auf der Kykladeninsel wurde von einem Abspann überdeckt, doch mit kurzem Tastaturgeklapper hatte Marina alles wieder auf Anfang gestellt, und so erschien plötzlich erneut ihr jüngeres Ich.

»Kalimera aus Paros«, sagte die Bildschirm-Marina und lächelte von einem Ohr zum anderen, dann plapperte sie weiter, unbeschwert und hell.

»Er hat nichts unvärsucht gelassen, nichts!« Die Stimme, mit der sie nun sprach, war ein bitteres Krächzen ohne Ähnlichkeit mit dem mädchenhaften Flöten aus dem Film.

»Das war sein Ehrgeiz, besser als Lefteris zu sein, besser als alle zu sein. Er wollte ihn übertrumpfen, auch was weibliche Äroberungen anging. Und er hat es geschafft. Ich habe alles abgesagt, alles rückgängig gemacht, alles für ihn.«

»… eine kleine Tour durch den Hafen von Naoussa …«, vernahm man nun eine männliche Stimme aus dem Computer – Pappas' Stimme. Zakos hatte sie noch nie zuvor gehört. Sie hatte einen freundlichen, schmeichelnden Klang.

»Ich war sehr verliebt in ihn!«, sagte Marina und blickte wieder auf den Monitor, und nun klang sie wieder weicher, versöhnlicher. »Er war lustig und optimistisch, er hatte so viele Ideen … Wir hatten dieselbe Wellenlänge. Es war die schönste Zeit meines Lebens. Wenn auch nicht alles perfekt war.«

Zakos fragte nicht nach. Er wusste, nun, wo sie ins Erzählen gekommen war, würde sie die ganze Geschichte loswerden wollen, sie würde nicht aufhören können. Er musste nur dableiben und abwarten, und er hoffte, Zickler spürte es auch. Aber er wagte nicht, den Kopf zu wenden und ihn anzusehen, um Marina nicht zu irritieren.

Es dauerte. Zakos und Zickler standen nur da und betrachteten zusammen mit Marina den Reisebericht mit den fröhlichen Menschen, die sich so unbeschwert über eine Urlaubsinsel ausließen. Es war wie ein Gruß aus einer heilen Welt, die nicht mehr existierte, vielleicht nie so existiert hatte.

»Er sagte, er will keinen Klatsch!«, sagte Marina plötzlich. »Jemandem eine Frau ausspannen – das passe nicht zu seinem Image. Er war doch so anständig, so korrekt. Niemandem sollte ich sagen, dass wir zusammen waren, dass das der Grund war, warum ich mich von Lefteris getrennt hatte, warum ich das Angebot aus Thessaloniki ausgeschlagen hatte.«

»Und du hast das akzeptiert?«

Sie nickte. »Es gab vernünftige Gründe, natürlich. Es musste ja nicht die ganze Redaktion über unser Privatleben Bescheid wissen. Und wir arbeiteten ja zusammen. Warum also das Gerede provozieren. Das wäre nicht professionell gewesen. Und der Beruf war für ihn ja das Wichtigste!«

Sie schwieg einen Moment und starrte abwesend auf den Computerbildschirm.

»Ja, ich habe es akzeptiert.« Marina stützte die schwere Waffe nun auch mit der anderen Hand, doch sie schien kaum wahrzunehmen, was sie tat, so vertieft war sie in ihre Erinnerung.

»Und dann blieb das so?«, wunderte sich Zakos.

»Jah-re-lang. Es war wie eine Ehe – nur heimlich. Keiner kann verstehen, was das für einen Menschen bedeutet, sich nie zeigen zu dürfen, nie gemeinsam vor allen zu feiern, sich immer allein zu präsentieren. Aber es kam noch schlimmer.«

Nun würde die Rede auf Louisa kommen, dachte Zakos, aber es war etwas anderes.

»Mittlerweile geriet der Verlag in die Krise, wie viele Verlage. Kollegen wurden entlassen, bei anderen – wie bei Panos und bei mir – wurden die Arbeitszeiten zusammengestrichen; unsere Gehälter halbierten sich fast. Panos kam nicht mehr über die Runden, und so half ich ihm. Ich half ihm oft. Aber er hat mich verraten, mit meinem eigenen Geld!«

»Was hat er getan?« fragte Zakos.

»Der Blog! Ich ahnte nichts, ich hatte gar nichts damit zu tun!«

»Aber so ein Blog kostet doch kein Geld ...«, gab Zickler leise zu bedenken.

»Seiner schon. Er zahlte Leute, um sie zum Reden zu bringen; manchen half er, ins Ausland zu gehen, nach Deutschland oder England. Außerdem wollte er die Sache ausbauen, sogar Leute einstellen. Aus dem Blog sollte allmählich eine Marke werden – die erste glaubwürdige und vollkommen unabhängige Online-Zeitung Griechenlands sollte es werden, aber er erzählte mir erst nach zwei Jahren davon. Er betrieb den verdammten Blog hinter meinem Rücken. *Zwei! Jahre! Lang!«* Die Waffe wippte im Takt, denn Marina war sehr aufgebracht, und Zakos war ihr Anblick unheimlich. Aber er musste einfach noch mehr erfahren.

»Und wie kam Louisa ins Spiel?«

»Louisa!« Marinas Gesicht verzog sich wie zu einem Würgen. »Der Mädchenname ihrer Mutter war Papadopoulos – Nachfahren von der Keksfabrik!«

Zakos runzelte die Brauen. Er kannte sich in der griechischen Society null aus.

»Panos war ein Glückspilz«, fuhr Marina fort. »Bei Louisa war noch viel mehr Geld zu holen als bei mir. Altes Geld, und ein junges Gesicht. Was will man mehr?!« Sie versuchte, spöttisch zu grinsen, doch nun sah Zakos, wie ihr Tränen über die Wangen liefen.

»Sie wurde nicht geheim gehalten, so wie du?«, mutmaßte Zakos. Damit bohrte er weiter in ihrem Schmerz, aber er hoffte, der Kummer würde sie weicher machen, sie schwächen – auf dass sie endlich die verdammte Waffe auf den Tisch legen würde.

»Nein«, sagte sie mit tränenerstickter Stimme. »Sie war ja auch nicht so zermürbt und kaputt und verrückt wie ich …«

Sie wischte sich die laufende Nase mit dem rechten Handrücken, hielt die Waffe aber immer noch umklammert.

»Die Jahre mit Panos haben mich fertiggemacht. Am Ende war ich nicht mehr ich selbst«, endete sie.

»Und was passierte dann?«, fragte Zakos behutsam nach.

»Ein ganzes Jahr war ich weg, ich konnte nicht mehr«, sagte sie, nun sehr leise. »Und als ich zurückkam, hatte ich keinen richtigen Job mehr. Nur ab und zu durfte ich noch hierher, an meinen früheren Arbeitsplatz.« Wieder kamen die Tränen, sie flossen nun unaufhörlich über ihr Gesicht, und Marina wischte sie gar nicht mehr ab. Sie saß nur so da, schluchzte und umklammerte die Waffe, als sei sie ihr einziger Halt.

»Aber Marrrina, es kann doch noch alles gut werden für dich«, versuchte Zickler, sie schließlich zu trösten. »Was ist denn schon passiert? Nichts ist passiert! Du gibst einfach die Ikonen zurück, und alles andere lässt sich regeln. Wir helfen dir!«

Marina lachte auf. Es war ein sonderbarer spitzer Ton, wie von einem angeschossenen Tier.

»Die Ikonen?«, sagte sie. »Die Ikonen habe ich nicht mehr. Sie haben sie abgeholt.«

»Sie?«, sagte Zakos, und er spürte, wie das Blut in seinen Ohren rauschte. »Wen meinst du mit *sie?*« Nun konnte er nicht anders – er musste einfach zu Zickler hinübersehen.

Zickler stand da mit hängenden Armen und ungläubigem Ausdruck im Gesicht.

»Verdammt, Marrrina, was hast du getan?!«, stieß er hervor.

»Sagt bloß, ihr habt es immer noch nicht kapiert!«

Marina weinte nun nicht mehr. »Na gut, jetzt, wo ihr euch die Mühe gemacht habt, herzukommen, kann ich auch gleich die ganze Geschichte erzählen. Oder was dachtet ihr, woher ich dieses Ding hier hab?«

Sie hielt die Pistole wieder hoch, diesmal mit ausgestrecktem Arm.

»Genau!«, beantwortete Marina ihre eigene Frage. »Als plötzlich herauskam, wer hinter Papapa! stand, bekam Panos Angst. Richtig Angst um sein Leben, und um das seiner kleinen Tochter. Er war ein Wrack, wusste nicht mehr ein noch aus. Und da fiel ich ihm wieder als seine gute alte Freundin ein!«

Sie schnaubte.

»Er bat mich um Hilfe, und ich empfahl ihm die Kanzlei, Doras Kanzlei. Ich kannte die Anwälte dort und wusste, dass sie sich engagieren. Und dann erzählte er, dass er Louisa und das Kind in Sicherheit gebracht hatte. Sie sollten in nichts Gefährliches hineingezogen werden. Nur meine Sicherheit, die interessierte ihn nie!«

»Du hast ihn verraten!«, plötzlich war es Zakos klar – es konnte anders gar nicht sein.

Marina lächelte. Sie wirkte wieder unbeteiligt, starr, als ginge es bei der Sache gar nicht um sie.

»So nennst du es«, sagte sie langsam. »Ich nannte es damals anders. Ich sagte mir, ich hätte die Macht übernommen. Ich wollte kein Spielball mehr sein. Kein Opfer, sondern selbstbestimmt. Ich wollte Macht über mein eigenes Leben. Auch wenn es die Macht war, etwas Böses zu tun – so wie mir Böses angetan worden war. Aber tatsächlich hatte ich keine Macht. Nicht einen Moment. *Sie* hatten die Macht.«

Sie – das mussten die Markopoulos-Leute sein – und ihre gedungenen Mörder.

»Ich wusste, dass Panos auf Naxos war, denn er meldete sich regelmäßig von dort bei mir. Das berichtete ich ihnen. Nur das. Es war ein Impuls, so stark – ich konnte gar nicht widerstehen. Irgendwie musste ich es tun. Ich fand über einen Kollegen eine Nummer aus dem innersten Kreis von Markopoulos heraus und sprach dort auf ein Band. Ich sagte nicht mal meinen Namen dazu, und die Nummer auf meinem Telefon schaltete ich vorher aus. Aber sie bekamen dennoch heraus, wer ich war! Ich glaube, sie hatten mich da bereits längst im Visier, sie beobachteten mich. Sie wussten alles über mich. Vielleicht haben sie einfach meine Stimme auf der Mailbox wiedererkannt!«

»Wussten sie, dass ihr früher ein Liebespaar wart?«

Sie nickte und fuhr fort mit einer Stimme, die nun klang

wie von einem verängstigten Kind. »Am Tag nach meinem Anruf saß ein Mann in meinem Auto, auf dem Beifahrersitz. Der Mann war sehr höflich, auf eine unangenehme, beängstigende Art. Er sagte, jemand wie ich könnte bei ihnen eine steile Karriere machen. Ich müsste nur erst eine Sache hinter mich bringen – die Sache mit Panos. Er hatte die Pistole bereits dabei.«

Schon wieder ertönte die fröhliche Bousoukia-Musik des Abspanns von dem Film, aber diesmal machte Marina ihn nicht noch mal an, sondern klappte nur entnervt den Laptop zu, der sich dabei ausschaltete.

»Und du hast ihm gehorcht, einfach so, nur weil er in deinem Wagen saß? Das ist doch jetzt wohl nicht dein Ernst?«, sagte Zickler. »Du bist doch eine intelligente Frau! Warum bist du denn nicht zur Polizei gegangen?«

»Ich sagte, ich kann das nicht, ich habe das noch nie getan, aber es hat ihn nicht interessiert«, fuhr Marina fort, als habe sie den Einwand gar nicht gehört. »Da hatte ich eine Idee: Ich besorgte mir über das Internet ein Fläschen Propofol.«

»Verdammt Marina, das ist doch das Allerletzte!«, schimpfte Zakos, nun ebenfalls wütend: Es stimmte also, Pappas war tatsächlich betäubt worden, und nun wurde auch klar, dass auch sie tatsächlich mit einem Mittel außer Gefecht gesetzt worden waren, einem höchst gefährlichen noch dazu: Falsch dosiert, hätte es sie durchaus töten können.

Marina sah zu ihnen herüber, und es schien Zakos, als leuchteten ihre Augen, diese grünen Katzenaugen, ihn durch die Dunkelheit an – so intensiv wirkte ihr Blick.

»Es war leichter als gedacht«, sagte sie, und nun klang ihre

Stimme erstaunt. »Ganz leicht, vollkommen leicht. Aber gleichzeitig auch schwer, so merkwürdig das klingen mag …« Sie schüttelte den Kopf, dass die langen Haare ins Schwingen gerieten. Ihr Gesicht war ihm nun sehr fremd.

»Es gab einen Mietwagen, sie hatten ihn besorgt. Panos und ich trafen uns in Naxos-Stadt in einem Restaurant, wir aßen zusammen, und ich gab ihm die Tropfen ins Bier. Im Wagen schlief er ein. Ich fuhr aus der Stadt, zerrte ihn heraus, legte ihn dann auf den Bauch und schoss. Nur ein winzig kleiner Moment – und alles war vorbei!«

In der nun einsetzenden Stille im Raum war das Vogelgezwitscher von draußen so laut zu hören, als säße man in einem Baum. Zakos hatte dieses Geräusch nie gemocht. Er hatte dabei immer ein schlechtes Gefühl, vielleicht eine Art Schuldbewusstsein gehabt – seit seiner Jugend hatte er diesen Klang meist nur dann vernommen, wenn er sich die Nacht beim Feiern um die Ohren geschlagen hatte. Er beinhaltete die unangenehme Erkenntnis, dass dieser anbrechende Tag beschwerlich werden würde.

Und auch jetzt setzte dieses Unbehagen ein: Er fühlte, wie ihn eine bleierne Müdigkeit aufgrund der Strapazen der vergangenen Tage überkam, und auch Marina wirkte im fahlen Licht des beginnenden Tages ausgezehrt, ihre Lippen blass wie bei einem Vampir.

»Aber warum bist du noch mal nach Naxos?«, fragte Zickler schließlich. »Wollten sie das von dir?«

Marina nickte. »Panos hatte gesagt, er wohne in einer Apartmentanlage namens Sunset Rooms in Agia Anna, er hatte einen Schlüssel in seiner Hosentasche. Ich wollte sein Zimmer durchsuchen, ich wusste, er hatte seinen Computer bei sich. Aber es gab gar keine solche Anlage in Agia Anna.

Ich fuhr nach seinem Tod überall herum, ich fragte mich durch, aber Panos hatte mich reingelegt. Der Schlüssel gehörte zu einem anderen Haus, dem Haus, zu dem ich später mit dir fuhr. Und ich zahlte für meine Gutgläubigkeit.«

»Was passierte?«

»Diesmal kamen andere Männer, es waren drei. Sie schubsten mich herum, zerrten mich an den Haaren, schlugen mir in den Bauch. Sie sagten, wenn ich nicht mehr herausfinde, dann kommen sie wieder und bringen mich um. Danach konnte ich nichts mehr essen, ich zitterte, ich war vollkommen am Ende vor Angst. Noch am selben Tag wurde Panos auf Naxos gefunden, dann kamst du wieder zu mir, wir machten uns gemeinsam auf die Suche, und ich war so froh, nicht allein suchen zu müssen. Ich hatte solche Angst, und ich war vollkommen außer mir!«

Zakos dachte an den Besuch bei Louisa in Kolonaki, an Marinas hysterische Tränen, ihren Zusammenbruch in ihrem Wagen, und all das ergab nun plötzlich einen Sinn. Und er erinnerte sich auch daran, wie sie die Lamellen der Fensterläden in dem kleinen Häuschen untersucht hatte, wie schnell sie fündig geworden war. Dabei hatte sie den Schlüssel bereits die ganze Zeit über in ihrem Besitz gehabt und offenbar nur so getan, als hätte sie ihn gerade erst entdeckt!

»Und dann hast du deine Informationen sofort weitergeleitet!«, sagte Zickler. »Deine Mail ging statt an die Polizei an diese Leute!«

Marina zuckte mit den Achseln. Offenbar hatte ihr Bericht sie nun erschöpft. Sie wirkte abwesend. Doch Zakos verstand noch nicht alles – eine Frage gab es noch.

»Marina, warum sagst du uns das alles?«, fragte er leise. »Niemand hat dich je des Mordes an Panajotis Pappas beschuldigt, und kein Mensch wusste, dass du mit den Mördern von Charalambidis unter einer Decke steckst. Du wärst damit durchgekommen, kein Mensch hat dich als Mörderin auf dem Schirm. Also, warum erzählst du davon?«

Sie sagte nichts und blickte weg, Richtung Fenster. Von weitem waren die für Zakos so ungewohnten Athener Polizeisirenen zu hören, die dann aber im nun bereits stärker werdenden Rauschen des frühmorgendlichen Verkehrs untergingen. Marinas Schweigen dauerte diesmal besonders lange, und als sie endlich wieder sprach, klang ihre Stimme so leise und brüchig, dass er sie fast nicht verstand.

»Es ist egal«, sagte sie.

»Was, Marina? Was ist egal?«, hakte er nach.

»Alles. Es kommt nicht mehr darauf an …« Ganz langsam hob sie die Waffe mit der Rechten wieder an, drehte sie so, dass die Mündung zwanzig Zentimeter vor ihrem Gesicht verharrte und blickte in das Mündungsloch. Es wirkte wie eine Pose, außerdem hatte sie in dieser Handhaltung keine optimale Kraft, um abzudrücken – aber sicher war Zakos sich darüber nicht. Außerdem wirkte es erschreckend, Marina so zu sehen.

Da schwenkte sie erneut die Waffe, hielt sie sich wie probeweise unter das Kinn, nur um dann eine neue Position zu ersinnen – diesmal wanderte die Mündung zwanzig Zentimeter weiter nach unten und richtete sich auf ihre linke Brust.

»Verdammt, Marrrina, was soll denn das?«, rief Zickler laut. »Lass das sein! Du machst mich ganz nervös damit!«

»Mit dem Mittel wäre es leichter gewesen.« Nun war sie wirklich kaum mehr zu verstehen. »Ich hätte einfach nur genügend davon nehmen müssen, und dann – Atemstillstand.

Einfach so. Aber ich habe nichts mehr. Das Fläschchen ist zerbrochen. Und so ist es viel schwieriger. Viel schwieriger als bei ihm. Das ist … interessant, nicht war? Ich habe Angst. Aber ich habe auch Angst, es nicht zu tun …« Plötzlich drehte sie das Gesicht erneut dem Fenster zu.

»Was ist das?«

Zakos hatte es ebenfalls gehört. Es klang, als würden gleichzeitig mehrere Autos eine Vollbremsung hinlegen, und tatsächlich: Kurz darauf knallten Autotüren, und sie hörten, wie Menschen den Bürgersteig entlangliefen sowie das Kommando einer gedämpften Stimme.

Was dann passierte, spürte er mehr, als dass er es sah. Zickler neben ihm richtete sich auf, und Zakos hörte, wie er mit lautem Zischen die Luft einzog. Dann sah er ihn bereits auf Marina zustürmen und gezielt auf sie zuspringen.

»Neeeein!«, schrie Zakos, aber da war Zickler bereits über ihr und warf sie mitsamt ihrem Drehstuhl um, und Zakos hörte, wie sie schrie und heulte wie ein verletztes, vor Panik um sich schlagendes Tier.

Im nächsten Moment war der Raum bereits voller Polizeibeamter, die ebenfalls riefen und schrien und fluchten und polterten, daher dauerte es lange, bange Sekunden, bis Zakos realisierte, dass es ein Geräusch gab, dass er in dem Durcheinander zum Glück nicht gehört hatte: einen Schuss.

Epilog

Der Tag war perfekt für eine Geburtstagsfeier an der Isar. Die Sonne schien so warm von einem knallblauem Himmel herunter, dass Zakos seine Lederjacke auszog und sie auf die Kiesel der Sandbank am Flaucher legte, und schließlich krempelte er sogar noch die Ärmel seines Hemdes hoch. Dabei war es bereits Ende September.

Eigentlich hatte Zickler geplant, sie alle zu einem Sonntagsbrunch zu sich einzuladen, aber dann hatte er am Vortag doch noch kurzfristig umdisponiert und ihnen eine Sammelmail mit der Planänderung zukommen lassen. Und nun tranken sie schon ein erstes Augustiner aus einem der blauen Kästen, die der Gastgeber zur Kühlung ins Flusswasser gestellt hatte. Zickler selbst stand am Grill und fabrizierte eine Menge Qualm bei dem Versuch, eine brauchbare Glut für die Käsekrainer und die Nackensteaks herzustellen, die er besorgt hatte.

Fast der ganze dritte Stock aus der Ettstraße war erschienen, einige hatten ihre Familie mitgebracht, deshalb wuselten auch ein paar Kinder herum. Zwei ganz hartgesottene Achtjährige – die Zwillinge eines Kollegen vom Drogendezernat – hatten Schuhe und Socken ausgezogen und wateten durch eines der seichten Kiesbecken unterhalb der Holzbrücke, wo Zickler ihr Barbecue aufgestellt hatte. Es bestand aus einem improvisierten Buffet auf einem alten Tapeziertisch und einem Haufen bunt zusammengewürfelter Decken und Isomatten, auf denen sich bereits vereinzelte gelbe und rote Blätter niederließen. Vorboten des unausweichlich nahenden Herbstes – auch wenn man ihn noch verdrängen konnte, wenn man wie Zakos mit der Sonne im Gesicht dahockte und das Rauschen des Flusses in den Ohren hatte.

An dem Rauschen lag es auch, dass er sein Telefon zuerst gar nicht hörte – er wurde erst darauf aufmerksam, als Dannecker, ein Kollege aus seiner Abteilung, ihn anstupste, und weil die Sonne ihn so blendete, konnte er zunächst auch das Display nicht erkennen. Darum war er überrascht, Kommissar Skouros' Stimme zu hören.

»Kalimera, Chärrr Zakos! Haben Sie einen Moment für mich, es gibt Neuigkeiten.«

»Natürlich«, sagte Nick und rappelte sich auf. »Was ist passiert – hoffentlich keine schlechten Nachrichten.«

»Das kommt auf die Perspektive an«, antwortete der Kollege aus Athen. »Für Kimon Papadakis jedenfalls sind es keine guten Nachrichten ...«

»Sie haben ihn also erwischt!«, sagte Zakos erfreut. Wenn er ehrlich war, hatte er daran nicht geglaubt. Nicht, weil er kein Zutrauen in die Fähigkeiten seiner Athener Kollegen gehabt hätte, sondern weil hochrangige Mitglieder krimineller Vereinigungen generell selten dingfest gemacht werden konnten – das hatte ihn die allgemeine Erfahrung gelehrt.

»Sagen wir so – wir haben ihn gefunden. Erschossen«, erwiderte Skouros. »Zumindest nehmen wir an, dass er es ist, das müssen die Experten nur noch verifizieren. Erkennbar ist er natürlich nicht mehr, nach so vielen Wochen im Wald, zum Beispiel fehlt seine linke Hand. Tiere, vielleicht Füchse. Oder Katzen? Ich mochte Katzen ja noch nie. Sein Gesicht – ich sage Ihnen …«

»Nein, stopp – sagen Sie es lieber nicht!«, antwortete Zakos schnell. »Es ist Sonntag, ich habe heute frei, mein Kollege Albrecht hat Geburtstag, und wir grillen. Wir wollen gleich essen …«

»Verstehe«, sagte Skouros mit leisem Lachen. »Alles Gute, und einen gesunden Appetit! Ich lasse Ihnen einfach den Bericht zukommen, sobald wir ihn haben. Aber der genaue Todeszeitpunkt interessiert Sie schon, oder?«

»Natürlich!«, antwortete Zakos verwundert. »Konnten Sie den denn bestimmen?« So, wie Skouros die Sache schilderte, war die unappetitliche Leiche, die einmal der gutaussehende junge Kimon Papadakis gewesen war, wochenlang in der Natur abgelegt gewesen – da waren konkrete Erkenntnisse schwer zu gewinnen. Doch diesmal schien der Fall anders zu liegen.

»Wir haben seine Uhr gefunden – nicht direkt am Fundort, aber ganz in der Nähe«, fuhr Skouros triumphierend fort. »Es ist eine schöne, altmodische, mechanische Uhr, ein Sammlerstück – ein goldener Chronograph. Anscheinend ist der Arm mit dieser Uhr auf einen Stein oder ein Felsstück aufgeschlagen, als er hergebracht wurde, und sie blieb stehen. Die Datumsanzeige zeigt wohl den Todestag an. Es ist der 26. August.«

»Oh nein!«, sagte Zakos betroffen. Das war der Tag, als Zickler und er benommen auf Iraklia aufgewacht waren, er erinnerte sich an das Datum noch ganz genau. Die Handlanger von Markopoulos hatten keine Zeit verstreichen lassen. »Das waren natürlich diese Sicherheitsleute, oder? Gibt's Geständnisse?«

»Nein, Mouzas und seine Genossen schweigen natürlich, ebenso wie zu der Charalambidis-Sache. Und natürlich haben diese Leute ganz hochrangige Anwälte auf ihrer Seite – das muss ich Ihnen nicht sagen. Sollte mich daher sehr wundern, wenn sich der Sachverhalt des Auftragsmordes erhärten ließe. Wahrscheinlich werden die Kerle demnächst irgendein persönliches Mordmotiv gestehen, dass einer von ihnen mit Papadakis in Streit geraten sei oder dass Charalambidis im Affekt wegen einer Frauengeschichte erschlagen wurde oder irgendwas Abstruses, das jeden Verdacht von Markopoulos' Machenschaften weglenken soll!«

Wenn ihn dies bekümmerte, dann ließ er sich das jedenfalls nicht anmerken – er klang, als wäre er sogar eher amüsiert.

»Ebenso wenig würde es mich wundern, wenn bei den Familien der Mordverdächtigen demnächst ungeahnter Reichtum ausbräche – jedenfalls gesetzt den Fall, dass sie dichthalten, ihren Auftraggeber nicht preisgeben und für ihn ihre Gefängnisstrafe brav absitzen. Und sobald sie verurteilt sind, kehrt der alte Markopoulos mitsamt Frau und Tochter nach Griechenland zurück und lässt sich bei der Eröffnung einer seiner Behinderteneinrichtungen feiern wie eh und je.«

»Und das Schmuggelschiff? Die gefälschten Marlboro?«, wandte Zakos ein. »Wie will Markopoulos sich da rauswinden?«

»Na gut, Sie haben recht – vielleicht kommt er doch noch nicht so bald zurück. Ich persönlich kann jedenfalls noch ein paar Jahre auf sein heuchlerisches Lächeln in den Gesellschaftsnachrichten verzichten!« Nun lachte er tatsächlich laut heraus, und Zakos bemühte sich einzustimmen. Es wollte ihm nicht recht gelingen.

Unbewusst hatte er sich weg vom Tosen des Flusses Richtung Spazierweg bewegt, und als er sich nun nach der Geburtstagsgesellschaft umdrehte, sah er, dass neue Gäste eingetroffen waren: Astrid, die Jüngste in der Kollegenrunde – klein, drahtig und mit wilden dunkelblonden Locken –, reckte sich gerade hoch, um Ali einen Kuss auf die Wange zu geben. Und sogar Heinrich Baumgartner war erschienen, ihr Chef, ein stets braungebrannter Mann mit Silberfäden in der Mähne. Er hatte für den Isarausflug ungewöhnlicherweise sogar Turnschuhe angezogen: knallrote Chucks wie die, welche Zakos sich von seinem Bruder Philippos geborgt hatte.

Baumgartner trug gemeinsam mit der Forensikerin Laura Westphal das Geschenk für Zickler, ein großes, weißblau verpacktes Paket, in dem sich, wie Zakos wusste, ein Golfset verbarg – Zickler hatte in der letzten Zeit des Öfteren geäußert, dass er gern einen ruhigeren Sport wie eben Golfen betreiben würde und sich auf keinen Fall je wieder auf ein Surfbrett stellen möchte. Und auch wenn Astrid und Zakos immer wieder betont hatten, dass es beim Golfen wahrscheinlich weniger gemütlich zuging, als man sich das so landläufig vorstellte, und Zakos sich den Freund außerdem nicht wirklich als Golfer vorstellen konnte – schließlich hatten alle zusammengelegt und eine Starterausrüstung für ihn gekauft.

Trotz des missglückten Surfurlaubs hatten Zickler und Astrid sich wieder angenähert – ein paarmal war Zakos sogar mit den beiden im Kino und beim Essen gewesen, und einmal hatte auch Laura Westphal sie begleitet. Das war Astrids Idee gewesen, und Zakos war es recht, auch wenn er schon merkte, dass er verkuppelt werden sollte. Er fand Laura mit ihrer ruhigen, unprätentiösen Art und den großen, dunklen Augen auch sympathisch. Es machte Spaß, sie dabeizuhaben, aber ob mehr daraus werden würde – das wusste er noch nicht.

Über die Ereignisse in Athen hatten sie im Alltagsstress in München nur selten gesprochen, und über Zicklers enttäuschende griechische Affäre nicht ein einziges Mal – obwohl Zakos ahnte, dass die Sache für Zickler alles andere als verarbeitet war. Doch seit sie wieder hier waren, gab Ali sich die meiste Zeit so betont jovial, dass Zakos an der Fassade nicht rühren wollte – er hatte Angst, das nähme dem Freund den Halt.

»Eine Frage habe ich noch«, wandte er sich schließlich an Skouros. »Was wird aus Marina Beou?«

»Die Beou – ja, das ist ein tragischer Fall«, antwortete Skouros. »Ich sagte Ihnen ja – die Frau läuft nicht ganz rund. Und das bestätigt sich immer mehr!«

Eine Sekunde lang schob sich das Bild von Marinas Gesicht vor Zakos geistiges Auge – das Blitzen ihrer grünen Augen, die Kopfbewegung, mit der sie ihre Haare nach hinten warf.

»Warum, was ist denn passiert?«, fragte er. Er spürte, wie sein Herz anfing zu pochen.

»Sie hat noch mal versucht, sich umzubringen – sie hat sich die Pulsadern aufgeritzt, noch unklar, wie sie das in Haft bewerkstelligen konnte. Aber sie wurde rechtzeitig gefunden, es ist nichts passiert. Außerdem hat sie wohl irgendwelche Anfälle – keine Ahnung, was los ist mit der«, sagte er. »Im

Detail erfährt man so was ja nie. Jedenfalls ist sie derzeit nicht vernehmungsfähig.«

Zickler, der mitten im Auspacken war, hatte nun bemerkt, dass Zakos sich entfernt hatte. Er machte eine fragende Bewegung mit seinen Armen.

Einen Moment lang wusste Zakos nicht, was tun. Dann klemmte er sich das Handy zwischen Schulter und Kinn und hielt seine Arme vor sich, als wiege er ein Kind. Es sollte aussehen, als ginge es bei dem Gespräch um Elias, und Zickler kaufte es ihm ab. Einen Moment später zog Ali einen silbern glänzenden Golfschläger aus dem Paket hervor, und die kleine Gruppe um ihn herum klatschte Beifall.

»Nun ist die Beou in der Psychiatrie, und wenn Sie mich fragen, bleibt sie dort bis in alle Ewigkeit«, fuhr Skouros fort. Dann verabschiedete er sich, und Zakos ging zurück, mit gespielt ungerührter Miene. Doch fröhlich war er nicht mehr an diesem Tag, und die bedrückte Stimmung hielt noch lange an.

Stella Bettermann

Griechische Begegnung

Ein neuer Fall für Nick Zakos

Taschenbuch.
Auch als E-Book erhältlich.
www.ullstein-buchverlage.de

Nick Zakos' zweiter Fall in seiner Heimat Griechenland

Nick Zakos ist genervt vom Münchner Winter – der Frühling will in diesem Jahr einfach nicht kommen. Außerdem hat er mal wieder Beziehungsprobleme – und dass er versucht, mit dem Rauchen aufzuhören, verbessert seine Laune nicht gerade. Da kommt ein verzwickter Fall auf seinen Tisch, und bald gerät ein afrikanischer Flüchtling ins Visier der Ermittlungen. Dieser befindet sich mittlerweile in Griechenland. Prompt bekommt Zakos seinen Frühling: Der Kommissar reist dem Verdächtigen ins strahlende Athen hinterher und trifft auf seine Kollegin Fani sowie auf eine Menge hochkomplizierter Verwicklungen …

Ein neuer Urlaubskrimi von Bestsellerautorin Stella Bettermann

ullstein

Remy Eyssen

Schwarzer Lavendel

Kriminalroman.
Taschenbuch.
Auch als E-Book erhältlich.
www.ullstein-taschenbuch.de

Dunkle Wolken über der Provence ...

In der Provence ticken die Uhren anders. Daran gewöhnt sich der deutsche Rechtsmediziner Dr. Leon Ritter nur langsam. Dabei beginnt rund um das Städtchen Le Lavandou gerade die Weinlese und zu seiner eigenen Überraschung wird Ritter selbst Besitzer eines kleinen Weinbergs. Aber die Freude darüber währt nur kurz, denn statt edler Reben wird auf dem Grundstück eine mumifizierte Frauenleiche entdeckt. Der detailversessene Ritter erkennt schnell: Die Tote wurde professionell einbalsamiert. Als eine weitere junge Frau als vermisst gemeldet wird, findet Ritter heraus, dass beide Frauen für die Weinernte in die Provence kamen. Macht jemand Jagd auf die jungen Frauen? Um Antworten auf seine Fragen zu bekommen, muss Leon erst weit in die Vergangenheit zurückgehen.

ullstein